특별관리대상자

특별관리대상자

주 원 규 장 편 소 설

한겨레출판

노루가 사냥꾼의 손에서 벗어나는 것같이,

새가 그물 치는 자의 손에서 벗어나는 것같이 스스로 구원하라

잠언 6장 5절

차례

가입 9

심판자들 43

신고식 75

컴퍼니 97

항명 143

해산 209

전락 253

예정 281

에필로그 310

작가의 말 312

가입

들어왔어.

여자는 자신을 상아라 부르라 했다. 물론 가명일 거라고 오단은 추측했다. 강남역 10번 출구 방향 지하. 문을 닫은 지 벌써 1년째로 유치권 행사 중인 휴대폰 부스에서 오단은 상아를 기다렸다. 메시지를 보내고도 한 시간이나 지나서야 가명인지 본명인지 확실치 않은 그 여자가 나타났다.

주위를 두리번거린 상아가 오단의 코앞까지 성큼 다가섰다. 오단은 판매 부스 구석의 의자에 앉아 있었다. 럭키스트라이크를 입에 물고 있었는데, 그 담배가 탐이 났던지 상아가 오단의 입에 물린 걸 빼앗아 자신의 입에 물었다. 그녀가 입에 문 럭키스트라이크에서 길고 지루한 연기가 새어 나왔다.

— 이걸 봐.

상아가 담배 연기를 오단의 얼굴에 쏟아낼 때였다. 오단이 상아에게 보여준 건 돈이었다. 5만 원권 지폐 한 다발. 약속한 금액보다 훨씬 많은 액수였다. 코발트빛 후드티에 철 지난 청바지, 방금 집에서 나온 듯 손질하지 않은 검은 생머리에 고글같이 큰 뿔테 안경을 쓴 평범한 오단의 외형을 할퀴듯 훑어보던 상아가 신기한 표정을 지으며 물었다.

― 그게 뭐야?

― 돈이지. 뭐긴 뭐야.

― 나 주려고?

― 응.

― 조건이 있을 것 같은데.

상아의 말에 오단이 고개를 끄덕였다.

― 맞아. 정확히 봤어.

― 그게 뭔데. 빨리 말해. 나 시간 없어. 이 바닥, 시간이 돈이야. 그거 알지?

그렇게 말한 상아가 벽시계를 올려다봤다. 시침 소리가 예민한 신경을 자극했다. 오단이 말했다.

― 돌돌을 만나게 해줘.

― 지금…… 뭐라고 했어?

― 돌돌, 이라고 했어.

― ……그런 사람 몰라.

잠시 침묵이 흘렀다. 상아의 얼굴에 긴장의 기색이 역력했다. 오단이 자리에서 일어섰다. 때맞춰 상아가 돌아섰다. 순간, 상아의 몸이 움찔거리며 경련했다. 천천히 상아의 입으로 다가간 오단의 손이 어느새 꽁초가 된 럭키스트라이크를 빼낸 것이다. 꽁초를 입에 물고 상아와 코가 맞닿을 정도로 가깝게 얼굴을 들이댄 오단이 낮은 목소리로 말했다.

— 순순히 돌돌한테 연결해주면 돈을 주겠어.

— 그러지 않으면?

— 모두가 피곤해질 거야.

— 나도 포함해서?

— 물론.

*

오단이 상아를 만난 건 카톡방에서였다. 강남역을 비롯해 이른바 강남벨트에서 가장 성행하는 쓰레기처리방으로 알려진 카톡방 '개 폐인'에서 오단은 상아에게 장외주식 찌라시 제공 대가로 50만 원을 제안했다. 쓰레기처리방이라 해봐야 거창한 건 아니었다. SNS에서 떠도는 검증되지 않은 정보들, 게임 아이템이나 주식 찌라시 정보, 거기서 좀 더 나아가면 개인정보 리스트 등 세상에서 오물처럼 떠돌지만 모아보면 쓸모 있는 정보들을 취급하는 일종의 온라인 고물상 같은 개념이었다. 그 정도면 부르는 액수 중 톱클래스에 속했다. 그래서일까. 제안하는 즉시 일은 성사되었다.

하지만 정보 거래는 미끼일 뿐, 오단의 진짜 목적은 다른 데 있었다. 오단은 쓰레기처리방을 통해 '해적'을 만나고자 했다. 얼마 전부터 서울에 해적이 존재한다는 말이 떠돌고 있었다. 해적은 자신들만의 기준으로 사람을 죽이거나 감금한다고 했다. 최근 일어난 일련의 실종 사건이 해적의 소행이라는 소문이 인터넷 커뮤니티를 중심으로 계속 퍼져나갔다. 해적은 심지어 도심 테러 행위도 서슴지 않는다고 했다. 3년 전 1000여 명의 사상자를 낸 광화문 테러 사건의 주범이 해적이라는 말도 있었다.

그러나 소문에는 실체가 없었다. 언론은 해적과 관련된 모든 소문을 음모론 취급했다. 증거로 제시된 실종 사건이나 도심 테러 역시 인터넷상에서만 거론될 뿐 보도된 적조차 없었다. 해적의 존재는 도시 괴담으로 취급받으며 서서히 잊혀지는 듯했다. 그럼에도 10대에서 20대 사이에서는 해적이 존재한다는 믿음이 팽배했다. 해적을 일종의 의적으로 여기는 사람도 있었다.

오단은 그 실체를 파악하고 싶었다. 아니, 파악하는 것만으로는 성이 차지 않았다. 그는 해적에 가입하려 했다. 해적이 되고 싶었다.

강남역 일대에서 해적 가입이 가능하다는 정보. 오단은 돌돌이라는 클럽 MD 출신 남성이 해적과 줄이 닿는다는 정보를 입수한 상태였다. 돌돌이 관리하는 던지기 멤버 중 하나인 상아를 만나야 했던 이유, 그건 결국 해적과의 접선을 위한 것이었다.

― 날 만나러 왔다고?

오단이 고개를 끄덕였다. 시선은 천장을 향했다. 철골조가 훤히 드러난, 인테리어 공사가 한창인 지하 PC방. 계단을 내려와 지하에 들어서는 순간, 강한 페인트 냄새가 코끝을 찔렀다.

돌돌은 불 켜진 모니터에서 눈을 떼지 않았다. 구석진 자리, 유일하게 전원이 켜져 있는 컴퓨터에 앉은 돌돌은 한창 유행하는 게임에 열중하고 있었다. 하지만 오단의 검은 그림자가 모니터를 덮고 자신의 몸까지 넉넉히 내리누르자 저절로 고개가 오단 쪽으로 움직였다.

― 내가 돌돌인 것도 안다고 했나?

그 질문에도 오단은 어김없이 고개를 끄덕였다. 자신을 돌돌로 알고 있다는 건, 닉네임 돌돌이 뭘 뜻하는지도 알고 있단 거였다.

해적 접선책 돌돌. 엄청나게 뚱뚱한 몸집의 그는 터질 것 같은 쫄티 차림에 선글라스까지 착용하고 있었다. 오단은 검은 선글라스 너머에 번들거리는 그의 눈빛을 살폈다. 평범한, 지독히 평범한 눈빛이었다.

오단이 가방에서 남아 있는 5만 원권 뭉치를 모두 꺼내 돌돌의 자리 위에 올려놓았다. 돈을 세어보던 돌돌이 말을 이었다.

― 난 그냥 연락만 해주는 거야. 개피 보든, 헛다리 짚든 그건 순전히 네 책임이야. 알겠어?

— 연결만 해줘.

— 쿨해서 좋네.

말을 끝낸 돌돌이 빠른 손놀림으로 마우스를 조작하자 곧 하나의 채팅창이 모니터에 올라왔다. 점. 점. 점표만 계속되며 화면이 내려가는 방문자 1, 개설자 1의 채팅방이었다. 채팅창을 띄워놓은 돌돌이 크게 기지개를 켜며 자리에서 일어섰다. 오단에게 자리를 비켜준 뒤 돌돌은 돈을 잊지 않고 챙기며 선심 쓰듯 당부의 말을 빠뜨리지 않았다.

— 그거 명심해.

— 뭘?

— 해적과 접선한 거. 밖으로 누설하다가 걸리면 내가 아니라 네가 죽어.

— 누가 죽이는데? 경찰? 아님 해적이?

— 해적이 먼저겠지. 짭새들이야 뒷북치는 데 선수니까.

담배를 입에 문 돌돌이 문을 열고 밖으로 나갔다. 돌돌은 오단에게 채팅을 얼마나 하면 되는지, 나머지 뒤처리는 어떻게 하면 되는지 아무 정보도 주지 않았다.

PC방 문이 닫히는 소리가 났다. 페인트 냄새가 가시지 않은 탓에 오단은 연방 코를 킁킁거렸다. 잠시 코를 틀어막는 시늉까지 한 오단이 채팅방에서 먼저 반응을 보였다.

들어왔습니다.

첫 메시지엔 아무 반응도 없었다.

.
.
.
.
.

점표만 이어질 뿐이었다. 오단이 다시 키보드를 두드렸다.

들어왔다고요. 대답해요.

그 순간, 점표가 끊어졌다. 무반응이었다. 그렇다고 방이 폐쇄된 것도 아니었다. 개설자는 아무 반응도 없었지만 퇴장은 하지 않았다. 오단이 마지막이란 생각으로 메시지를 입력했다.

해적이라면서요?

해적이란 두 글자가 채팅창에 올라오는 순간 상대가 기다렸다는 듯 반응을 보였다.

정말 가입하고 싶어?

그제야 약간 굳어 있던 오단의 얼굴 근육이 이완되었다. 상대의 반응을 본 오단이 짧게 한숨을 쉬며 혼잣말을 했다.

― 타자 칠 줄 아네.

*

　자신을 해적으로 소개한, 오단으로서는 그렇게 믿을 수밖에 없는 채팅방 개설자는 별다른 주변 질문을 던지지 않았다. 이를테면 흉흉한 소문으로만 떠돌던 해적의 존재를 어떻게 알고 있느냐, 돌돌이 해적 접선책인 건 또 어떻게 알았느냐는 등의 질문은 일체 생략해버렸다. 대신 개설자는 해적에 들어올 수 있는 최소한의 가입 조건을 말해주었다.

　가입 조건은 황당하다 못해 파격적이었다. 오단은 곧바로 수락 의사를 표하지 못했다. 망설일 수밖에 없는 제안이었다. 상식적으로만 보면 틀림없이 그랬다. 오단이 답을 망설이자 개설자가 도발적으로 물었다.

　역시. 너도 꼬리 내리는 건가. 지금까지 다들 그랬지.

　안 하겠다고 하진 않았어요.

　하겠다고? 하겠다고 결심했으면 분명히 의사를 표시해. 지금 이 자리에서.

　개설자는 단호했다. 자신의 제안을 수락하지 않으면 지금까지의 수고 전체가 수포로 돌아갈 거라고 경고했다.

돌돌까지 만날 정도면 보통 정성이 아닌데. 고작 이 정도 배짱이라면 실망이야.

뭔가 잘못 생각한 모양인데.

무슨 소리야?

당신이 말한 그거, 확실히 실행할 수 있는 건가요? 실행에 옮길 수 있는 정확한 증거가 있냐는 말이에요.

증거가 보이면 정말 하겠어?

물론.

'물론'이란 단어를 오단은 채팅창에 마치 선언문처럼 힘주어 적어 넣었다. 그리고 이어지는 개설자의 말이 오단의 눈길을 사로잡았다.

하겠다면 오늘이야. 괜찮겠어?

언제든 상관없어요.

오늘 저녁 7시. 그곳 후문으로 가면 택시 정류장이 보이고 그 옆에 공중전화 부스가 있어.

그래서요?

거기에 가. 그럼 네가 요구한 증거를 지급받게 될 거야.

알았어요.

잘 생각해. 한번 하겠다고 나서서 그 증거물을 받아버리면 더 이상 돌이킬수 없어.

나중에 딴소리만 말아요.

오단은 시간을 확인했다. 오후 6시 4분. 개설자가 말한 장소인 7호선 청담역 근처까지 가려면 넉넉히 한 시간은 걸릴 것 같았다. 서둘러야겠다는 생각에 오단이 자리에서 일어섰다. 그런 오단의 발걸음을 붙잡듯, 채팅창에 마지막 문장이 나타났다.

진짜 할 건지 말 건지 말하고 가야지. 네가 예스해야 사람 보낼 수 있어.

개설자의 말에 오단은 성가시다는 듯 무성의하게 답했다.

당연히 해요.

*

해적이 제안한 장소에 도착한 오단이 다시 시간을 확인했다. 6시 55분. 바쁘게 움직인 보람이 있었다.

오단이 서 있는 곳은 갤러리아 백화점 앞이었다. 외벽이 온통 금빛으로 도색된 건물은 힐끗 보는 것만으로도 눈이 부셔 견디기 힘들었다. 퇴근 시간과 맞물려서인지 백화점 입구와 그 주변에 꽤 많은 사람들이 모여 있었다. 생각했던 것보다 훨씬 많은 인파를 본 오단이 약간 당황스러운 표정을 지었다. 하지만 오단의 망설임은 오래가지 못했다. 약속된 접선 시간까지 채 5분이 남지 않았음을 확인한 오단이 걸음을 서둘렀다.

정각 7시. 후문 택시 정류장 뒤편 끝에 공중전화 부스가 있었다. 그럭저럭 붉은색으로 도금하여 손질해놓은 부스였지만 이제는 주변 사물들과 전혀 어울리지 않는 흉물에 가까웠다. 개설자가 말한 것처럼 부스 안에는 누군가 서 있었다. 그 역시 주위를 두리번거리며 누군가를 찾고 있었다. 오단이 분주하게 움직이는 퇴근길 시민과는 다르게 어슬렁거리며 자신을 향해 다가오고 있음을 눈치챈 그가 오단을 향해 손짓했다. 오단이 부스 쪽으로 가까이 다가갔다. 걸음을 옮기던 오단이 갸우뚱하며 고갯짓했다.

그도 그럴 것이 오단을 기다리고 있던 사람은 비렁뱅이를 연상케 하는 히피 스타일의 여자였다. 짧게 커트한 보이시한 헤어스타일에 코, 입술 가릴 것 없이 액세서리를 피어스한 스타일 때문에 오단은 그녀에게서 시선을 뗄 수 없었다. 여자는 입에 츄파춥스를 물고 연방 우물거렸다. 다시 한 번 주위를 둘러본 오단이 여자의 코앞까지 다가가 그녀를 내려다보며 말을 건넸다.

— 여기 어떻게 왔어?

오단의 질문에 여자가 싱겁다는 듯 웃으며 답했다.

— 심부름하느라 나왔지, 어떻게 오긴.

— 그럼…… 그게?

오단의 시선이 여자의 얼굴에서 손에 쥐고 있는 신문지 뭉치로 옮겨갔다. 군복을 떠올리게 하는 야상점퍼나 파격적인 헤어스타일, 피어스와는 전혀 어울리지 않는 일간지 신문이었다. 오단의 시선을 확인한 여자가 말했다.

— 맞아. 이거야. 이걸 사용하면 돼.

신문지에 싸인 그것을 오단이 받아 쥐었다. 그 순간 허술한 포장이 싱겁게 풀리며 문제의 물건이 정체를 드러냈다. 폭탄이었다. 군용 폭탄에 타이머를 부착시킨 시한폭탄. 폭탄을 본 오단의 얼굴이 잠깐 움찔거렸다. 여자가 그 모습을 바라보며 피식 웃음 지었다.

— 생각보다 무겁지?

— 응. 그러네.

오단이 폭탄을 부스 난간 위에 내려놓았다. 그러고는 몸을 숙인 뒤 어깨에 메고 있던 가방을 벗어 정리하기 시작했다. 여자가 말했다.

— 리눈이야.

— 응?

오단이 여자를 올려다봤다. 아래에서 보니 츄파춥스가 마치 야구공처럼 크게 보였다.

— 내 이름, 리눈이라고.

— 알았어.

— 진짜 할 거야?

— 그럼 장난인 줄 알았어?

폭탄을 챙겨 넣은 오단이 힘겹게 가방을 어깨에 걸쳐 멨다. 자신을 리눈이라고 소개한 여자는 입을 우물거리며 츄파춥스를 빨아 먹는 데 다시 열중해 있었다. 일어선 오단이 리눈을 정면으로 바라보며 물었다.

— 한 가지 물어봐도 돼?

— 응.

— 너도 해적이야?

리눈은 말하는 대신 고개를 끄덕였다. 오단이 거듭 물었다.

— 어떻게 해적이 됐어?

— 그건 네가 해적이 되면 가르쳐줄게.

— 될 거야. 반드시 돼.

— 미션을 수행해야지. 그래야 해적이 될 수 있어.

그렇게 말한 리눈이 손바닥만 한 크기의 녹색 파우치에서 포스트잇 한 장을 찾아 오단의 손등에 붙여주었다. 오단은 바로 포스트잇에 적힌 메모를 확인했다.

3층 명품관 S. 폭파 뒤 탈출. 다시 돌돌의 PC방으로 돌아가면 이후 장소 통보. 폭파 시간 7시 50분.

— 진짜 폭파해? 이걸로?

오단이 가방을 손으로 가리키며 리눈에게 물었다. 리눈이 유독 큰 눈을 더욱 크게 뜨며 익살스럽게 답했다.

— 나야 모르지. 하지만 거짓말은 아닐 거야. 그 폭탄, 타이머 설치된 건 알지?

— 아까 봤어.

— 아마 그거, 메모에 적힌 시간에 터질 거야.

— 그럼 사람들 다 죽이겠다는 거야? 그래야만 해?

리눈이 흥분한 오단을 순진한 동생 쳐다보듯 보며 말을 이었다.

— 거긴 예약제라 7시 지나면 문 닫아요. 더 자세하게 말해줄까. 방화셔터 내려가고 세콤 돌아가고. 넌 지금부터 50분 동안 CCTV 존나 설치된 곳에 들어가서 폭탄 터뜨리고 빠져나와야 돼. 이래도 할 거야?

— 응.

가방을 다시 한 번 들쳐 멘 오단이 이내 리눈에게서 몸을 돌렸다. 바로 앞에 보이는 후문으로 들어서면 곧바로 명품관 S로 연결되는 에스컬레이터가 보였다. 오단의 등을 보며 리눈이 한마디 했다. 장난스럽지만 그녀 나름대로 행운을 비는 인사말이었다.

— 굿럭 베이비.

*

갤러리아 백화점 지하 마지막 층인 지하 7층. 그곳까지 내려간 오단이 찾아 들어간 곳은 전선관 트렌치가 매설된 EPS실이었다. 오단이 처음부터 지하 7층을 선택한 건 아니었다. 지하 2층부터, 오단은 층마다 EPS실의 문이 열려 있는지 확인해야 했다. 끝내 입구를 찾아냈다는 사실에 오단은 안도의 한숨을 쉬었다.

EPS실 문을 열고 들어서자 철제 계단처럼 수직으로 트렌치와 전선관이 매설된 것이 보였다. 전선관을 옥상까지 연결해야 하기에 전선관 연결 공간은 건물 최상층까지 막힘없이 뚫려 있었고, 그 틈새는 다행히도 오단처럼 마른 남자 한 명 정도는 움직일 수 있을 정도의 크기였다.

전선관을 헤집으며 트렌치를 붙잡고 오르기 시작한 오단은 생각보다 쉽지 않은 수직 상승에 힘겨워했다. 하지만 시간을 의식하며 지하 7층에서 지상 3층까지 마치 암벽을 등반하듯 올라가기 시작했다.

그렇게 3층 EPS실까지 올라가는 데 걸린 시간이 정확히 45분. 시간을 정확히 확인할 수 있었던 것은 폭탄 덕분이었다. 가방에서 폭탄을 꺼낸 오단은 케이블 타이로 묶인 타이머의 숫자가 1초 1초 어김없이 깎여나가는 걸 확인했다. 오단이 중얼거렸다.

— 진짜 맞네.

*

리눈의 말대로 저녁 7시 50분의 명품관 S는 폐장 상태였다. EPS실 문을 열고 밖으로 나온 오단을 기다리고 있던 건 여러 개의 마네킹과 화려한 명품 가방, 액세서리가 진열된 전시대의 황홀함만이 아니었다. 명품관에 들어서자마자 낯선 침입자의 존재를 알리는 경보음이 곳곳에서 쏟아져 나오기 시작했다.

오단은 일단 폭탄을 설치할 장소를 찾았다. 본능적으로 선택한 장소는 백화점의 정면 벽이었다.

폭탄을 벽면 난간에 고정하는 동안 경비실, 방호실, 보안업체 직원 모두가 3층으로 모여들었다. 경보음이 들린 지 불과 3분여 만이었다. 소등했던 조명 전체를 다시 점등한 그들은 모두 어처구니없는 얼굴로 명품관 정중앙에 서 있는 오단을 바라봤다.

― 뭐야 쟤는?

― 어떻게 들어왔지?

가장 당황한 건 방호과장으로 보이는 50대 초반의 남자였다. 불을 모두 켰음에도 멀뚱히 오단을 향해 랜턴을 비추던 남자가 정신을 차리고 오단을 향해 소리쳤다.

― 야! 당장 이리 나와! 너 뭐 하는 새끼야!

오단이 타이머를 확인하며 폭탄이 있는 곳에서부터 더 멀리 뒷걸음질 치기 시작했다. 혼잣말을 중얼거리며.

― 셋, 둘, 하나.

그리고

쾅.

*

오단은 아주 잠깐 두 손으로 귀를 막았다. 귀가 얼얼했다. 방금 전 무슨 소리가 들렸나 했는데, 단지 잠깐 그런 느낌이 들었을 뿐인데, 이후 3층 공간은 완벽하게 이전 풍경을 잃어버렸다.

이게 대체 무슨 일이야, 하는 표정은 오단만 지은 것이 아니었다. 낯선 침입자를 붙잡기 위해 달려들던 직원들 모두 벌린 입을 다물지 못했다. 곳곳에서 쿨럭거리는 소리가 들렸고, 3층 전체를 매캐한 연기가 사로잡았다.

연기가 걷힐 즈음 오단은 부릅뜬 눈을 더 힘껏 부릅떠야 했다. 해적은 결코 빈말을 하지 않았다. 폭탄은 장착된 타이머의 카운트에 맞춰 실제로 폭발했다. 그리고 그 위력은 엄청났다. 우측 창가 벽면 전체가 산산조각 날 정도의 파괴력이었다. 저녁 압구정동 로데오거리를 지나는 차량들의 요란한 클랙슨 소리가 일시에 안으로 몰려들었다.

오단이 정신을 차린 순간과 오단의 적들이 정신을 차린 순간은 거의 일치했다. 이 터무니없이 비현실적인 상황을 수습하기 위해 보안업체 직원들은 오단을 붙잡아야만 했다. 어떻게든 이 미치광이를 붙잡아 눈앞에서 벌어진 엄청난 재물손괴의 책임을 묻지 않으면 자신들의 생계가 무너질지도 모를 일이었다. 그건 방호실과 경호실 직원들 역시 마찬가지였다.

하지만 그들이 오단을 잡으려고 뛰어들었을 때, 믿을 수 없는 황당한 광경이 그들을 기다리고 있었다. 오단의 무모함은 타의 추종을 불허했다. 탈출할 곳을 찾던 오단의 눈에 들어온 퇴로는 단 하나, 밖이었다. 산산조각 난 건물 밖, 오단은 찬 바람이 매섭게 몰아치는 건물 밖으로 몸을 내던졌다.

직원들은 오단이 자살이라도 하는 것으로 생각했다. 그럼 문제가 더 복잡해지는데, 하는 걱정스러운 표정이 그들 모두의 얼굴에 스쳤다. 하지만 예상과 달랐다. 깨진 벽면 밑을 내려다본 보안업체 직원이 외마디 탄성을 질렀다. 오단은 매달려 있었다. 마치 오래된 자개처럼 금빛 빛살들이 일렁거리는 건물 외벽에는 간신히 손끝을 걸칠 수 있는 유리 이음새가 있었다. 오단은 그것을 가까스로 붙잡고 건물 밖으로 탈출을 시도한 것이다.

*

― 모든 테러 행위를 멈추고 즉시 투항하라!

― 다시 한 번 말한다. 지금 모든 행위를 멈추고 투항하라!

어느새 출동한 경찰의 수효는 일개 대대 병력을 방불케 했다. 화재 진압을 위해 순식간에 달려온 살수차와 소방대원들 숫자까지 합치면 그 번잡함은 주위 시민들을 패닉 상태로 빠뜨리기에 충분했다.

오단은 자신이 3층 건물 외벽을 타고 2층까지 내려오는 데 채 1분이 걸리지 않았다고 확신했다. 그런데 그 짧은 순간에 소방대와 경찰, 심지어 검은색 밴으로 무장한 기동타격대까지 빠짐없이 현장에 도착한 것이다. 이 일사불란한 공권력의 투입이 오단으로서는 썩 마음에 들지 않았다.

하지만 일단 오단은 생각을 거둬야 했다. 아래를 내려다봤을 때, 이미 수십 개의 총구가 오단을 겨누고 있었다. 오단은 대한민국의 총기 사용이 미국처럼 익숙하지 않음을 감사해야 했다. 일제히 총구를 겨누고 있었지만, 그들 중 누구도 섣불리 격발하지는 않았다.

오단은 2층에서 1층으로 연결되는 유리 이음새 부분에서 의도적으로 손을 놓아버렸다. 그리고 떨어졌다. 오단은 백화점 앞 인위로 조성된 푸른 숲속으로 빠져들었다. 무성한 푸른 이파리들로 에워싸인 숲. 경찰들은 오단이 떨어진 위치로 달려들었다. 그와 동시에 오단도 행동했다. 여러 개의 굵은 가지를 꺾으며 떨어진 오단은 바닥에 낙법을 하듯 착지하자마자 경찰들이 달려오는 방향 반대편으로 내달렸다. 떨어질 때의 고통을 참기 위해 아예 숨을 쉬지 않았다.

오단의 목표는 단 하나, 택시였다. 택시 정류장에 정차되어 있는, 스트레칭을 하기 위해 운전사가 밖으로 나와 있는 택시. 보기 드문 구형 소나타였다.

단숨에 택시 운전석 안으로 달려든 오단을 향해 처음으로 총성이 울렸다. 모여든 시민들이 일제히 비명을 질렀다. 때맞춰 백화점 건물에서 2차 폭발 소리가 들렸다. 두 소리에 위축되었는지 기동타격대가 더 이상의 격발을 시도하지 않았다. 대신 오단이 무단 갈취한 택시를 틀어막으려 했다. 하지만 오단의 택시는 곧바로 반대 차선으로 뛰어들었다. 엄청난 트래픽 상태에서도 틈새를 타는 오단의 기술은 놀라웠다.

사거리로 뛰어든 오단은 달려오는 버스와 트럭을 아슬아슬하게 피해냈다. 그 대가는 달콤했다. 오단의 도발로 인해 로데오사거리의 교통이 한순간에 헝클어졌고, 블록처럼 쌓여버린 차량들로 인해 기동타격대와 경찰차 또한 움직임을 멈춰버렸다. 그사이 사거리를 빠져나온 오단의 택시는 중앙차로를 질주하며 아예 자취를 감춰버렸다.

*

— 대박. 진짜 한 거야?

저녁 8시 30분. 돌돌은 스마트폰 화면을 분주하게 터치하며 약 한 시간 전에 일어났던 사건의 긴급속보를 확인 중이었다.

서울 강남구에 위치한 갤러리아 백화점 3층 명품관에 정체불명의 괴한이 침입해 폭발 사고를 일으켰습니다. 다행히 인명 피해는 발생하지 않았지만 매장 내 재물손괴 규모가 상당할 것으로 예상됩니다. 경찰은 정확한 사고 원인을 파악하기 위해 수사력을 모으는 한편······.

그때 지하 PC방 문을 열고 오단이 나타났다. 정신없이 뛰어다닌 탓에 머리가 험하게 헝클어지고 폭파의 잔재가 후드티와 찢어진 청바지 곳곳에 묻어 있는 걸 제외하면 오단은 아까 전 돌돌이 보았던 모습 그대로였다. 지독히도 평범해 보이는 대학생 스타일. 그에 반해 무표정한, 약간 우울한 눈빛을 가진, 금방이라도 부러질 것 같은 갸름한 턱선의 소유자인 오단이 이런 일을 벌였다는 게 돌돌은 신기하기만 했다. 그의 놀라움은 독백 비슷한 말로 이어졌다.

— 하란다고 진짜 하는 인간이 있네. 와, 대박이야.

30

─ 닥치고 가르쳐주기나 해.

─ 뭘?

─ 장난해?

오단이 청바지 주머니에서 포스트잇 한 장을 꺼내 돌돌에게 펼쳐 보였다. 구겨질 대로 구겨진 포스트잇에 적힌 메모는 꽤 읽기 어려워 보였다. 하지만 돌돌은 거기에 무엇이 적혀 있는지 이미 알고 있는 듯했다. 그는 잽싸게 컴퓨터 모니터를 켜서 채팅방에 접속하고는 오단에게 자리를 양보했다. 자리에서 일어선 돌돌은 담배부터 입에 물었다.

─ 줄까?

돌돌이 불이 붙은 럭키스트라이크를 오단에게 건넸다. 두 손을 키보드 위에 올려놓은 오단이 입을 슬쩍 벌렸고, 돌돌이 담배를 물려주었다. 돌돌이 오단을 보는 표정은 경외감 그 자체였다. '어떻게 저런 짓을?' 딱 그 말을 하고 싶어 몸이 단 얼굴이었다.

했어.

오단이 일대일 채팅창에 적은 문구에 상대는 즉각적으로 반응했다.

서울시 ○○구 ○○지구 미래아파트로 와.

몇 동 몇 호?

31

그런 거 없어. 오면 알아.

*

서울에 이런 곳이 있을까 싶다. 오단은 주변을 바라보며 그런 생각을 했다.

대중교통의 종점에서도 한참 떨어져 있어 접근이 쉽지 않은 곳. 그린벨트에 묶여버린, 경기도와 바로 인접한 곳. 택시를 타고 급하게 이동한 그곳에서 오단의 눈에 가장 먼저 들어온 건 수백 개의 비닐하우스였다. 일정한 크기의 비닐하우스가 조금의 틈이나 여유도 허락하지 않고 촘촘히 도열해 있었다.

오단은 도랑 같은 좁은 통로 사이를 걷기 시작했다. 비닐하우스 내부를 언뜻 살펴보기도 했는데, 텅 비어 있는 것 같았다. 가로등 하나 켜져 있지 않은 비닐하우스의 집합 사이에서 오단은 오직 한 곳만을 목표 삼아 걸어나갔다.

한동안 비닐하우스 사이사이를 뚫고 나가던 오단이 도착한 곳은 매우 오래된 단일 세대 아파트였다. 십몇 층 높이로 보이는 아파트엔 군데군데 불이 켜져 있었다. 아파트 입구에는 오래된 현판이 붙어 있었는데, 한문과 한글이 뒤섞여 쓰인 이름이었다.

未來아파트

입구에 멈춰 선 오단이 현관 옆에 붙어 있는 경고문을 내려다봤다. 아파트가 안전취약 시설물 E등급을 받아 붕괴 위험이 있다는 내용이었다.

경고문을 확인하던 오단의 얼굴 위로 랜턴 불빛 하나가 할퀴듯 지나갔다. 흠칫 놀란 오단이 불빛을 향해 고개를 들었다. 작업 점퍼 차림의 남자가 보통 사람보다 조금 느린 걸음으로 아파트 입구 계단을 내려오고 있었다. 단일 세대 아파트는 정문도 하나, 건물 안으로 들어서는 입구도 하나로 보였다.

머리숱이 거의 없고 술병을 손에 쥔 남자. 그 남자는 오단의 코앞까지 오는 동안 랜턴 불빛을 오단의 얼굴에서 거두지 않았다. 게다가 남자는 걸어오는 꽤 긴 시간 내내 침묵했다. 불편함을 견디지 못한 오단이 결국 한마디 하고 말았다.

― 불 좀 치워요.

― 뭐?

― 눈 부셔.

오단의 말이 끝나자마자 남자가 랜턴을 바닥으로 숙였다. 그 덕에 오단은 남자의 이목구비를 더 명확히 확인할 수 있었다. 그냥, 머리가 벗겨진 것 외에는 어떤 특징도 찾아보기 힘든 평범한 샐러리맨 인상이었다. 또 침묵이 이어지자 오단이 참지 못하고 먼저 말을 꺼냈다.

― 사람 불러놓고 왜 아무것도 안 해요?

― 들어와.

짧게 말한 남자는 이내 뒤돌아서서 걸어 나왔던 아파트 입구로 다시 들어섰다. 남자가 들고 있는 랜턴이 유일한 길잡이였다. 오단은 남자의 뒤를 따랐다.

*

남자의 랜턴 불빛이 아래를 향했다. 불빛이 밑으로 떨어짐과 동시에 남자의 몸도 함께 내려갔다. 오단도 남자를 따라 계단 밑으로 내려갔다.

남자는 엘리베이터를 거쳐 다시 지하 계단으로 내려갔다. 지하라는 느낌 때문일까. 오단은 지상 세계에서보다 더 지독한 어둠을 느꼈다.

습하고 황량한 느낌으로 가득한 지하 공간. '기계실'이라는 글자가 쓰인 낡은 현판이 걸려 있는 철문을 남자가 열고 들어갔다. 문이 열리자마자 미세한 빛이 날카로운 칼날처럼 오단의 시선을 가르고 들어왔다. 오단이 순간 멈칫하며 내부를 바라봤다.

가장 먼저 눈에 들어온 건 사람 키보다 훨씬 높고 큰 기계실 펌프들이 아니었다. 군복이었다. 출처와 계급을 알 수 없는 군복을 입고 있는 여자. 공중전화 부스에서 츄파춥스를 입에 물고 있던, 짧게 자른 커트 머리가 기억에 남는 여자. 리눈이었다. 기계실 바로 앞에 기둥처럼 버티고 서 있던 리눈이 오단을 신기한 듯 쳐다봤다. 오단이 짧게 안도의 한숨을 쉬었다. 적어도 이곳이 지옥이 아님을 조금은

34

눈에 익은 그녀의 존재가 확인시켜주었기 때문이다.

기계실 안에서 오단을 기다리는 이는 리눈만이 아니었다. 짧은 스포츠머리에 작업복 차림을 한 강인한 인상을 지닌 남자가 눈에 들어왔고, 뒤이어 뿔테 안경을 쓴 대학원 시간강사 느낌의 남자도 보였다. 리눈이 츄파춥스를 입에서 떼며 오단을 안내했던 남자를 제일 먼저 가리켰다.

— 남군이야.

— 남군?

— 저 아저씨가 남군이라고. 서로 이름은 알아둬야지. 안 그래?

리눈의 손가락은 짧은 스포츠머리와 시간강사에게로 이어졌다.

— 저 머리 짧은 아저씨 이름은 장철수고, 안경 쓴 오빠 이름은 미우기.

리눈의 말이 끝나기가 무섭게 미우기가 침을 뱉듯 말을 던졌다.

— 여기가 한가하게 인사나 하는 곳이야?

미우기의 말에 리눈이 맞받아쳤다.

— 이름 정도는 알아도 되잖아. 본명인지 가명인지는 모르지만. 안 그래?

리눈이 동의를 구하듯 오단을 바라봤다. 오단이 고개를 끄덕였다. 그러자 이번엔 남군이 두 손을 점퍼 주머니에 찔러 넣은 채 물었다.

— 넌 이름이 뭐냐?

— 오단.

— 오단? 특이한 이름이네.

남군이 '오단'이란 이름을 중얼거릴 때, 미우기의 말이 이어졌다. 물론 대상은 오단이었다.

— 본명이야?

— 좋을 대로 생각해요.

잠시 대화가 멈춘 사이, 기계실 안쪽에 마련된 관리실에서 TV 소리가 들려왔다. 좀 더 질문하려던 미우기가 입을 다물었다. 볼륨은 의도적으로 점점 더 커지고 있었다. TV에서는 여자 앵커의 흥분 가득한 목소리가 끊이지 않고 이어졌다. 오늘 있었던 폭탄 테러 사건에 대한 속보였다.

오단이 무의식중에 자신을 데리고 온 남군을 쳐다봤다. 남군이 고갯짓으로 관리실을 가리키며 말했다.

— 들어가봐.

오단이 남군 옆의, 벽에 기댄 채 팔짱을 끼고 서 있는 장철수를 슬쩍 쳐다봤다. 무관심한 얼굴이었다. 오단은 그들을 뒤로한 채 천천히 관리실 안으로 들어섰다. 그런 오단의 뒤를 네 사람이 따랐다.

*

관리실 소파에 앉은 해이수는 수많은 CCTV 모니터에 둘러싸인 채 아주 작은 TV 화면으로 뉴스를 시청하고 있었다. 언론에서는 한동안 이번 폭탄 테러의 후속 보도를 이어갈 기세였다. 3년 전 있었던 광화문 테러의 기억이 아직도 생생한 때에 이런 일이 벌어졌으니 굶주린 하이에나처럼 달려들 만도 했다. 리모컨을 손에 쥐고 만지작거리던 해이수가 오단을 바라봤다. 오단도 해이수와 눈을 마주했다. 해이수가 리모컨의 음소거 버튼을 눌렀다. 여자 앵커의 격양된 목소리가 사라지자 이내 관리실 안은 찬물을 끼얹은 듯 적막으로 채워졌다.

미우기가 둘의 대화가 시작되기 전 끼어들었다.

— 돌돌한테 소개받았어?

— 네.

오단은 해이수에게서 눈을 떼지 않은 채 질문에 답했다.

— 우리에 대해 어느 정도 알고 있는데?

— 자세히는 몰라요.

그때 해이수가 입을 열었다.

— 아는 데까지 말해봐.

오단은 해이수의 존재에 압도당했다. 강렬한 인상에 큰 체격을 가진 그는 40대 중반 정도로 보였다. 단지 키가 크다고만 말하긴 어려웠다. 강한 근육들이 옷을 뚫고 튀어나올 것 같은 느낌이었다.

— 해적들은 할 수 있는 짓은 다 한다고 들었어요.

— 해적이 뭘 한다고 생각하는데?

— 뺏고 강도짓 하는 거요.

미우기가 허탈하다는 듯 말을 받았다.

— 고작 그런 짓이 하고 싶어서 백화점 날려버리는 위험한 짓을 벌여? 제정신이야?

— 제정신이 아니면요?

오단이 되물었고, 미우기가 기다렸다는 듯 맞받았다.

— 진짜 이유를 말해봐.

— 무슨 이유를 더 말해요?

— 초저녁 서울 중심가에 폭탄까지 터뜨리면서 해적에 가입하려 할 땐 뭔가 그만한 이유가 있어야 한단 말이야. 해적을 찾은 진짜 목적이 뭐야?

— 그저…….

오단이 잠시 머뭇거렸다. 그의 머릿속에 순간 많은 생각들이 떠올랐다. 어떤 표현을 사용해 가입 이유를 설명할지 고민해보았다. 고민은 오래가지 않았다. 잠시 해이수를 내려다본 오단이 미우기의 질문에 답했다.

— 지루하지 않을 것 같아서.

— 뭐라고?

— 오늘 폭탄도 그렇고…… 꽤 스릴 있었어요. 그래서 재미있기도 했고요.

— 씨발. 이 새끼 미친 거 아니야? 뭐? 지루하지 않을 것 같다고? 너 여기가 애들 장난치는 곳인 줄 알아?

미우기의 인상이 한층 더 일그러졌다. 오단이 관리실 입구에 모여든 다른 이들의 표정을 살폈다. 장철수, 남군, 그리고 리눈까지. 하지만 그들의 표정을 읽을 수 없었다. 그들은 미우기처럼 심하게 흥분하지는 않았지만, 그렇다고 마냥 무표정하지도 않았다. 대신 오단은 그들의 시선이 머무는 곳에 주목했다. 세 명의 시선은 모두 긴급속보를 시청 중인 해이수를 향해 있었다. 미우기는 씩씩거리며 해이수에게 떨리는 목소리로 말했다.

— 두목. 이런 새끼 받으면 안 돼요. 씨발, 여기가 뭐 서바이벌 게임장인 줄 알아? 리얼리티 프로그램쯤으로 알고 있는 새끼 아니냐고요.

미우기의 강력한 반대에도 해이수는 별다른 의사 표시를 하지 않았다. 대신 고개를 들어 오단을 물끄러미 쳐다보기만 했다. 오단 역시 해이수의 눈길을 피하지 않았다. 강하고 단호한 인상에 검은 눈동자가 유난히 더 짙게 느껴지는 해이수를 대하는 건 상당한 피로감을 일으켰다. 형언하기 어려운 고단함 속에서, 오단은 쉬고 싶었다. 어디든 상관없으니 숨고 싶었다.

잠시 후, 해이수가 다시 TV로 시선을 돌리며 낮은 목소리로 말했다.

— 휴대폰 꺼내.

— 두목!

미우기가 신경질적으로 외쳤지만 여전히 해이수는 묵묵부답이었다. 오단이 휴대폰을 꺼내 내려놓았다. 해이수가 말을 이었다.

— 지갑, 시계, 신상과 관련된 것도 전부 토해.

오단은 그가 시키는 대로 했다. 미우기가 연거푸 한숨을 내쉬었다. 물품을 모두 압수한 해이수가 오단을 보며 말했다.

— 일단 들어오면 내가 나가라고 할 때까지는 못 나가. 외부와 연

락 두절. 주어진 임무에 대해서는 질문 일체 사절. 할 수 있겠어?

— 중간에 탈퇴하는 경우도 있어요?

— 하다가 죽거나 정신 나가면.

— 두목, 이런 새끼는 처음부터 받아주면 안 된다니까 그러네요!

미우기가 계속해서 우는소리를 하자 그제야 해이수도 거칠게 대
꾸했다.

— 결정은 내가 해. 알아들어?

짧은 경고 한마디. 그 말 한마디에 모든 게 결정되는 듯 보였다.
미우기도 더 이상은 말을 하지 않았다. 대신 쓰고 있던 모자를 거칠
게 벗으며 밖으로 나가버릴 뿐이었다. 해이수는 그런 미우기에게
신경도 쓰지 않고 자리에서 일어난 뒤, 흘리듯 오단에게 말했다.

— 일은 내일부터 나가. 쉬는 거 없어.

— 알았어요.

해이수가 관리실을 빠져나가자 장철수와 남군도 그 뒤를 따랐다.
지하에 남은 건 리눈과 오단뿐이었다.

*

어색함을 잊으려 했던 걸까.

리눈과 오단만이 남은 기계실. 오단은 리눈이 억지로 입에 물려
준 츄파춥스를 우물거리며 이상한 표정을 지었다. 그 모습을 리눈
이 재미있다는 듯 지켜보다 물었다.

40

— 맛이 어때?

— 왠지…… 찝찝해.

— 먹던 거라서?

— 응.

— 적당히 녹아 있는 게 맛있어. 처음 입에 물 때 맛보다 좋아.

— 그런가?

리눈은 다시 한마디 이었다.

— 환영해.

— 뭘?

— 해적에 들어온 걸 환영한다고.

— 고맙다고 해야 하나?

— 마음대로 해.

— 그런데…….

잠깐 주위를 둘러본 오단이 다시 츄파춥스를 리눈의 입에 물려주었다. 그와 동시에 물었다. 지금 가장 필요한 질문 하나를.

— 어디서 자?

심판자들

해이수가 오단을 받아들인 것으로 오단의 해적 가입은 끝이 났다. 오단은 그날, 해이수가 TV를 보고 있던 관리실 바닥에 박스 몇 장을 깔고 쪽잠을 자는 것으로 밤을 보냈다. 하지만 잠자리가 바뀐 탓일까. 아니면 그날 저녁 벌어진 엄청난 사건의 여운이 남아서일까. 잔뜩 웅크린 몸을 더 웅크리며 힘껏 눈을 감아봤지만 잠은 오지 않았다.

거의 뜬눈으로 밤을 지새운 오단에게 쉴 틈은 없었다. 이른 새벽, 잠시 잠이 들었을 찰나 누군가 거칠게 오단을 흔들어 깨웠다. 검은색 가죽 재킷에 어울리지 않는 새마을운동 모자를 눌러쓴 남자. 퍼뜩 눈을 떠 몸을 일으킨 오단이 남자를 올려다봤다. 장철수였다. 가장 말이 없던, 무슨 생각을 하는지 알 수 없는 무표정의 소유자. 그가 숙였던 상체를 바로하며 오단에게 말했다.

— 준비해.

*

새벽 5시. 장철수와 오단은 여의도 6차선 도로 맨 끝 차로에 스타렉스를 정차한 채 차 안에서 시간을 보내고 있었다. 입을 열 때마다 오단의 입에서 희고 찬 입김이 퍼져 나왔다. 늦가을의 아침은 쌀쌀했다. 하지만 장철수가 몰고 나온 스타렉스는 시동만 켜질 뿐 히터는 가동되지 않았다. 시동이 켜져 있는 내내 차에서는 덜덜거리는 폭격 소리 비슷한 것이 들렸다. 오단은 당장 주저앉아도 이상할 게 없을 오래된 차라고 생각했다.

5시 30분. 30여 분 동안 장철수는 운전석에, 오단은 조수석에 앉아 가만히 시간을 보냈다. 오단은 내내 후드 점퍼에 두 손을 찔러 넣고 잔뜩 몸을 움츠리고 있었다. 어색한 침묵이었다. 옆에 앉은 장철수가 어떤 말이라도 건네주면 좋을 것 같았다. 하지만 장철수는 아무 말도 하지 않았다. 결국 30분이 경과되는 시점에서 오단이 질문했다.

— 무슨 일을 하는 거죠?

답을 기대하지 않고 던진 질문이었는데, 의외로 장철수는 즉각 대답했다.

— 시킨 일.

— 누가요?

— 두목.

오단은 다른 걸 더 묻고 싶었다. 해적의 결성 계기 같은 것. 하지만 그 이상의 기회는 주어지지 않았다. 장철수가 말한 일, 그 일을 해야 할 때가 왔으니까.

반대편 차선, KBS 방송국 별관 옆 골목에서 한 남자가 걸어 나왔다. 50대 정도로 보였다. 화려하게 치장한 여자가 남자를 부축했다. 남자는 술에 취한 모습이 역력했다. 여자가 술 취한 남자를 바로 앞에 대기 중인 모범택시에 태웠다.

운전사와 여자가 몇 마디 주고받은 뒤 택시가 움직였다. 바로 그때, 장철수도 기어를 변속하고 액셀러레이터를 밟기 시작했다. 그 순간, 오단이 짧게 물었다.

— 난 뭘 하죠?

— 보고 있어. 넌 오늘 견습이야.

장철수는 좌우를 살피는 걸 잊은 듯했다. 장철수가 모는 스타렉스는 순식간에 차선을 가로지르며 반대편 차선으로 뛰어들었다. 놀란 오단이 숨을 참았다. 스타렉스가 속도를 내리던 모범택시 앞을 그대로 가로막았기 때문이다. 급브레이크 밟는 소리가 요란하게 울렸다.

차를 세운 장철수가 운전석에서 내렸다. 오단도 내리려 했다. 하지만 그대로 멈춰 섰다. 그럴 수밖에 없었다. 장철수의 행동이 번개처럼 빨랐기 때문이다.

놀란 얼굴을 하고 나오는 택시 운전사를 장철수는 신경도 쓰지 않았다. 장철수는 뒷좌석 문을 열어젖힌 뒤 남자의 멱살을 잡아 차 밖으로 끌어냈다. 그러고는 비명을 지르며 저항하는 남자를 인정사정 보지 않고 두들겨 팼다. 남자가 곧 바닥에 머리를 박고 쓰러졌다. 장철수는 남자의 머리채를 휘어잡고는 그를 잡아끌었다. 다시 정신을 차린 남자가 장철수의 손을 밀쳐내려 애썼지만 소용없었다. 택시 운전사는 이 장면을 우두커니 지켜볼 수밖에 없었다. 워낙 순식간에 벌어진 일이기도 했으며, 도저히 믿기지 않았기 때문이다.

남자를 스타렉스에 태운 장철수가 운전석에 올라 액셀러레이터를 밟았다. 바로 옆에서 달려오던 차와 충돌할 뻔했지만 여전히 장철수는 신경 쓰지 않았다.

신호를 무시하며, 장철수의 스타렉스는 정체불명의 남자를 태운 채 국회의사당 삼거리를 빠져나갔다.

*

오후 2시. 역삼역사거리. 장철수의 차는 생명보험사 지하주차장 7층에 파킹되어 있었다. 이른 아침 여의도에서 머리가 피투성이가 된 남자를 태운 뒤 곧바로 역삼역으로 달려온 것이다. 그 뒤 한나절이 지나갔다. 그동안 오단은 남자의 몸 상태를 걱정했다.

― 괜찮을까.

머리에서 출혈이 계속되는 게 심상치 않아 보였다. 하지만 장철수는 기계적이었다. 룸미러로 뒷좌석에서 머리를 부여잡고 괴로워하는 남자의 상태를 살핀 뒤 오단에게 몇 가지를 지시했다. 그는 이런 식의 일 처리에 익숙해 보였다.

― 콘솔박스 열어.

오단이 콘솔박스를 열자 식염수 한 통과 성분을 알 수 없는 약통이 보였다. 장철수가 눈짓으로 그것을 가리키며 말을 이었다.

― 식염수 뿌려주고 약 먹여.

― 얼마나요?

― 잘 수 있을 만큼.

사실상 그것이 해적에 가입한 뒤 오단이 처음 한 일이었다. 신원미상인 50대 남자의 상처를 소독하고 정체불명의 알약을 먹이는 것. 워낙 큰 충격을 받아서일까. 남자는 뜻 모를 횡설수설만 계속할 뿐 별다른 저항 없이 오단이 입에 밀어 넣은 약을 삼켰다. 약효는 금방 찾아왔다. 잠시 후 남자는 스르르 눈을 감고 잠들었다.

*

오후 2시 10분. 스타렉스 뒷문이 드르륵 소리와 함께 열렸다. 놀란 오단이 몸을 돌렸다. 운전석에 앉은 장철수는 어떤 동요도 없었다. 이미 누가 탈 것인지 알고 있는 표정이었다.

스타렉스 뒤에 올라탄 이는 남군이었다. 벗겨진 머리에 설비 회사 직원쯤으로 착각하기에 딱 좋은 야상점퍼를 보자 오단도 그가 남군이란 걸 알아차렸다. 남군의 트레이드마크는 또 있었다. 왼손에 분신처럼 쥐고 있는 술병. 첫날에도 술병을 들고 있었고, 지금도 마찬가지였다.

남군은 오단과 눈을 한 번 마주친 뒤, 쓰러져 잠든 남자를 바라봤다. 그러고는 남자의 코끝에 손을 갖다 대었다. 남군이 말했다.

— 지난번처럼 죽이면 곤란해.

장철수는 대꾸하지 않았다. 대신 다른 걸 물었다.

— 나왔어?

— 응. 확인했어. 이제 내려올 거야.

그렇게 말한 남군이 여전히 자신을 바라보는 오단에게 말을 건넸다.

— 할 만해?

— 뭐가 뭔지 모르겠는데요.

— 딱 하루만 일해봐. 그럼 여기가 뭐 하는 곳인지 금방 알 거야.

오단이 장철수의 눈치를 보며 말했다.

— 약간 지루했어요.

지루하다는 말에 남군이 키득거렸다.

— 지루하다고? 야, 너도 별종인 게 확실해. 하긴, 나도 여기서 진짜 폭탄 터뜨리는 새끼는 3년 만에 처음 봤으니까. 안 그런가 장철수? 자네도 처음 봤지?

하지만 장철수는 대꾸하지 않았다. 오단은 장철수의 시선 방향을 확인했다. VIP 전용 엘리베이터. 그곳이었다.

1, -1, -2, -3.

엘리베이터 상단의 적색 숫자가 -7을 향해 빠르게 바뀌었다. 오단도, 남군도 약속이라도 한 듯 일제히 침묵하며 엘리베이터를 바라봤다.

곧 -7이 붉게 빛나며 엘리베이터 문이 열렸다. 그리고 걸어 나오는 한 남자. 금테 안경에 곤색 슈트를 입고 있는 그는 아무리 많게 봐도 30대 이상으로는 보이지 않았다.

남자가 스마트 키를 눌러 차 도어록을 풀었다. 남자의 차는 장철수가 파킹해놓은 스타렉스와 정면으로 마주 보는 위치에 있는 벤츠였다.

남자가 차에 올라 시동을 거는 순간, 때맞춰 장철수가 스타렉스 시동을 걸고 핸드브레이크를 내렸다. 남군이 너스레를 떨었다.

― 숨 좀 돌리고 하자. 아이고, 뭐 쉬는 게 없어.

장철수는 남군의 말을 무시하고 그대로 액셀을 밟았다. 스타렉스는 순식간에 벤츠의 정면을 들이받았다. 남자의 외마디 비명이 짧은 순간이지만 또렷하게 들렸다. 스타렉스가 밀고 들어서는 통에 벤츠는 벽면으로 밀려났고, 험하게 우그러진 보닛 위에서 하얀 연기가 새어 나왔다. 그 상태 그대로 장철수가 말했다.

― 꺼내 와.

두 번째 납치극 역시 순식간에 벌어졌다. 남군이 먼저 뒷문을 열고 내렸고, 뒤이어 오단이 내렸다. 오단은 무의식적으로 지하주차장 CCTV를 바라봤다. 촬영이 될지도 모른다는 두려움이 들었다. 하지만 그건 오단만의 우려인 듯했다. 남군이 투덜거리며 머뭇거리는 오단을 향해 소리쳤다.

― 빨리 안 오고 뭐 해. 나 혼자 일해?

남군은 벤츠 운전석 문을 열고 남자의 안전벨트를 끄르는 중이었다. 오단이 서둘러 남군의 뒤를 지켰다. 남자는 곧 남군의 손에 의해 주차장 바닥으로 내팽개쳐졌다. 눈을 감은 채 신음을 흘리는 그의 머리와 이마에서 피가 흘러내렸다. 남군이 남자를 내려다보며 오단에게 말했다.

— 실어.

나머지는 오단의 몫이었다. 오단은 남자를 부축하다가 여의치 않자 아예 자신의 등에 태운 뒤 아침에 장철수가 그랬던 것처럼 스타렉스 안에 밀어 넣었다. 오단의 일 처리를 확인한 남군이 그의 어깨를 툭툭 치며 말했다.

— 잘했어. 제법이네.

— 이제 끝난 건가요?

차를 거칠게 후진하던 장철수가 오단의 질문에 답했다.

— 하나 더 남았어.

*

오후 5시. 독립문역에서 녹번역으로 향하는 고갯길의 주택가로 들어선 스타렉스 안에서 오단은 붉게 물든 석양과 마주했다. 하지만 오단은 석양이나 한가롭게 바라보고 있을 여유가 없었다. 스타렉스 뒷좌석에는 어느새 두 명의 남자가 더 추가되었다. 오후 2시의 납치극 이후 뒤늦게 합류한 이들은 미우기와 해이수였다.

독립문역 근처에서 스타렉스에 오른 해이수가 정신을 차리기 시작한 두 명의 손에 수갑을 채워 스타렉스 손잡이에 걸었다. 오단은 해이수가 어떤 경로로 수갑을 입수했는지 궁금하지 않았다. 이미 사제폭탄을 경험한 뒤여서 무기나 특수 장비에 대해 더 묻고 싶은 마음도 없었다.

미우기는 가방에서 소독제와 주사, 수술 바늘과 거즈까지 꺼내놓았다. 그러고는 남자들의 상처를 치료하기 시작했다. 찢어진 부위를 소독하고 수술용 실로 꿰매는 손놀림이 자연스러워 보였다. 오단은 그 모든 장면을 룸미러를 통해 곁눈질로 살폈다.

남군은 차창을 열고 담배를 피우고 있었고, 야구 모자를 깊게 눌러쓴 해이수는 남군의 반대편 자리에 앉아 어느 한곳을 뚫어지게 응시하고 있었다. 해이수가 바라보는 곳은 독립문역 근처 오르막길에 위치한 철거 예정 부지였다. 스프레이로 철거 표시가 된 다세대 주택들이 모인 곳이었는데, 창이 깨져 있고 문이 열려 있어 이미 집을 비운 지 오래된 분위기였다.

치료를 마친 미우기가 운전석에 앉은 장철수를 향해 잔소리하듯 말했다.

— 적당히 좀 패. 잘못해서 죽기라도 하면 책임질 거야?

물론 강철수는 대꾸하지 않았다. 그때 남군이 오단에게 무언가를 건넸다. 햄버거였다.

— 먹어둬.

— 괜찮아요.

야구 모자를 눌러쓴 해이수가 말을 받았다.

— 먹어.

오단이 룸미러로 해이수를 바라봤다. 해이수는 오단을 보지 않았
다. 그저 점점 어두워지는 철거 예정 다세대촌을 바라볼 뿐이었다.
장철수는 이미 남군이 건넨 햄버거를 삼키듯 먹고 있었다.

가방 안에 내용물을 모두 밀어 넣은 미우기가 해이수에게 걱정스
럽게 한마디 건넸다.

— 정말 올까요?

해이수 대신 남군이 대답했다.

— 기다려봐야지. 여기가 그 새끼 나와바리라니까.

— 오늘까지 잡아두라고 한 거 맞아?

그렇게 말한 미우기가 남군이 들고 있는 비닐봉지 안에서 햄버거
하나를 집었다. 남군의 눈짓에 오단도 결국 마지막 남은 햄버거의
포장을 찢었다.

*

저녁 9시. 무려 네 시간을 기다렸다. 해적들은 놀라운 집중력을
보여주었다. 수갑이 채워진 두 명의 남자들이 아무리 발작하며 소
리를 질러도 해이수, 미우기, 남군, 그리고 장철수 이 네 사람은 그
어떤 동요도 보이지 않았다. 오줌이 마렵다는 남자들의 말에도 대
꾸하지 않았다. 그렇게 네 시간 동안 해이수는 오직 한 곳만 바라봤

54

다. 언덕을 오르내리는 사람들의 모습만을.

9시가 조금 넘어갈 무렵, 해이수가 오랜 침묵을 깨고 말문을 열었다.

— 왔어.

말이 떨어지기가 무섭게 장철수가 도어록을 풀고 문고리를 붙잡았다. 차 밖으로 나가려는 순간, 미우기가 가방에서 무언가를 꺼내 장철수에게 건넸다. 전기충격기였다.

— 이걸로 해.

장철수는 미우기의 말을 듣지 않았다. 그대로 차에서 내렸다. 미우기가 분통을 터뜨렸다.

— 좀 계획대로 해!

— 후달리니까 이건 내가 쓸게.

장철수 대신 잽싸게 전기충격기를 손에 쥔 남군도 문을 열고 밖으로 나갔다. 해이수는 눌러쓴 야구 모자를 고쳐 썼다. 방금 전과는 다르게 시야가 확보되기 쉬운 각도로 모자를 꺾어 쓴 것이다.

오단이 앞 유리로 스타렉스 밖을 바라봤다. 해이수가 말한 대로 철거 예정인 다세대 주택 앞으로 검은색 제네시스가 다가오더니 멈췄다. 곧 차에서 여러 명의 남자가 내렸다. 모두 건장한 체격에 양복 차림이었다. 마지막으로 내리는 한 남자. 희끗희끗한 반백의 머리를 한 작은 키의 사내가 해이수가 말한 목표물이었다. 밖으로 나온 장철수가 차 안에 있는 해이수를 돌아보며 손가락으로 남자를 가리켰고 해이수가 곧 고개를 끄덕였다.

대상을 확인한 장철수는 바로 계획을 실행하려 했다. 하지만 이번엔 저항이 만만치 않았다. 맨주먹으로 덤벼드는 장철수를 양복 차림의 다른 남자들이 가로막았다. 뒤늦게 스타렉스에서 내린 남군이 장철수를 돕기 위해 다가갔다. 하지만 남군은 그 자리에서 멈춰야 했다. 장철수가 빠른 타격 기술로 남자들을 제압하고 있어 끼어들 틈을 발견하지 못했기 때문이다.

장철수가 경호원들을 제압하는 사이 사태의 심각성을 인지한 반백 머리의 남자가 제네시스 운전석에 올라탔다. 남자의 도주를 눈치챈 해이수가 순식간에 운전석에 올라탔다. 그사이 제네시스가 후진했다. 후진해서 큰길로 빠져나가려는 심산 같았다. 경호원들을 때려눕힌 장철수가 제네시스를 바라봤다. 해이수의 스타렉스가 곧바로 도망치는 제네시스를 따라가더니 그대로 제네시스의 정면을 받아 쭉 밀어버렸다.

오단은 똑똑히 보았다. 운전석에 앉은 작은 키의 남자, 그의 겁에 질린 눈빛을.

제네시스는 결국 작은 삼거리 전신주를 들이박고 멈춰 서야 했다. 스타렉스가 밀어붙인 탓에 차의 앞부분이 들려 앞 타이어가 심한 공회전을 일으켰다. 해이수가 운전석에서 내렸다. 그러고는 제네시스의 운전석 문을 열었다. 도망치려는 남자의 목덜미를 붙잡아 밖으로 끌어낸 해이수가 그를 짓밟기 시작했다. 남자는 내팽개쳐지는 순간에도 도망가려 했지만, 해이수의 강하고 억센 발길질에 결국 제압당하고 말았다.

몇 번 밟히지 않았는데도 남자의 온몸은 이미 피투성이였다. 해이수의 발길질에 실린 힘은 얼핏 보기에도 무시무시했다. 발길질이 멈출 기미를 보이지 않자 참다못한 미우기가 스타렉스 밖으로 나왔다. 오단도 뒤늦게 조수석 밖으로 나왔다.

— 그만해요! 죽일 셈이야!

미우기의 제지에 동작을 멈춘 해이수가 엷은 한숨을 내쉬었다. 그러고는 주위를 둘러봤다. 남자의 일행 두어 명이 보였다. 그들은 해이수와 눈이 마주치자 일제히 줄행랑을 쳤다. 미우기는 주위를 둘러본 뒤 반백 머리의 남자를 일으켜 세우려 했다. 오단도 미우기를 도와 남자를 일으켜 세웠다. 남자는 오단의 등에 업혀졌다. 미우기가 말했다.

— 뒤에 태워.

해이수가 야구 모자를 벗은 뒤 눈을 가리도록 다시 눌러썼다. 그러고는 담배를 입에 물고 불을 붙였다. 럭키스트라이크였다.

*

오단과 해적들은 다시 미래아파트로 돌아왔다. 리눈은 아파트 어디에 틀어박혔는지 보이지 않았다. 해적들은 세 남자를 아파트 안으로 끌고 들어와 엘리베이터 앞에 세웠다. 오단이 두 명을 맡았고 남군이 마지막으로 잡은 남자의 반백 머리채를 잡아끌었다.

엘리베이터에 올라탄 남군이 12층을 눌렀다. 구형 엘리베이터는

문이 닫힐 때와 올라갈 때 심하게 덜컹거렸다. 엘리베이터 안은 피비린내와 땀 냄새로 가득했다. 오단은 악취를 견디기 어려워 인상을 찡그렸지만 남군은 태연하게 늘 지니고 다니던 술병을 꺼내 한 방울도 남기지 않고 모두 비웠다. 이미 이 정도 일은 만성이 된 듯 보였다. 오단이 물었다.

— 12층에 뭐가 있나요?

그 말에 남군이 오단을 곁눈질로 훑으며 씩 웃었다. 그리고 짧게 답했다.

— 가보면 알아.

*

백문이 불여일견. 남군의 말대로였다. 12층 엘리베이터 문이 열리자마자 오단은 미래아파트가 무엇을 위해 존재하는 곳인지 한눈에 알 수 있었다.

복도식 아파트의 모든 세대 벽이 뚫려 있었다. 벽이 있어야 할 자리에는 철창들이 촘촘하게 세워져 있었다. 누가 알려주지 않아도 용도를 모를 수 없는 공간. 그곳은 감옥이었다. 방마다 알 수 없는 한자가 새겨져 있었는데, 붉은 스프레이로 휘갈겨 쓰여 뜻을 알기 힘들었지만 오단은 가까스로 그것이 죄목을 적어놓은 것임을 알아차렸다.

12층은 외벽 전체가 방음벽으로 둘러싸여 있었고, 내부에는 수십 개의 철창 감옥이 완비되어 있었다. 감옥 안에서는 온갖 아우성과 비명, 절규가 들려왔다.

남군이 오단에게 지시했다. 손으로 두 남자를 가리키며.

— 이 자는 A8, 이 자는 A9에 넣어. 열쇠는 여기. 쓴 다음 두목한 테 반납하고.

남군이 눈짓으로 자신의 벨트에 채워진 열쇠꾸러미를 가리켰다. 열쇠꾸러미를 빼낸 오단이 물었다. 남군에게 머리채가 붙잡힌 남자를 가리키며.

— 그 남자는요?

— 연락 기다리라네. 어서 저 두 명이나 집어넣어.

오단은 제일 아침에 때려눕힌 남자를 끌고 가 'A8'이란 명패가 붙은 철문 문고리에 열쇠를 밀어 넣었다. 문을 열자마자 비명과 외침이 오단의 고막을 찢을 듯 파고들었다. 내여섯 명의 사람들, 그들은 하나같이 한 손이 벽면에 부착된 쇠고리에 연결되어 있었다. 그들 모두 철문을 연 오단을 보며 절박한 외침을 쏟아냈다.

— 야 이 새끼들아! 이거 안 풀어! 언제까지 날 여기에 가둘 거야!

— 이봐요. 나 좀 풀어줘요. 여기가 어디야? 도대체 이게 뭐냐고!

— 내가 누군 줄 알아! 감히 어디다 대고 이런 짓거리야. 빨리 풀어! 풀어달라고!

하지만 갇힌 이들 전부가 소리를 지르는 건 아니었다. 아예 벽을 향해 드러누워 아무 반응도 보이지 않는 이도 있었다.

오단은 남자의 손목을 들어 올려 마지막 남은 쇠고리에 수갑을

채워 넣었다. 다른 남자 역시 마찬가지 방법으로 'A9'라는 명패가
붙어 있는 감옥에 가둬 넣었다.

복도로 나온 오단에게 남군이 손에 쥔 휴대폰을 두어 번 흔들어
보이며 말했다.

— 올라가자.

— 뭐 하려고요?

— 심판.

— 심판?

— 그래. 잡았으면 선고 꽝꽝 때리고 심판해야지. 안 그러냐?

남군이 약간은 씁쓸한 표정을 지으며 반백 머리 남자를 내려다봤
다. 심판이라는 말을 들은 남자가 피로 물든 눈을 힘겹게 들어 올리
며 남군을 올려다봤다. 둘은 짧은 시간 동안 시선을 주고받았다.

*

세대와 벽을 모두 헐어버린 13층은 거대한 공동처럼 구멍이 뚫린
구조였다. 바닥이나 벽면에 매입 파이프 몇 개가 드러난 걸 제외하고
는 아무것도 없었다. 넓고 텅 빈 공간은 폐허의 느낌으로 가득했다.

매서운 밤바람이 몰아치는 13층 중앙에는 한 개의 의자와 테이블,
오래된 소파, 일렬로 도열된 철제 캐비닛이 전부였다. 의자를 차지
하고 앉은 이는 해이수였다. 그는 테이블 위의 서류를 살펴보는 중
이었다.

남군과 오단은 반백 머리 남자를 해이수 앞으로 데리고 갔다. 해이수의 옆에는 미우기와 장철수가 있었다. 미우기는 오단이 함께 올라온 걸 보자 불편하다는 듯 남군에게 말했다.

— 왜 같이 올라왔어? 벌써 이런 거 보면 안 되잖아.

남군이 어깨를 으쓱하며 말했다.

— 이미 우리 식구 아니야?

— 첫날이야. 첫날부터 뭘 믿고 이런 걸 보여주지?

미우기의 말에 해이수가 서류에서 눈을 떼지 않은 채 말했다.

— 너희들도 첫날부터 다 겪었잖아.

서류를 덮은 해이수가 남자를 바라봤다. 남자는 서서히 정신이 돌아오는 듯 주위를 둘러보다가 자신을 노려보는 해이수를 향해 말문을 열었다.

— 너희들, 누군지는 대충 알 것 같아. 알 것 같은데, 이쯤에서 그만둬. 안 그러면 재미없어.

남자는 말을 잇는 와중에도 심하게 기침을 했다. 기침과 함께 각혈이 쏟아져 나왔다. 미우기가 다가가려 했다.

— 간단히 지혈부터 해야겠어요.

하지만 미우기의 행동을 해이수가 제지했다.

— 그럴 필요 없어.

해이수가 장철수를 향해 말했다.

— 처형이야. 집행해.

장철수가 자기 팔뚝만 한 칼을 손에 쥐었다. 어둠 속에서 칼날 끝이 선명히 빛났다. 장철수가 움직이자 해이수도 자리에서 일어나 따라 움직였다. 각혈을 멈춘 남자의 얼굴에 긴장감이 맴돌았다. 남자가 타협적인 말투로 해이수를 향해 말을 계속했다. 일종의 거래 제안이었다.

— 얼마 받고 이러는지 모르지만 내가 약속하지. 니들이 받은 금액의 세 배 이상 줄게. 나 알잖아. 그 정도 능력은 돼.

— 알지. 김봉석 씨. 53세. 서울 거주. 동성캐피탈 대표이사.

— 알면 풀어줘. 당장 니들 계좌로 쏴줄게. 정말이야.

— 당신은 심판받아야 돼. 그렇게 결정되었어.

— 미친 거 아니야? 날 누가 심판해? 대한민국 정부? 군대? 씨발 니들이 뭔데 날 심판하냐고!

더 이상 남자의 발악을 듣고 싶지 않았는지 해이수는 장철수에게 눈짓을 했다. 장철수가 남자의 목에 칼을 댔다. 남자는 죽는 순간까지 제안을 계속했다.

— 이봐, 돈 줄게. 돈 주면 되잖아. 이게 무슨 짓이야! 여긴 법치국가야. 법치국가라고!

법치국가. 이 마지막 외침을 끝으로 남자는 이 세상 사람이길 포기해야 했다. 장철수는 사람 잡는 백정처럼 망설임 없이 남자의 목을 베어버렸다. 단 한 번의 휘두름으로 남자의 목에서 검붉은 피가 쏟아져 나왔다.

미우기와 남군이 먼저 엘리베이터를 타고 내려갔다. 시체 처리는 장철수 몫이었고, 그 일을 오단이 거들었다. 장철수는 커다란 비닐로 이젠 붉은 머리가 된 남자를 감쌌다. 주검은 잔뜩 물먹은 천막처럼 무겁기만 했다. 비닐 뭉치 전체를 스카치테이프로 휘감은 뒤 장철수는 시체를 13층 외곽으로 내던져버렸다. 그러고 나서 비상계단으로 사라졌다. 해이수가 서류 뭉치가 담긴 파일과 라이터를 오단에게 건넨 뒤 마지막으로 퇴장했다.

— 소각해.

불태우기 전 오단은 방금 전 처형당한 김봉석 관련 서류를 읽어보았다. 주민등록번호와 이력, 등기부등본상의 재산 현황 및 가족관계 등 인적사항과 함께 주위 평판이나 대내외 활동 등이 비교적 세세히 기록되어 있었다. 서류상으로 드러난 김봉석은 무학에 가까운 학력으로, 서울 변두리 재래시장을 전전하다 사채업으로 큰돈을 벌게 된 인물이었다. 김봉석의 서류 마지막 장에는 방금 전 해이수가 말한 '처형'이란 두 글자가 선고문처럼 스탬프로 찍혀 있었다.

*

오단은 13층에서 한 시간 이상 배회했다. 서류를 불태운 뒤, 사방으로 열린 13층의 외경을 바라봤다. 서울의 중심부는 깊은 밤임에도 불야성을 이루고 있었다. 분명 이곳은 서울 안이었다. 변두리라 해도 서울 안에서 벌어진 납치와 처형을 쉽게 이해할 수 없었다. 그 비현실의 현장에서 오단은 쉽게 발을 뗄 수가 없었다.

한참 뒤, 오단은 지하 2층 기계실로 내려왔다. 옆에 마련된 관리실에서 해이수는 하루 일과를 마감하는 의식처럼 TV를 보고 있었다. 그의 앞엔 인터넷에 연결된 노트북도 놓여 있었다. 빠른 속도로 마우스를 조작하는 해이수의 시선은 뉴스 전문 채널이 방영 중인 TV와 오늘 자 뉴스를 종합하는 포털 사이트 사이를 오가며 분주했다.

훑듯 바라본 오단의 눈에도 오늘의 사건 사고 소식이 얼핏 들어왔다. 그는 불가사의한 기분에 휩싸였다. 오늘 하루만 세 건의 납치 사건이 벌어졌다. 마지막 납치 사건엔 도망친 일행도 두 명이나 있었다. 하지만 납치 사건에 대해서 뉴스와 언론은 아무런 언급도 없었다. 사건이 벌어졌는지조차 알려지지 않았다.

오단이 들어오자 해이수가 노트북 전원을 끄고서 자리에서 일어났다. 그러고는 말했다.

— 쉬어.

— 기준이 뭐죠?

밖으로 나가려는 해이수에게 오단이 물었다. 답을 기대한 질문은 아니었지만 묻고 싶었다. 묻지 않으면 좀처럼 잠들 수 없을 것 같았다.

오단의 질문에 해이수가 멈춰 섰다. 때맞춰 보일러 급수 펌프가 요란한 소리를 내며 가동되었다. 소리가 멈출 때까지 둘은 기다렸다. 해이수는 가만히 서서 오단을 쳐다봤고, 오단도 해이수의 시선을 애써 피하지 않았다.

소리가 잦아들자 해이수가 되물었다.

— 무슨 기준?

잠시, 아주 잠시 오단이 마른침을 삼켰다. 해이수의 눈빛은 매서
웠다. 큰 눈은 아니었지만 깜빡임조차 거의 없는, 상대의 폐부까지
헤집는 뜻 모를 섬뜩함으로 무장된 눈빛이었다. 오단이 곧 해이수
의 말을 받았다.

— 처형의 기준요.

— 뭐라고 생각해?

— 부도덕하고 부패한 무리들을 색출해내는, 그래서 이 사회에서
아예 격리해버리는 그런 건가요? 아니면.

— 아니면?

— 일종의 의적 같은 건가요? 부정 축재한 돈을 빼앗아 가난한 자
들에게 나눠 주는 그런 거요.

— 영화를 많이 봤네.

— 아닌가요?

— 차차 알게 될 거야. 먼저 알려고 들지 마.

해이수는 더 말을 잇지 않았다. 한결 부드러워진 말투였지만 여전
히 더 이상의 접근을 허용치 않는 단호함이 느껴졌다. 여운이 묻어
있는 해이수의 말은 오단을 더욱 잠들기 힘들게 했다. 그는 긍정도
부정도 하지 않았다. 결국 오단은 어젯밤보다 더 힘든 불면의 밤을
지내야 했다. 차갑고 습한 관리실 바닥에서 몸을 잔뜩 웅크린 채로.

*

　새벽 3시가 넘어서야 잠이 든 오단을 흔들어 깨우는 사람은 없었다. 하지만 오단은 어제와 마찬가지로 같은 시간에 일어날 수밖에 없었다. 꿈속 세계가 전날 거리에서 보았던 장면의 연속이었다. 가장 선명하게 기억에 자국을 남긴 건 심판 장면이었다.

　그 장면은 그야말로 비현실적이었다. 지금도 믿기지 않았다. 짧은 스포츠머리와 다부진 체구, 입을 굳게 다문 시커먼 낯빛의 소유자 장철수가 단 한 번 휘두른 칼로 생존을 위해 끝까지 거래를 제안하던 반백 머리 남자는 최후를 맞이했다. 그의 시체는 지금쯤 어딘가에 아무렇게 방치되어 있을 것이다.

　잠에서 깬 오단이 기계실로 들어섰다. 소방펌프의 호스를 임시로 빼내 만든 수도꼭지가 눈에 띄었다. 꼭지를 열자 높은 수압의 차가운 물이 쏟아졌다. 손가락 마디가 베이는 것 같았지만 오단은 그 물로 얼굴과 손을 씻었다. 다 씻은 뒤 수건을 찾았지만 보이지 않았다. 관리실에 안경을 벗어놓은 탓에 제대로 앞을 식별하기 어려웠다.

　그때, 발자국 소리가 들렸다. 걸음을 옮길 때마다 선명한 울림을 남기는 하이힐 소리였다. 오단 앞에 선 건 짧은 H라인 스커트 차림의 리눈이었다. 리눈이 오단에게 안경을 건네주었다.

　— 저 안에 보면 닦을 게 있을 거야. 누군가 쓰던 거고 세탁도 안 했지만.

　그녀의 손이 가리키는 건 소방펌프 옆 오래된 관물대였다. 안경

66

을 받아 쓴 오단이 리눈을 다시 한 번 바라봤다. 어제 봤던 모습과는 전혀 달랐다. 가슴 라인이 드러나는 탱크톱 때문에 시선을 마주하기가 힘들었다.

리눈이 말했다.

— 왜 이렇게 일찍 일어났어?

오단은 질문에 답하는 대신 묻고 싶은 말을 건넸다.

— 어제 어디 있었어?

— 어디긴. 여기 있었지.

— 여기가 어딘데? 구체적으로 말해봐.

— 이 아파트 안에. 어디든 들어가면 보일러 짱짱 돌아가. 너도 아무 방이나 들어가서 자면 돼.

리눈은 오단 옆에서 어제 해이수가 피우던 것과 똑같은 럭키스트라이크를 한 개비 꺼내 피운 뒤, 양치하듯 츄파춥스를 입에 물고는 우물거렸다. 오단은 리눈이 건넨 럭키스트라이크를 두 개비 연속해서 피웠다. 둘은 아무 말 없이 10분을 보냈다. 오단은 묻고 싶은 게 많았다. 어제 경험한 충격적인 일에 대해 캐묻고 싶었다. 하지만 정작 무슨 말을 어떻게 꺼내야 할지 망설여졌다.

시간을 확인한 리눈이 기계실 탁자에서 내려와 문 쪽으로 걸어갔다. 오단이 물었다.

— 어디 가?

— 나만 가는 거 아니야. 너도 가야 돼.

— 나도?

— 당연하지.

그 말과 함께 리눈은 기계실 철문을 열어젖힌 뒤 다시 짧게 말을 이었다.

— 넌 신참이니까.

*

리눈과 함께한 건 아침 순찰이었다. 순찰이란 말은 리눈이 임의로 붙인 것 같다고 오단은 생각했다. 감옥은 12층에만 있는 게 아니었다. 6층에서부터 11층까지. 12층만 제외하면 모두 독방이었다. 리눈은 오단에게 서류철 한 개를 맡겼다. 서류철을 들춘 오단에게 리눈이 설명을 해주었다.

— 거기 적힌 호실하고 번호 확인한 뒤 공란에 체크하면 돼.

— 작업일지라고 적혀 있네?

오단 말대로 낱장 서류 상단엔 '작업일지'란 글자가 인쇄되어 있었다. 리눈이 고개를 끄덕였다.

— 항목들이 의미심장한데.

오단이 서류에 적힌 항목들을 살펴보던 순간, 리눈이 10층 감옥의 첫 독방 문을 열었다. 그곳에는 처음부터 오단을 아찔하게 만드는 장면이 펼쳐져 있었다. 리눈도 저도 모르게 혼잣말을 뱉을 정도였다.

— 시작부터 재수 없게.

독방 문이 열리자마자 둘의 눈앞에 나타난 건 바닥에 잔뜩 게워

낸 토사물이었다. 단지 토사물만이 아니었다. 바닥 전체가 붉은 피로 가득했다. 피의 흔적을 따라 눈길을 돌리니 누군가 입을 크게 벌린 채 벽에 붙어 쓰러져 있었다. 여자였다. 젊은 여자.

오단은 바닥에 뿌려진 피의 출처를 알 것 같았다. 여자의 벌어진 입 틈새로 계속해서 피가 방울져 떨어지고 있었다. 오단은 눈길을 돌렸지만 리눈은 태연했다. 단지 성가시다는 표정이 가득할 뿐이었다.

— 치워야겠어.

— 죽은 거야?

— 응, 자살. 죽었다고 일지에 체크해.

오단이 다시 서류를 펼쳤다. 호실 번호와 수인 번호가 보였다. 체크리스트 가장 위에 있는 항목은 바로 지금 상황을 염두에 둔 것 같았다. '죽었는지, 살았는지'.

독방 안팎에 시체를 싸맬 수 있는 도구들이 놓여 있었다. 어제 반백 머리 남자를 처리할 때와 동일한 도구들이었다.

*

아침 순찰 결과 자살한 사람이 두 명 발견되었다. 200여 명 가까이 되는 사람들이 독방에 갇혀 있었다. 그중 처음 보았던 여자와 마지막에 본 60대 남자가 스스로 목숨을 끊었다. 젊은 여자는 목구멍 깊숙이 젓가락이 꽂혀 있었고, 60대 남자는 천장 전등 전선을 뽑아 창틀에 목을 매단 채 숨을 거뒀다.

두 명의 시체를 처리한 뒤 오단과 리눈은 뒤늦게 아침 식사에 합류했다. 해적의 아침 식사 장소는 옥상이었고, 메뉴는 짜장면이었다. 오단은 음식이 어떻게 배달되는지 묻고 싶었지만 그만두었다.

11월 말, 험하게 부는 초겨울의 찬 바람을 그대로 맞으며 식탁 끝에 자리를 잡고 앉은 오단이 짜장면 비닐을 뜯어내고 면발을 휘저으려 했지만 이미 면이 퉁퉁 불어 있어 제대로 비비기가 어려웠다. 힘만 쓰다가 결국 나무젓가락이 부러지자 리눈이 키득거렸다. 남군도 사람 좋은 웃음을 지으며 오단에게 말을 건넸다.

— 오늘 짜장면은 다 먹었네. 그렇게 팅팅 불어서 어디 젓가락이나 찔러 넣겠어.

남군의 말이 끝나자마자 미우기가 리눈에게 물었다.

— 자살자는?

— 둘.

— 괜찮겠죠?

미우기의 두 번째 질문 대상은 해이수였다. 해이수는 이미 짜장면 그릇을 비운 뒤 생수를 마시던 중이었다. 자리에서 일어선 해이수가 옥상 밑을 내려다봤다. 차량이 진입하는 소리가 미세하게 들렸다. 차 소리를 듣자 남군도, 미우기도 해이수를 따라 옥상 아래를 내려다봤다. 오단도 함께였다. 아파트 입구에 검은 세단 한 대가 들어서더니 남자 한 명이 운전석에서 내렸다. 슈트 재킷 안에 검은 폴로티를 입고 선글라스를 쓴 남자였다. 아래를 내려다보던 남군이 말했다.

— 오늘 온다는 소리 있었어?

미우기가 해이수를 원망스러운 눈길로 쳐다보며 말했다.

— 새 식구 받아들였다는 게 벌써 귀에 들어간 거겠지.

해이수는 별다른 반응을 보이지 않았다. 대신 자리로 돌아와 짜장면 그릇에 담뱃재를 털며 짧게 말했다.

— 그릇 치워라. 그리고 너.

오단에게 해이수가 지시하듯 말했다.

— 내일부터 아침 순찰 요령껏 다녀. 그래야 아침 먹는다.

*

미래아파트 옥상으로 한 남자가 올라왔다. 바지 주머니에서 두 손을 빼지 않은 남자는 한눈에 보기에도 건장한 체격이었다. 선글라스를 벗은 얼굴이 익숙했다. 남자는 오래전부터 지상파 9시 뉴스 앵커로 활동 중인 아나운서였다. 뉴스를 보지 않는 사람도 알아볼 수 있을 정도로 대중에게 익숙한 사람이었다.

미우기는 그를 강 실장으로 불렀다. 해이수는 아무 호칭도 붙이지 않았다. 장철수조차 비교적 깍듯이 강 실장을 대하는 것을 본 오단은 그가 해적의 실질적 관리인이란 느낌을 받았다. 하지만 해이수와 강 실장, 둘의 관계는 쉽게 판단이 서질 않았다.

미우기로부터 상황 보고를 들은 강 실장은 내내 오단을 못마땅한 시선으로 훑었다. 미우기의 보고 내용은 주로 오단에 대한 것이었다. 더 이상 듣고 있기가 거북했던지 강 실장이 대뜸 해이수를 향해 불만 섞인 한마디를 던졌다.

― 이제 내 허락 따위는 필요 없다, 이거야?

듣고 있던 해이수가 줄곧 피우던 담배를 잠시 입에서 뗐다.

― 식구 받아들이는 결정은 내가 합니다.

― 뭔가 단단히 착각하고 있는 것 같은데.

강 실장의 발걸음이 의자에 앉아 있는 오단에게로 향했다. 그러고는 한 손으로 오단의 뒷덜미를 덥석 잡아 일으켜 세웠다. 순간 옥상에 서늘한 긴장감이 맴돌았다. 해이수가 강 실장의 도발적인 모습을 지켜봤다. 강 실장도 시선에 지지 않고 맞섰다.

― 너희에게 일을 주는 건 우리야. 나는 그 우리 중 한 명이자 연결자고. 그러니까, 내가 갑이고 니들은 을이라고! 갑의 오더도 받지 않고 단독으로 행동하면 씨발 누가 독박 쓰는데?

협박조의 말에도 해이수의 반응은 차가웠다.

― 당신은 말 그대로 연결자일 뿐입니다. 그러니 이래라저래라 하지 않았으면 좋겠군요.

― 이 새끼가 보자 보자 하니까.

오단에게서 손을 뗀 강 실장이 흥분을 감추지 못하고 거칠게 반응했지만, 해이수는 그대로 자리에서 일어나 옥상 밑으로 내려갔다. 강 실장은 해이수의 뒤통수에 대고 경고했다.

― 계속 이딴 식으로 할 거면 각오 단단히 하는 게 좋을 거야.

리눈과 장철수가 차례로 해이수를 따라 내려갔다. 눈치를 보던

남군도 강 실장에게 90도로 허리를 숙인 다음 엉거주춤 그들 뒤를
따랐다.

*

— 받아.

— …….

— 받으라니까.

오단에게 강 실장이 휴대폰 하나를 내밀었다. 오단이 옥상에 남
아 있는 미우기를 바라봤다. 미우기가 고개를 끄덕였다. 오단은 마
지못해 그것을 받아 들었다.

— 강 실장님이 이곳의 실질적인 관리자셔. 해이수와 우리 모두
강 실장님이 관리하는 용역 직원이고.

— 아까 일은 사과하지.

강 실장의 부드러운 목소리가 오단을 더욱 긴장케 했다. 구겨진
오단의 옷을 손수 정리하며 강 실장이 말을 이었다.

— 이수 저 친구가 너무 독고다이로 놀기에 버릇 좀 고쳐주려고
그랬어.

미우기가 말을 거들었다.

— 이곳에 있고 싶으면 강 실장님 말을 듣는 게 좋아.

강 실장이 오단의 어깨를 툭 치며 작별의 말을 건네고는 옥상을
내려갔다.

— 연락 기다려. 바로 연락할지도 모르니까 휴대폰 켜놓고.

이제 옥상에 남은 건 미우기와 오단뿐이었다. 미우기가 말했다.

— 실장님 오신 날에는 일 없어. 당분간 새 오더 들어올 때까진 한가할 거야.

— 어제 같은 일 말인가요?

— 대체로 그래.

— 저 사람은.

— 강 실장님이라 불러.

— 강 실장이 일을 준다는 게 정말이에요?

— 물론. 여기 아파트, 이런 시설, 지원금, 그런 게 다 어디서 조달 된다고 생각해? 해이수도 나도 고용된 직원이야. 이런 걸 모두 해적 질해서 얻는 줄 알았어? 그런 낭만적인 기대를 한 건 아니지?

— 그런 건 아니에요.

— 네가 어떤 목적으로 들어왔건 상관 안 해. 대신 넌 조용히, 얌 전히 시키는 대로만 있어. 여기 있던 일 밖으로 흘리지 말고. 하긴. 흘려도 상관없지.

— 어째서 그렇죠?

— 경찰서에든 방송사에든 모조리 한번 말해봐. 믿어줄 것 같아?

미우기의 마지막 말엔 자신감이 잔뜩 묻어 있었다. 오단도 그 확 언에 수긍하지 않을 수 없었다. 오단은 자신이 경험한 일련의 사건 들을 되짚어보았다. 그리고 스스로에게 처음으로 질문을 던졌다.

내가 지금 뭐 하는 거지?

신고식

납치, 처형, 그리고 자살. 해적 가입 후 인생에서 보지 말아야 할 꼴을 죄다 보고야 만 오단에게 그 뒤 일주일은 불안을 느낄 정도로 고요한 휴지기였다. 오단은 하루하루를 불안한 휴식과 침묵 속에서 소비해야 했다. 한 가지 달라진 것이 있다면 잠자리였다. 지하 2층 관리실에서의 쪽잠은 3일째 되던 날 종료되었다. 남군이 침낭과 간단한 세면도구를 오단에게 구해다 주었고, 아파트 방까지 지정해주었다. 312호. 3층 복도 끝에 위치한 전망이 형편없는 장소였다.

별다른 지시사항은 없었다. 리눈과 함께 아침 순찰을 하는 것을 제외하곤 일주일 동안 아무 일도 하지 않았다. 순찰도 세 번, 네 번 익숙한 패턴이 반복되자 무감각해졌다. 몇 명의 자살자가 더 나왔지만 처음 겪었던 것처럼 긴장되거나 두렵지도 않았다. 많이 사용했기 때문일까. 대형 비닐 천막을 연상케 하는 비닐봉지와 반투명 스카치테이프가 친근하게 느껴질 정도였다.

옥상에서의 아침 식사 시간을 제외하면 모두 각자 행동했다. 해이수는 지하 관리실에서 거의 나오지 않았다. 흡사 뉴스에 미친 사람 같았다. 종일 관리실에 틀어박혀 국내부터 미국, 프랑스, 중국의 뉴스 채널을 시청하며 크고 작은 사건 사고를 체크했다.

미우기는 책을 읽었다. 아침 식사 때에도 언제나 책을 갖고 와 불어 있는 짜장면을 먹으면서도 쉬지 않고 읽었다. 책의 종류는 다양했다. 제목이 한자인 인문학 서적부터 한의학 개론서까지. 분야를 예측하기 곤란할 정도였다.

장철수는 운동광이었다. 초겨울 날씨에도 대부분의 시간을 옥상에서 보냈다. 그에겐 주변 모든 지형지물이 운동기구로 활용되었다. 근력 운동을 위한 자세도 남달랐다. 물구나무선 채로 이동하거나 점프했고, 허공에 거꾸로 매달린 채 상체를 일으켜 좌우로 비트는 등 서커스에 가까운 격렬한 동작을 몇 번이고 반복했다.

남군은 말이 많았다. 하지만 그와 말을 섞으려는 이가 없었던 탓에, 남군의 말벗은 주로 새로운 해적 멤버 오단이 되었다. 그는 밤마다 오단의 312호로 양주를 들고 찾아왔다. 오단이 매번 거절하는 걸 알면서도 술을 몇 번 권하고는 결국 홀로 자작하며 자신의 소싯적 이야기를 늘어놓았다. 오단은 그가 입버릇처럼 말하는 전성기가 도대체 얼마나 오래전인지 묻고 싶었지만 구태여 묻지는 않았다. 무역회사에서 제법 잘나갔다는 그의 무용담에 관심을 보이면 이야기는 더 길어질 것이고, 그렇게 되면 더 이상 지루함을 견딜 수 없을 것 같았기 때문이다.

리눈은 행방을 종잡을 수 없었다. 새벽에 한 번, 아침 식사할 때 한 번 보는 게 전부였다. 나머지 시간에 리눈이 어디서 무엇을 하며 지내는지는 알 수 없었다. 오단이 이곳에서 궁금한 것이 생겼다면 그건 단 하나, 리눈이었다.

오단이 리눈을 눈여겨볼 수밖에 없는 사건이 하나 있었다.

자정에 가까운 시간, 방에서 벽을 바라보고 누운 오단의 귀에 폭죽 터지는 소리가 들렸다. 소리의 진원지를 찾기 위해 밖으로 나온 오단은 소리를 따라 자연스럽게 옥상으로 올라갔다. 그곳에서는 별스러운 일이 벌어지고 있었다. 리눈이 홀로 불꽃놀이를 즐기고 있었던 것이다.

폭죽이 허공 높이 치솟다가 이른 저녁의 어둠 속에서 방사되는 모습은 오단에게도 흥미로운 볼거리였다. 하지만 폭죽이 터지는 규모나 소리의 크기가 예사롭지 않았다. 화약 냄새도 심상찮았다. 마치 포탄이 격발되었을 때나 맡음 직한 냄새였다.

폭죽 소리를 들은 건 오단만이 아니었는지 이내 장철수, 미우기, 남군이 차례로 올라왔다. 기겁을 하고 리눈의 불꽃놀이를 막은 건 미우기였다. 미우기는 화약에 불을 붙이던 리눈을 막아 세우고 소리쳤다.

— 미쳤어? 누가 보급품을 이런 데 쓰라고 했어!

하지만 미우기의 만류에도 불구하고 리눈은 불꽃놀이를 계속했다. 남군은 분신처럼 손에 든 술병을 마시며 혀를 끌끌 찼고, 장철수는 포기한 듯 다시 옥상 밑으로 내려갔다.

그렇게 일주일이 지났다. 작은 교통사고 하나도 놓치지 않고 시청하는 해이수의 집요한 관찰에도 이렇다 할 사건 사고가 눈에 띄지 않았던 기간. 지루한 침묵과 건조한 휴식이 계속되던 때, 오단에게 한 통의 전화가 걸려 왔다. 휴대폰 액정을 '발신자 정보 없음'이라는 표시가 가득 메웠다. 오단은 한참을 망설이다 결국 전화를 받았다.

— 여보세요?

*

과연 잘한 결정일까. 오단은 고민했다.

강 실장의 호출을 받은 오단이 미래아파트를 빠져나온 건 순찰을 마치고 아침 식사도 끝낸 뒤였다. 오단 혼자만 나오라는 독특한 지시. 강 실장은 거기에 또 하나의 조건을 걸었다. 절대 해이수에게 말하지 말 것. 어차피 해이수도 '용역'에 불과하니 실세인 자신의 말을 들어야 할 거라고.

망설이던 오단에게 확신을 심어준 건 미우기였다. 단 한 번도 오단의 숙소를 찾지 않았던 미우기가 오단이 강 실장의 전화를 끊음과 동시에 312호로 들어섰다. 그러고는 강 실장의 말을 듣는 게 중요하다고 덧붙였다.

— 강 실장 말 그대로야. 해이수도 강 실장 지시대로 움직여.

— 두목 허락 없이 여길 나가도 되는 건가요?

— 물론.

말을 끝낸 미우기가 카드 한 개를 건넸다. 카드를 받아 든 오단에게 그가 짧게 말했다.

— 법인카드 비슷한 거야. 그걸로 택시 타고 가.

그로부터 정확히 두 시간 뒤, 오단은 강 실장이 호출한 장소인 방송국 지하 6층 주차장에 도착했다. 오전의 지하 6층은 어두웠고, 주차된 차량은 몇 대 보이지 않았다. 그때, 멀찍이 세워져 있는 BMW의 상향등이 두 번 깜빡거렸다. 강 실장이었다.

— 해이수에게 말했어? 안 했지?

— 예. 말 안 했어요.

— 그래. 잘했어.

곧 강 실장이 아이패드 화면에 띄운 인물은 제법 유명한 중견 아이돌 K였다. 그는 길게 늘어진 앞머리, 힙합 스타일의 배 바지 등 유행 지난 스타일을 여전히 고수하는 올드한 아이돌이었다. 그는 솔로 데뷔 후 주구장창 쇠락의 길을 걸었지만 신기하게도 물량공세에 가까운 방송국의 지원을 받아 지금까지 버티고 있었다.

K의 공연 실황이 담긴 유튜브 화면을 바라보던 오단에게 강 실장이 물었다.

— K 알지?

— 예.

— 모를 리가 없지. 그럼 이건 알아? 이 개새끼가 악질 브로커라는 거.

— 브로커가 뭐죠?

— 어린 여자애들 방송국 윗선에 대주고 자기 방송 분량, 예능 코너 따면서 기생충같이 연명하는 양아치 중의 생양아치지.

하지만 오단은 K를 씹어대는 강 실장이 은근히 K를 부러워한다는 느낌을 받았다. 오단이 크게 놀라지 않는 걸 본 강 실장이 바로 본론으로 들어갔다.

— 이 새끼 따 와.

— 무슨 뜻이에요?

— 지난번에 한 것처럼 납치하라고. 차는 저거 쓰고.

강 실장이 다시 상향등을 깜빡였다. 어둠 속을 비춘 상향등 불빛이 낡은 스타렉스를 비췄다.

— K가 어디 있는데요?

— 널 왜 여기로 불렀겠어? 이 새끼 생각보다 머리 안 돌아가네.

— 지금 방송국에 있단 말이에요?

— 4층 공개 스튜디오에 있어. 지금은 리허설 중이고.

손목시계로 시간을 확인한 강 실장이 다시 말을 이었다.

— 본방 들어가려면 한 시간 정도 남았어. 그사이에 따면 돼.

오단이 잠시 멍한 표정을 지어 보였다. 갑자기, 아무 준비도 없이, 경호원이며 방송국 직원들이 두 눈 부릅뜨고 있는 스튜디오 안으로 들어가 누구나 다 아는 아이돌 가수를 납치하는 게 과연 가능한 일인가.

— 좆밥 새끼. 후달리냐?

강 실장은 오단의 반응을 예상이라도 했는지 키득거리며 차 안에서 담배를 피워 물었다. 한 모금 깊게 들이마신 강 실장이 오단의 검은 머리를 장난스럽게 만지작거리며 낮은 목소리로 다그치듯 말했다.

— 마. 장난질 그만두고 이쯤에서 꺼져.

— 그만두라고요? 뭘요?

— 해적질 말이야. 너도 봐서 알겠지만 이게 무슨 동네 양아치들 장난인 줄 알아? 너희 같은 애새끼들 담력 키워주는 곳 아니니까, 이쯤 하고 집으로 돌아가라고.

— 이것도 테스트인가요?

— 테스트? 이 개새끼가. 크크크크.

웃음을 참지 못한 강 실장이 비열한 폭소를 터뜨렸다.

— 그래. 테스트다. 그런데 그렇게 뭐 씹은 얼굴로 할 수 있겠어?

오단의 반응은 즉각적이었다. 오단은 글로브박스를 열고 손을 더듬어 날카로운 열쇠 하나를 대충 집어 든 뒤 바로 조수석 도어록을 풀었다. 차 문이 열리자 강 실장이 다급한 목소리로 말했다.

— 잠깐! 진짜 하겠다고?

— 리허설 중이라면서요. 따려면 빨리 따야죠.

— 너 정말 후회 안 할 자신 있어? 잡히면 좆되는 거야. 이번에는 아무도 너 보호 못 해.

— 후회 안 해요.

그 말을 끝으로 오단이 문을 닫았다. 서둘러 엘리베이터를 향해 걸어가는 오단의 뒷모습을 보는 강 실장은 끊임없이 헛웃음을 흘렸다.

*

4층 공개 스튜디오에 올라온 오단은 입구에 들어서는 순간 턱, 하고 숨이 막혔다. 오단의 시야를 가득 채운 건 운집해 있는 수많은 사람들이었다.

문제는 관계자들이 아니었다. K에 열광하는 팬들이 문제였다. 설명하기 힘든 길고 떡진 앞머리를 유행처럼 따라 한 극성팬들이 리허설 중인 K의 무대 앞을 경호부대처럼 둘러서서 광분하며 춤을 추어대고 있었다.

하지만 망설일 시간이 없었다. 전광판에 표시된 시간은 앞으로 5분도 지나지 않아 리허설이 마감됨을 알리고 있었으니까.

심호흡을 한 번 크게 한 오단이 곧바로 행동을 개시했다. 일단 K를 잡아 지하 6층까지 내려가기 위해서는 K를 위협할 수 있는 강력한 도구를 확보해야 했다. 한 차례 주위를 두리번거린 오단의 눈에 쓸 만한 소품 하나가 들어왔다. 쇠파이프였다. 오단의 키만 한 그것은 K가 무대에서 저급한 퍼포먼스를 벌일 때 주로 사용하는 것이었다.

오단은 팬들을 억세게 밀쳐내고 무대 앞까지 성큼 다가섰다. 그리고 K의 매니저가 방심한 틈을 타 쇠파이프를 손에 쥐고 그대로 무대 위로 올라섰다. 무대로 밀고 들어오는 극성팬들 봉쇄에 혈안이 되어 있던 경호업체 직원들이 뒤늦게 성난 소리를 냈다.

— 씨발! 뭐 해! 저 새끼 막아!

백댄서들은 K를 돕지 않았다. 사람 키만 한 쇠파이프를 손에 든 어린 괴물 오단을 보고는 일제히 무대 뒤편으로 몸을 피했다. 낯선 침입자를 보고도 여유만만이던 K는 그의 뒤집힌 눈빛을 보고서야 사태의 심각성을 파악한 듯 백댄서들을 따라 뒤돌아섰다. 하지만 이미 때는 늦었고, 오단은 자비를 베풀지 않았다. K의 오른쪽 발목을 겨냥해 쇠파이프를 휘두르는 시늉을 했다. K가 겁을 먹고 외마디 비명을 지르며 쓰러졌다. 그 틈을 타 오단이 쓰러진 K의 목을 붙잡았다. 그러고는 호주머니에 넣어두었던 날카로운 열쇠를 꺼내 K의 목 끝을 누르며 소리 질렀다.

— 다 움직이지 마!

— 미친놈이 내가 누군 줄 알고.

어이없다는 듯 중얼거렸지만 K의 몸은 이미 떨리기 시작했다.

— 잠자코 따라 내려와.

*

오단의 도발적인 행보는 지하 6층까지 이어졌다. K의 목덜미를 붙잡고 엘리베이터에 올라탄 뒤 곧바로 지하 6층까지 내려오는 데 성공한 것이다. 하지만 결론적으로 오단은 K의 납치에 성공하지 못했다. 경호원들이나 뒤늦게 출동한 경찰들 때문이 아니었다. 주차되어 있던 스타렉스의 문이 열리지 않았다. 당황한 오단이 운전석을 들여다봤다. 차 키가 꽂혀 있지 않았다. 아무리 차 문을 잡아당겨봐도 상황은 변하지 않았다. 스타렉스는 강 실장이 말한 대로 준비된 차가 아니었다. 그냥 어느 성실한 로드 매니저가 허름한 방송인을 태우기 위해 전날부터 준비해놓은 이동 차량에 불과했던 것이다.

그사이 계단과 화물용 엘리베이터를 통해 경호원과 경찰 수십 명이 들이닥쳤다. 경호원들 틈새에서 책임자로 보이는 PD가 짜증 섞인 목소리로 오단에게 말했다.

— 야. 장난 그만하고 K 돌려보내. 그럼 그냥 훈방 처리 해줄게.

PD의 말에 목이 붙잡혀 있는 K가 우습다는 듯 대꾸했다.

— 씨발. 니가 뭐 경찰청장이라도 돼? 지 맘대로 훈방해준다고 지랄이야.

K의 독설은 이내 오단에게로 향했다.

— 너도 이쯤에서 그만두고 잘못했다고 해. 이게 뭐 하는 짓이야. 피차 피곤하게. 애꿎은 봉고차 문은 왜 자꾸 잡아당겨!

— 입 다물어. 이 개새끼야!

오단이 소리치면서 다급하게 주위를 둘러봤다. 강 실장의 BMW는 이미 사라진 뒤였다. 오단은 휴대폰을 꺼내 떨리는 손으로 강 실장의 번호를 찾았다. 그리고 통화 버튼을 누르며 K를 차량용 리프트 쪽으로 잡아끌었다.

통화 연결음이 계속되었지만 강 실장은 끝내 전화를 받지 않았다. '지금 고객님께서 전화를 받을 수 없습니다'란 멘트를 오단 너머로 들은 K가 비아냥거렸다.

― 크크크. 새끼. 넌 좆됐어. 좆됐다고!

― 닥치라고. 이 포주 새끼야!

그 말이 오랫동안 방송계에서 상납 하나로 밥줄을 이어온 K를 향한 오단의 마지막 경고였다. 입 좀 다물라는 말은 진심이었다. 그건 비단 K를 향한 경고만이 아니었다. 온갖 욕설과 훈계와 비웃음을 쏟아부으며 자신을 에워싼 사람들, 그러니까 경호원과 경찰들의 웅성거림이 오단을 성가시게 했다.

오단은 K의 낭심을 있는 힘껏 걷어찬 뒤 K를 그토록 기다리는 경호원들의 품에 먹잇감 던져주듯 내던졌다. 그리고는 즉시 몸을 돌려 카 리프트 안으로 뛰어들었다. 회전형 카 리프트는 빠른 속도로 타원을 그리며 순환 이동을 시작했다. 철제 빔에 매달린 오단의 몸이 강한 회전과 함께 수직으로 상승하는 순간 리프트의 문이 닫혔다. 그때, 오단은 똑똑히 들었다. 문이 닫히는 순간 고막을 찢을 듯이 터져 나온 총성을.

*

어느덧 밤이 되었다.

오단은 미우기가 건넨 카드를 사용하지 않았다. 그는 버스, 지하철, 다시 마을버스를 갈아타며 수백 개의 비닐하우스로 가득한 그린벨트를 지난 뒤 걸어서 미래아파트로 돌아왔다.

아파트 입구에 들어서는 오단의 눈에 해이수가 보였다. 해이수는

87

불이 켜진 3층 복도 난간에서 입구에 멈춰 선 오단을 내려다봤다.

오단의 모습은 정상이 아니었다. 점퍼, 바지, 신발 어디 하나 성한 구석을 찾아보기 어려웠다. 옷만이 아니었다. 얼굴과 손이 생채기와 멍으로 가득했으며, 곳곳에 까만 기름이 얼룩져 있었다.

오단을 확인한 해이수가 곧 계단 쪽으로 걸음을 옮겼다. 하지만 입구에서 먼저 모습을 드러낸 건 남군이었다. 남군이 놀란 얼굴로 말문을 열었다.

— 이야. 정말 대단하네. 대단해. 그 꼴을 당하고도 여길 다시 기어들어 와? 정말 너, 제정신 아니구나. 제정신이 아니야.

그의 뒤로 미우기와 장철수의 얼굴도 보였다. 그리고 그때, 입구 옆에 주차되어 있던 차 문이 열렸다. 오단의 시선이 순간 소리가 들린 쪽으로 옮겨졌다. 주차된 차는 쥐색 BMW, 차에서 내린 이는 강 실장이었다.

강 실장이 기분 나쁜 웃음을 흘리며 오단을 향해 말문을 열었다.

— 또라이 새끼가 깡다구 하나는 대단한데. 인정하지.

— 테스트, 아니죠?

질문과 함께 오단의 시선이 입구 쪽, 그사이 걸어 내려온 해이수를 향했다. 그는 무표정한 얼굴로 오단과 강 실장을 번갈아 살폈다. 럭키스트라이크를 입에 문 강 실장이 답했다.

— 씨발, 장난 좀 쳤다. 네 녀석 똘기가 어디까지인지 확인해보고 싶어 견딜 수가 있어야지.

— 장난이라고요?

— 그래. 이 새끼야. 뭐 잘못됐냐?

말이 끝나기가 무섭게 오단의 주먹이 강 실장의 아래턱을 강타했다. 갑자기 얻어맞은 강 실장이 비명을 지르며 비틀거렸다. 오단의 구타는 거기서 끝나지 않았다. 비틀거리는 강 실장의 머리채를 틀어쥐고는 있는 힘껏 뺨을 후려쳤다. 강 실장이 발버둥 치며 명령했다.

— 이 새끼 잡아!

장철수는 부동자세로 그 모습을 지켜보았고, 해이수 역시 마찬가지였다. 강 실장의 코와 입에서 검은 피가 쏟아졌다. 그걸 더 이상 지켜볼 수 없었던지 미우기가 오단을 향해 빠르게 다가갔다. 뒤늦게 남군도 가세해 간신히 오단을 강 실장으로부터 떼어낼 수 있었다. 피가 섞인 가래침을 뱉은 강 실장이 광분하며 비명을 질렀다.

— 이 개새끼가!

분노를 참지 못한 강 실장이 단숨에 차로 달려가 조수석 문을 열더니 콘솔박스에서 콜트 자동권총을 꺼내 돌아섰다. 강 실장의 총구가 이내 오단의 이마 정면을 향했다. 오단은 피하지 않았다.

— 감히 내 얼굴을 쳐! 야 이 새끼야. 이 상판이 보통 상판인 줄 알아? 전 국민이 지켜보는 얼굴이야. 그걸 네깟 허접쓰레기가 짓뭉개냐?

오단도 지지 않고 맞섰다.

— 목숨 갖고 장난친 대가야. 이 진짜 쓰레기야.

— 어린놈이 어디서 꼬박꼬박 반말질이야. 씨발. 여기서 아예 죽여줘?

홍분이 절정에 다다른 강 실장이 방아쇠에 손을 걸고 오단을 위협했다. 하지만 오단은 눈 한 번 쉽게 깜빡이지 않았다. 해적들도 긴장한 기색이 역력했다. 강 실장이 말했다.

— 여기서 뒈져도 어디 가서 하소연할 데도 없어. 너 이 새끼. 저 위에 있는 사설감옥 똑똑히 봤지? 하루에도 두세 명씩 송장 치르는 곳이야. 네깟 좆만 한 새끼 하나 뒈져 묻힌다고 신경 쓸 놈 아무도 없다고!

강 실장의 손은 진심으로 떨리고 있었다. 오단은 느끼고 있었다. 강 실장이 단지 자신을 위협하려는 의도만으로 총을 겨눈 게 아니라는 사실을.

— 살려달라고 말해. 이 개새끼야! 말하라고!

그러나 오단은 말하지 않았다. 정말로 쏠 것 같았지만 오단의 입은 열리지 않았다. 그리고 그 순간, 방아쇠를 쥔 손끝에서 강한 떨림이 일었다.

바로 그때, 강 실장의 총구를 손 하나가 가로막았다. 거칠고 투박한 남자의 손, 해이수였다. 총구를 감아쥔 해이수의 행동에 강 실장도, 다른 멤버들도 모두 놀랐다. 강 실장이 말했다.

— 뭐야? 이 손 안 치워?

— 그만하시죠.

— 너 이 새끼. 나한테 지금 명령하는 거야. 감히 나한테!

— 그만하라고.

해이수의 경고와 함께 미래아파트는 완벽한 진공 상태에 들어섰

90

다. 낮게 깔린 그의 음성이 모든 것을 얼어붙게 만들었다. 그 찰나에 해이수의 눈빛을 마주한 강 실장은 본능적으로 고개를 떨구고 말았다. 강 실장은 이전에도 그 눈빛과 마주해본 적이 있었다. 사람의 온기를 찾아보기 힘든, 철저히 야성만으로 들끓는 눈빛. 그런 짐승의 눈 앞에서는 어떤 위협의 말도, 경고도 소용없다는 걸 잘 알고 있었다.

결국 강 실장은 스스로 총을 거두었다. 입과 코에서 흐른 피를 신경질적으로 닦아낸 강 실장이 뒷걸음질 쳐 BMW 쪽으로 걸어갔다. 그래도 미련이 남았는지 오단을 향해 경고하는 걸 잊지 않았다.

— 너. 앞으로 조심해. 지켜보겠어.

*

— 미안해요.

— 뭐가?

해이수는 여느 때와 같이 뉴스 전문 채널을 시청했다. 화면에 시선을 고정시킨 해이수의 뒤에서 오단이 말을 이었다.

— 증명해 보이고 싶었어요.

— 뭘?

— 내가 해적이라는 걸요.

— …….

— 시키는 건 뭐든 할 수 있다는 걸 보여주고 싶었어요. 제가……

멍청했어요.

오단의 말에 해이수가 천천히 고개를 돌렸다. 오단은 해이수가 어떤 말을 할지 초조하게 기다렸다. 하지만 그는 아무 말도 하지 않았다. 대신 사물함 첫 번째 서랍을 열더니 오래된 구형 휴대폰 하나를 충전기와 함께 꺼냈다.

— 받아.

— 뭐죠?

— 이제부터 그걸로 명령할 거야. 그 전화만 받아.

— 번호는요?

— 받기만 해.

사물함 서랍을 닫은 해이수는 다시 의자에 앉아 뉴스 삼매경에 빠졌다. 휴대폰과 충전기를 받아 든 오단은 그것들을 주머니에 챙겨 넣고 관리실을 나섰다.

*

그날 밤에도 312호로 남군이 찾아왔다. 야상점퍼에 내복 바지 차림으로 온 남군의 손에는 어김없이 양주 한 병이 쥐어져 있었다.

남군은 과거에 한 아이가 썼을 작은 아동용 책상 위에 엉덩이를 대고 앉아 언제나처럼 한 번, 두 번 양주를 권했다. 남군이 답답하다며 창문을 열어놓은 탓에 늦은 저녁의 찬 바람이 방 안으로 몰아쳤다.

세 번째로 양주를 권했을 때 오단은 병을 받아 들었다. 남군이 자랑스럽게 말했다.

— 맥켈란 55년산이야. 씨발. 회사에서 회장들 접대할 때 눈으로 본 게 전분데, 여기선 이게 꼭 생수 같아. 너도 알아둬. 지하 기계실 옆 전기실에 가면 옷이며 술이며 한가득 쌓여 있으니까 필요한 거 있음 거기서 빼내면 돼. 지하주차장에 열 대 정도 있는 차들도 키 꽂혀 있으니까 언제든 몰고 나가도 되고.

독주였다. 참지 못한 오단이 술 한 모금 제대로 넘기기도 전에 쿨럭거렸다. 그 모습에 남군이 킥킥거리며 도로 양주병을 가져갔다.

— 저한테 술은 왜 권하는 거죠?

— 오늘 같은 날, 한잔 마시는 게 좋을 거 같아서.

— 오늘 같은 날이 어떤 날인데요?

— 개 같은 날. 아니야? 너한테는 정말 개 같은 날이었어. 그렇지?

스스로 그렇게 말해놓고 우스웠던지 남군이 키득거렸다. 남군의 입에서 흐른 술이 바닥에 떨어졌고, 그는 웃는 내내 계속해서 쿨럭거렸다. 남군을 지켜보던 오단이 물었다.

— 말해줄 수 있어요?

— 뭘?

간신히 기침을 멈춘 남군이 술병을 건네며 물었다.

— 여기 어떻게 가입했는지 말이에요.

— 우리도 너처럼 해적이란 지하조직에 호기심이 생겨서 찾아온 줄 아는가 보지?

— 아니에요?

— 미쳤냐. 난 이런 데가 있는 줄도 몰랐어.

— 그런데 어떻게 들어왔어요?

— 간단히만 말해줄까?

— 길게 말해도 괜찮은데.

— 아니야. 완전 싸구려 이야기야. 다 들으면 역겨워. 그러니 요점 만 말하지. 잘 들어봐.

오단은 남군이 의외로 술이 약하다는 느낌을 받았다. 맥켈란 다 섯 모금을 연거푸 들이켠 남군이 트림을 두어 번 꺽꺽거린 뒤 말을 이었다.

— 난 그렇고 그런 40대 가장이었어. 조그만 무역회사에 다녔지. 가장 만만하고 짤리기 쉽고 말도 안 되는 취급받아도 참아야 하는 월급쟁이로 일하면서 마누라에 열 살, 여덟 살 아들 둘을 먹여 살 렸고.

— 전혀 안 어울리네요. 이곳과는.

— 좆빠지게 열심히 해서 겨우겨우 임원을 달았는데, 사장 새끼 가 보증 한 번 잘못 서더니 작심하고 튀어버렸어. 불똥이 애매한 중 역인 나한테 죄다 튀더군. 보증 빚 갚으려면 온 가족이 길거리에 아 예 나앉게 생겼던 거야. 그러던 중, 그 새끼가 나타났지.

— 누구요?

— 오늘 너 엿 먹인 강 실장.

남군이 마지막 남은 맥켈란 한 모금을 그대로 입에 털어 넣었다.

— 방송에선 그렇게 오피니언 리더처럼 굴더니 씨발, 완전 생양아치 새끼야. 처음부터 다짜고짜 이곳으로 끌고 와 감금하더니 하루가 멀다 하고 죽도록 두들겨 패기만 하는 거야. 그러다 어느 날 거래를 제안했지.

— 거래요?

— 해적이 되라는 거야. 다른 선택의 여지는 없다고. 그래서 결국 사채업자한테 썼던 것보다 더 말도 안 되는 계약서를 쓰고 이 일을 시작하게 된 거지.

— 가족들은 알아요?

— 마누라하고 아들내미들은 나 브라질로 출장 간 줄 알아. 여기서 이 짓거리 하고 있는 줄 알면 아마 까무러치겠지.

추위를 참다 못한 오단이 창문을 닫았다. 그러고는 물었다.

— 다른 사람들도 비슷한 이유로 여기 와 있는 거예요?

— 자세한 내막은 모르지만, 아는 대로 말해보자면 미우기는 의사 출신인 것 같아. 여기서 자살 기도하다 동맥 끊긴 새끼들 미우기가 숱하게 살려냈어. 어디 대학병원 레지던트라는데 무슨 이유로 여기 있는지 도통 말을 해야지. 장철수는 딱 보면 대충 감 잡히지 않아?

— 잘 모르겠어요. 워낙 말이 없어서.

— 장철수 그 친구는 탈북자야. 탈북자인데, 남한에서 제대로 정착하지 못하고 떠돌아다니다 교도소 신세 지고, 그러다 무슨 이유로 탈옥까지 한 걸로 알고 있어. 신분이 밖으로 유출되면 장철수는 그대로 철창행이야. 알겠지?

자기 입으로 말하면서도 뭔가 찝찝했는지 남군은 오단에게 당부하듯 말했다. 고개를 끄덕인 오단이 마른침을 삼킨 뒤 마지막 질문을 던졌다.

― 그럼…… 두목은요?

남군이 쓴웃음을 지으며 자리에서 일어섰다. 텅 빈 양주병을 책상에 놓고 의자에 앉아 있는 오단의 어깨를 두어 번 다독여주었다.

― 몰라. 두목은 진짜 몰라. 어디서 뭐 하던 인간인지. 다만 이건 확실히 알지.

― 뭐죠?

― 두목은 누구도 겁내지 않아. 누구도.

그렇게 말한 남군이 자리에서 일어섰다. 그러고는 방을 한 바퀴 맴을 그리듯 돌았다.

― 나도 궁금해.

어느새 현관문 앞까지 걸어간 남군이 약간은 풀린 눈으로 오단을 바라보았다.

― 두목은 왜 해적이 된 걸까?

컴퍼니

정장 차림을 한 두 여직원의 몸놀림이 바빠졌다. 그들은 서둘러 ㄷ자형으로 구성된 테이블에 인원수대로 태블릿과 서류, 에비앙을 내려놓았다.

회의실은 거대했다. ㄷ자형 테이블의 *끝*과 *끝*에서 상대를 알아보는 것도 힘들 정도였다. 전동 블라인드가 올라가자 벽면을 둘러싼 대형 창문 너머로 강남 일대 초고층 인텔리전트빌딩들이 도열한 모습이 한눈에 들어왔다.

엔지니어들의 음향 정비가 마무리될 때에 맞춰 수행비서들이 문을 열고 들어섰고, 그 뒤로 느린 걸음, 우아한 걸음, 서두르는 걸음 등 개성이 넘치는 걸음걸이를 지닌 이들이 모습을 드러냈다. 족히 30여 명은 넘어 보이는 정장 차림의 사람들은 약간 권태로워 보였지만, 그럼에도 중요한 회의를 숱하게 치러본 자들 특유의 신중한 태도가 엿보였다.

연령대 역시 다양해 보였다. 40대 초반부터 시작해 70대 이상으로 보이는 고령 참석자도 눈에 띄었다. 직원들이 자리 세팅을 끝낼 때쯤 마지막으로 회의실 앞문을 열고 한 남자가 등장했다. 그는 ㄷ자형 테이블 자리에 앉지 않았다. 대신 강단에 마련된 진행석에 앉아 무선 마이크를 착용했다. 60대 초반으로 보이는 남성이었지만, 보기에 따라서는 40대라고 불러도 무방할 만큼 기묘한 활력으로 들끓는 세련미를 갖추고 있었다. 간단히 마이크 테스트를 끝낸 그는 자신을 소개했다.

— 정인구입니다.

최연소 과학기술부장관 출신이며 역시 최연소 여당 전략기획위원으로 활동했던 현직 행정안전부장관. 자타가 공인하는 브레인. 정인구의 얼굴과 이름을 모르는 사람은 이 자리에 없었다. 긴 자기소개는 필요하지 않았다.

정인구가 그들을 둘러봤다. 리스트가 진행석 자리 위에 올려져 있었지만 참석자와 불참석자를 확인하는 번거로운 짓은 하지 않았다. 이미 오랫동안 봐온 얼굴들이니까.

정인구의 시선이 마지막으로 머문 곳은 왼쪽 테이블 중간 자리에 앉은 한 남자였다. 불편한 표정이 역력해 보이는 남자. 그는 강 실장으로 불리는 인물이었다. 정인구는 강 실장에게서 눈을 떼고 태블릿 화면을 터치했다. 블라인드가 다시 내려가며 창을 가렸다. 회의장이 곧 어두워졌다.

— 그럼 지금부터 컴퍼니 정기보고를 시작하겠습니다.

*

정인구가 브리핑한 시간은 채 10분도 되지 않았다. 사실 정인구는 한마디 말도 내뱉지 않았다. 그저 컴퍼니의 인공지능이 빅데이터를 분석한 결과가 화면에 떠올랐을 뿐이다. 시작은 대한민국 인구 분석이었다. 학력, 성별, 소득 수준, 정치 성향, 거주지역별 동향을 분석한 자료가 제시되었다. 그다음은 국제관계 분석이었다. 무역 불균형, 북한의 군사 동향, 세계 고위 관료들의 입지 변화, 각국의 안보 실정 등이 나열되었다. 이후, 언론 분석으로 화면이 이동되었다. 해외 거대 언론부터 일견 사소해 보이는 1인 미디어 게시글까지 전부 분석의 대상이었다. 이 모든 분석 결과를 종합한 수치는 단 하나였다.

시스템 불온지수 75퍼센트. 현재, 안정 수준에서 25퍼센트포인트 초과.

마지막으로 화면에 뜬 것은 인공지능이 필터링한 '특별관리대상자' 명단이었다. 인물의 사진과 약력이 하나둘씩 떠올랐다. 회의에 참석한 사람들은 테이블에 마련된 OX 버튼 중 하나를 눌러 이들에게 판결을 내리면 되었다. 여섯 명의 인물 가운데 다섯 명이 회의 참석자들로부터 '처형' 처분을 받았고, 한 명은 처리가 '보류'되었다.

여섯 명 중에는 제법 대외적으로 이름이 알려진 유명 인사도 있었고, 정계에서 잔뼈가 굵은 정치인도 있었다. 여성과 남성의 성비는 단연 남성이 압도적이었다. 정인구는 전자투표를 마감한 뒤 빈틈이 보이지 않는 사무적인 어조로 다음과 같이 말했다.

— 이번 회의는 이것으로 마무리하겠습니다. 기타 의견 있으시면 말씀해주세요. 시간 관계상 두 분의 질문만 2분 30초 내로 받고 끝내는 걸로 하겠습니다.

정인구가 스마트워치로 현재 시각을 확인했다. 오전 7시 55분. 8시가 되면 회의를 마칠 계획이었다. 시간 엄수가 생명이라고 생각하는 건 정인구만이 아닌 듯 보였다. 그들 모두의 태도에서 시간 엄수에 대한 분명한 강박이 돋보였다.

10초 정도가 흐른 뒤 테이블 중앙 자리에 앉은 가장 연령대가 높아 보이는 남자가 천천히 손을 올렸다. 정인구가 말했다.

— 말씀하세요. 박 의원님.

박 의원으로 호명된 그가 주위를 둘러본 뒤 말을 이었다.

— 최근 일에 대해 보고받고 싶은 게 있는데.

— 말씀하세요.

정인구의 채근하는 듯한 태도가 다소 거슬렸던지 박 의원이 쓰고 있던 안경을 벗어 테이블 위에 내려놓았다. 팔짱을 끼고 몸을 뒤로 젖힌 그가 말을 이었다.

— 해적 애들이 사람을 한 명 더 받았다고 하던데, 사실이오?

박 의원의 질문이 끝나기 무섭게 정인구의 눈길이 테이블 좌측 중간의 강 실장에게로 향했다. 강 실장도 정인구의 시선을 피할 의사가 없어 보였다. 회원들의 시선은 양분되었다. 박 의원과 정인구에게로. 박 의원이 거듭 다그치듯 말했다.

— 도대체 해이수. 그놈 기준은 뭐요? 그리고 정 장관. 당신이 그 뒷수습 책임지고 할 수 있는 거요?

— 제가 책임질 일은 아니죠.

— 뭐야?

박 의원의 고압적인 말투에도 정인구는 동요하지 않았다. 계속해서 시간을 확인하던 정인구가 말을 이었다.

— 어차피 우린 해이수에게 용역을 맡겼습니다. 우리가 요구한 용역 건을 그가 불성실하게 처리한 적도 없었고요.

— 하지만 검증되지 않은 인간들을 자기 식구로 받아들이면 곤란하잖아. 일이 외부로 발설될 우려는 전혀 안 하는 거요?

— 언론통제는 우리 몫입니다. 해이수는 해적의 용역 건에 대해서는 자신의 세량을 침해받지 않을 권리가 있어요.

— 해이수, 그 인간을 지금 두둔하는 거요?

— 전 누구도 옹호할 생각이 없습니다.

잠시 말을 끊은 정인구가 더욱 단호하고 둔중한 어조로 말을 이었다. 그의 목소리는 말하고자 하는 이들의 의지를 단번에 압도할 정도로 강력했다.

— 다 인지하고 계시겠지만 지금 여기, 컴퍼니는 명분을 생각하는 곳이 아닙니다. 여러분들의 인정하에 우리나라 정치, 경제, 종교 시스템의 완벽한 메커니즘을 구현하는 곳이죠. 그 메커니즘의 구현을 위해 컴퍼니는 과거에도 그렇고 앞으로도…… 할 수 있는 모든

것을 해야 합니다.

그 말을 끝으로 정인구는 일방적으로 박 의원의 질의 진행을 중단시켜버렸다. 명분은 충분했다. 시간 초과.

두 번째 질의는 없었다. 박 의원은 불쾌한 심기를 감추지 않았지만 다른 이들이 그에게 동조하지 않았기에 더 이상 문제를 제기하지 못했다. 8시 정각이 되자 정인구는 진행석에서 일어섰다.

― 그럼 이것으로 컴퍼니 정기보고를 마치겠습니다. 다음 정기보고는 추후 공지 드리겠습니다. 수고하셨습니다.

*

비상계단에서 강 실장과 정인구가 마주쳤다. 정인구는 정기보고가 끝나면 32층 회의실에서 1층까지 계단을 이용해 내려가곤 했다. 그런 습성을 아는 강 실장이 전용 엘리베이터를 이용해 23층에서 정인구를 기다리고 있었던 것이다. 강 실장과 마주한 정인구는 무표정했다. 놀란 얼굴도, 짐작했다는 얼굴도 아니었다. 자신을 가로막고 선 강 실장에게 정인구가 물었다.

― 무슨 일이시죠?

― 당신은 알고 있었지?

― 뭘 말입니까?

주위를 살핀 강 실장이 한 걸음 더 정인구에게 다가와 한 톤 낮춘 목소리로 말했다.

— 오단이 해이수를 찾아갈 거라는 거.

불길한 짐작과 추정으로 가득한 강 실장의 말에 정인구는 태연함으로 일관했다.

— 오단은 성인입니다. 자기 일은 알아서 해야죠.

그 태연함에 강 실장은 어이없어 했다.

— 당신이 그렇게까지 하며 지키려던 녀석이 스스로 사지에 뛰어들었는데, 이렇게 태연해도 되는 거야? 걔 지금 완전히 미쳤어. 내가 어떻게든 쫓아내보려고 했는데 소용 없었다고.

정인구는 강 실장이 더 말하려는 것을 방관하지 않았다.

— 그 얘기는 그만두시죠. 피차 피곤해질 것 같은데.

정인구의 말은 사전 입막음 성격이 짙었다. 그래서일까. 강 실장은 더 말을 잇지 못했다. 그래도 미련이 남았는지 강 실장은 자신을 지나쳐 내려가는 정인구의 등에 대고 한마디 던졌다.

— 괜찮겠어?

정인구가 뒤돌아서 되물었다.

— 뭐가 말입니까?

— 해이수, 그 인간 밑에 두는 거…… 괜찮겠냐고?

그 말에 정인구가 잠깐이나마 인간적인 동요를 보였다고 강 실장은 생각했다. 어쩌면 강 실장만의 착각일 수도 있었다. 하지만 강 실장은 자신의 착각에 살을 붙이길 원했다.

— 그놈이 무슨 짓을 했는지 자네가 더 잘 알 거 아니야. 안 그래?

정인구가 짧은 한숨을 내쉰 뒤 짧게 답했다.

— 아까도 말씀드렸죠. 오단, 그 애가 알아서 할 거라고요.

*

— 이젠 그만해도 되지 않겠어?

오랜 침묵을 깨고 윤 국장이 말했다. 그 말을 던진 뒤 윤 국장은 맞은편에 앉은 차인에게서 시선을 돌려 주위를 둘러봤다. 차인 역시 주변을 살폈다.

그곳은 분주하고 바쁜, 하지만 선명한 활력으로 들끓는 곳이었다. 여러 대의 대형 카메라가 360도 방향으로 움직였고, 취재를 준비하는 기자들의 자리 위에 맥북들이 눈에 띄었다.

뜨거울 만큼 화려한 조명과 벽면을 가득 메운 모니터. 차인은 언제나 이곳의 주인공이었다. 이 거대한 9시 뉴스데스크 스튜디오의 중심은 언제나 그랬듯 데스크였으며, 차인은 이 데스크에서만 벌써 6년째 자리를 지켜오고 있었다. 새벽 뉴스에서 아침 뉴스로, 아침 뉴스에서 저녁 9시 뉴스로 지상파 방송국 앵커로서 자신의 입지를 다져오던 차인. 그녀는 사회부 기자 출신이라는 이력과 여성이란 핸디캡에도 불구하고 저녁 9시 뉴스를 단독으로 진행할 만큼 성공가도를 달리던 히로인 중의 히로인이었다.

하지만 지금, 자신 앞에 선 아나운서 선배이자 직속상관인 윤 국장의 무겁게 가라앉은 말 한마디에 주위의 온갖 소란스러움은 차인의 귓가에서 완전히 사라져버렸다.

106

메이크업을 끝내고 뉴스 시작을 기다리던 차인은 윤 국장의 침묵을 참을 수 없었다. PD 역시 대화가 품고 있는 심각성을 눈치챘는지 뉴스 시작 20분 전임에도 별다른 재촉을 하지 않았다. 윤 국장이 말을 이었다.

— 미국 연수라도 갔다 와. 그사이 다큐나 교양 쪽에 자리 하나 봐둘 테니.

윤 국장의 모든 말들이 차인에게는 치졸하고 구차한 변명으로밖엔 들리지 않았다. 차인이 말했다.

— 그냥 사표 쓰라고 하세요.

— 그런 뜻이 아닌 거 알고 있잖아.

— 돌려 말할 필요 없잖아요.

— 이것 봐. 차 앵커. 아니 차인.

— 뉴스 앵커더러 리포터 흉내나 내라는 게 사표 쓰라는 말과 뭐가 다른데요?

— 사안이 중대해서 그래. 사안이. 그걸 모르는 거야?

중대한 사안. 그 말이 차인의 마음을 무겁게 짓눌렀다. 문제의 발단은 작년 대선이었다. 투표를 앞두고 야당 후보를 공격하는 직설적 표현이 담긴 차인의 클로징 멘트가 9시 뉴스를 연속 도배해버렸다. 그런데 그 와중에 여당 전략기획위원장인 김상문 의원과의 스캔들이 터진 것이다. 하지만 차인은 눈에 보이는 대로만 판단받고 싶지 않았다. 김상문 의원과의 접촉은 이후 정계 진출을 위한 전략적 만남이었을 뿐인데, 이것이 증권사의 입소문을 타고 희대의 스캔들로 비화한 것이다.

또한 야당 대통령 후보 비난 발언은 윤 국장을 비롯해 여당과 정부의 거수기 노릇을 자임하고 나선 공중파 방송국 인사권자들의 보이지 않는 압력이 근본적인 원인이었다. 하지만 보이는 것만으로 모든 것을 판단하는 게 이 바닥 생리라는 걸 차인이 뒤늦게 실감했을 때는 이미 늦었다. 윗선들은 이미 차인이란 쓸모없어진 가지를 쳐내려고 안달이 나 있었다. 윤 국장이 귀엣말로 속삭이듯 말했다.

— 오히려 기회일지도 모르잖아. 김상문 의원과 어떻게 다시 재결합해서 이참에 여당 텃밭에서 전략공천 받을 수도 있고. 안 그래?

차인이 윤 국장을 짜증스럽게 쏘아봤다. 윤 국장의 입에 발린 말에 일말의 현실성조차도 휘발되었기 때문이다. 김상문 의원은 차인과의 염문이 언론에 공개된 이후 전화번호를 바꿔버릴 정도로 차인에게 차갑게 굴고 있었다. 스캔들 메이커로 낙인찍힌 차인에게 정치권이 러브콜을 보내올 가능성은 전무했다. 그런 상황을 누구보다 더 잘 알고 있을 윤 국장이 마음에도 없는 말을 하자 차인은 복받치는 화를 억누르지 못하고 자리를 박차고 일어났다.

데스크를 빠져나온 차인이 그대로 스튜디오 밖으로 나가려 했다. 차인의 돌발행동에 PD도, 윤 국장도 당황스러움을 감추지 못했다. 윤 국장이 급히 한마디 내뱉었다.

— 프로답지 않게 이러면 정말 곤란해.

그 말을 듣는 순간 차인이 뒤돌아섰다. 그러고는 윤 국장을 노려봤다. 윤 국장뿐만이 아니었다. 차인의 시선은 이제 스튜디오 안 모든 이들을 향했다. 그들을 지켜보던 차인은 왠지 모를 서글픔을 느꼈다. 사람이란 게, 조직이란 게 이런 걸까. 어느 순간 박혀 있던 자리에서 뽑혀나가고 또 새로 비집고 들어서고. 이런 악다구니 속에서 도대체 무엇을 찾을 수 있을까.

한국 사회에서 여성이란 존재는 언제나 차갑고 냉정해야 살아남는다고 생각해온 차인이었다. 그래서 사랑마저도 전략으로 생각하려 했는데, 지금의 그녀는 모든 게 혼란스러웠다. 그 혼란이 가중되어서일까. 차인이 마지막으로 남긴 한마디는 윤 국장을 비롯해 스튜디오 안에 있는 모든 이들을 향한 것이었다.

— 프로페셔널 너무 좋아하지 마세요. 제발 부탁이에요.

*

무단으로 뉴스 생방송을 펑크 낸 차인을 위로하기 위해 찾아온 이는 단 한 명이었다. 신방과 시절의 대학 선배이자 톱클래스도, 그렇다고 아예 삼류도 아닌 어중간한 위치에 있는 시사주간지 주간 구일선만이 주홍글씨가 찍혀버린, 그래서 방송 관계자들도 쉽게 다가가기 힘들어져버린 차인을 찾아 여의도 근처 술집으로 왔다.

지하에 위치한 술집은 여의도의 다른 술집과는 다르게 예전의 소탈함을 그대로 가지고 있었다. 세련된 분위기의 접대용 룸살롱 분위기와는 거리가 먼 곳. 이곳은 한때 차인과 방송국 선배들이 주로 찾던 술집이었다. 하지만 이제는 이곳을 찾는 발걸음들이 뜸해졌다.

옛 추억을 떠올리는 이들만 가끔 찾아올 뿐이었다.

차인 옆에 앉은 구일선이 싱거운 농담부터 던졌다.

— 오늘 저녁 뉴스 끝내주던데. 그 오리 주둥이 여자 앵커, 네 후배냐?

— 풋풋하잖아. 이젠 뉴스 앵커도 젊고 말 잘 듣는 애로 바꿀 때가 됐지.

— 그래서 뉴스하고 있을 시간에 여기 와서 이러고 있는 거야?

— 선배.

— 말해.

— 아닥하고 술이나 처마시자.

차인과 구일선은 잭 다니엘 세 병을 비웠다. 상당히 취기가 오른 구일선과 다르게 차인은 취하지 않았다. 본래 술이 센 편도 아니었고 적게 마신 것도 아니었지만 좀처럼 취하지 않았다.

차인이 술에 취하지 않은 것은 대작한 지 두 시간쯤 지났을 때 구일선이 던진 의외의 이야기 때문이었다. 그 시작은 차인의 인생에서 다시없을 짜증스러운 순간을 잊게 해주기 위해 구일선이 늘어놓은 일상 이야기였다. 이혼남인 구일선의 일상은 건조할 만큼 일 얘기밖에 없었고, 시사주간지 주간이 하는 일이란 것이 다 거기서 거기, 정재계의 비하인드 스토리를 다루는 것이었다.

차인은 애초부터 구일선의 이야기를 귀담아들을 생각이 없었다. 으레 술이 들어가면 남자란 동물들이 하는 이야기는 모두 그 나물에 그 밥이라 생각했기 때문이다. 하지만 구일선의 말을 듣는 동안 차인의 표정은 점점 진지해졌다. 그리고 마치 특종을 잡았을 때처럼 점점 가슴이 두근거리기 시작했다.

*

— 컴퍼니?

— 응. 알게 모르게 그렇게 불러. 딱히 공식 명칭은 아니지만 뭐 그런 거 있잖아. 고유명사처럼 회자되는 이름.

— 실체가 있어?

— 실체? 실체라고 말하는 게 더 우습다.

— 무슨 뜻이야?

— 넌 우리가 사는 세상에 과연 실체란 게 있다고 믿는 거야? 짤리더니 되려 순진한 척하네.

2년 전부터 구일선은 각계각층의 사람들이 소리 소문 없이 사라지고 있다는 사실을 눈치챘다. 이에 비선 라인을 총동원해 탐사보도를 기획했지만, 안타깝게도 취재 대상, 즉 컴퍼니의 실체를 규명하지 못한 탓에 프로젝트는 답보 상태에 빠져 있었다. 그럼에도 구일선은 공식 명칭조차 불분명한 컴퍼니의 존재에 분명한 확신을 갖고 있었다.

— 무슨 음모론 같은 거야?

— 그런 것 비슷해. 그런데 도무지 접점이 안 잡혀.

— 무슨 접점?

구일선이 진지하게 물어오는 차인에게 역시 진지하게 눈을 부릅뜨며 답을 이어나갔다.

— 아무리 봐도 실종자들 사이에 공통점이 별로 없다는 거지. 서로 간에 이해관계도 부족하고. 실종된 인물이 유명인이 아닌 경우도 많단 말이야. 납치를 할 만한 또렷한 목적도 없어 보이고.

그렇게 말한 뒤 구일선은 태블릿을 꺼내 엑셀 파일로 작성된 실종자 명단을 보여주었다. 그 명단엔 차인도 들어본 적 있는, 실제로 만나 인터뷰했던 사람들의 이름도 있었다.

— 전 해양경찰청장 이근욱? 이 사람도 실종됐어?

— 응.

— 그런데 어떻게 언론이 입도 뻥끗 안 할 수 있어? 일반인도 아니고 고위급 공무원인데?

— 그러니까 신기한 거지. 보통 규모가 아니면 이렇게 일사불란하게 언론을 통제할 수 없거든.

— 무슨 목적이야?

— 그걸 모르겠어.

— 모른다고?

— 잡아간 건 분명해. 그런데 무슨 목적인지, 어떻게 인질들을 처리하는지, 동기, 정황, 배후 죄다 모르겠다고.

— 입증하긴 어렵겠지만 제대로만 터뜨리면…….

차인이 흐린 말끝을 구일선이 마지막 스트레이트 잔을 비우며 대신했다.

― 한국의 어신지가 되는 거지.

한국의 어신지. 그 말을 듣는 순간, 차인의 머리는 더욱 차가워졌다. 이건 지푸라기라도 잡는 심정과는 차원이 다르다는 느낌이 들었다. 배경이 자신의 출세를 보장해줄 수 없을 때, 조직의 낙오자가 다시 일어설 수 있는 단 하나의 길은 바로 여론의 힘을 얻는 것이다. 차인은 여론몰이를 할 수 있는 재료가 필요했다. 그녀는 어신지란 말을 끝으로 화장실로 직행하는 구일선의 뒷모습을 보며 뭐든 해봐야겠다는 의지, 혹은 불타는 집념 같은 것을 느꼈다.

*

새벽. 오단에게 한 통의 전화가 걸려 왔다. 자리에서 일어선 오단이 시간을 확인했다. 새벽 5시 20분. 평소 같다면 지금쯤 312호 앞으로 리눈이 왔을 것이다. 복도 가득 리눈의 슬리퍼 끄는 소리가 전해졌겠지. 하지만 소리는 들리지 않았다. 인기척도 없었다. 끊이지 않고 이어지는 휴대폰 진동음만이 서른 평 남짓한 공간을 가득 메울 뿐이었다.

전화를 받는 순간 오단은 이것이 해이수가 건넨 휴대폰임을 떠올렸다. 그렇다면 누가 걸었는지는 분명했다.

― 예.

[왜 이렇게 늦게 받아?]

헝클어진 머리를 손으로 대충 쓸어 넘긴 오단이 변명하려 했지만 해이수가 말을 잘랐다.

[올라와.]

— 어디로요?

[11층.]

오단이 11층에 도착했을 때, 해이수가 독방 안에서 한 남자의 목덜미를 끌고 나오는 모습이 보였다. 알몸 차림에 험악한 인상을 지닌 남자였다. 두 손에 수갑이 채워진 채로 발버둥 치는 모습이 거대한 뱀 한 마리가 교태를 부리는 것 같았다. 남자의 온몸에 덧씌워진 뱀 모양 문신 탓이었다. 심지어 성기 주변까지 문신을 한 남자는 억세고 강렬한 해이수의 손아귀에 붙잡힌 채 살려달라고 몸부림쳤다.

— 엘리베이터.

해이수가 지시하자 오단은 서둘러 비상용 엘리베이터 버튼을 눌렀다. 곧이어 문이 열렸고, 해이수가 남자를 엘리베이터 안으로 집어 던졌다. 구석에 나뒹군 남자가 일어서 도망치려 하자 해이수가 남자의 가슴팍을 있는 힘껏 내리쳤다. 그러자 알몸의 남자가 벽에 부딪치며 엘리베이터 칸 전체가 크게 요동쳤고, 강한 충돌로 인해 벽면에 부착된 유리마저 산산조각 나고 말았다. 유리 조각들이 남자의 벗은 몸 위로 우박처럼 쏟아져 내렸다.

무릎을 꿇은 남자는 오단의 다리에 기대 애원했다.

— 살, 살려주세요! 잘못했어. 제…… 제발.

오단은 자신을 올려다보는, 이미 눈물 콧물을 쏟아낼 대로 죄다 쏟아낸 남자의 큰 코에 달린 피어싱을 바라봤다. 남자의 오열에 코에 피어스된 액세서리도 함께 움직였다. 해이수가 오단에게 말했다.

— 악마를 직접 보는 기분이 어때?

— ……?

— 이 새끼. 제 어미 죽이고 시체를 토막 냈어. 머리, 팔, 다리, 꼼꼼하게도 잘라냈지. 그렇게 토막 낸 시체 옆에서 아무 일 없다는 듯 라면을 끓여 먹었어. 그것도 두 개씩이나.

— 잘못했다고요! 이젠 안 그럴게요. 저 라면 이제 안 먹어요. 그러니까 살려주세요!

오단의 눈에는 그저 우는 아이로만 보였다. 아직은 앳된 남자의 얼굴만 바라보고 있으면 꼭 그랬다. 잘못했다고, 다신 안 그러겠다고 눈물 흘리며 부모에게 애원하는, 마냥 슬픈 아이. 오단은 문득 이런 생각이 들었다. 이 아이에게 살해당하는 순간 어머니의 마지막 마음도 그렇지 않았을까. 오단이 말했다.

— 13층으로 가는 거 맞죠?

— 알아서 잘하는군.

— 올라가서 어떻게 할 거죠?

— 보면 알아.

*

13층 심판장에는 리눈이 기다리고 있었다. 추운 듯 잔뜩 웅크리고 앉은 리눈 앞에 못 보던 물건이 놓여 있었다. 간이용 가스버너 위에 끓고 있는 냄비. 리눈은 젓가락으로 냄비의 내용물을 휘휘 저었다. 라면이었다.

해이수가 리눈의 옆으로 남자를 집어 던졌다. 그러고는 바닥에 굴러다니는 철근 중 하나를 집어 남자의 발목과 무릎, 허리를 내리쳤다. 남자의 외마디 비명과 함께 검은 핏물이 사방으로 튀어 올랐다.

— 꼬들꼬들한 거 좋아해? 불은 거 좋아해?

리눈이 남자에게 물었다. 겁에 질린 남자는 아무 답도 못 했다.

— 말 안 해? 알았어. 그럼 내가 좋아하는 식으로 끓일게. 난 꼬들꼬들한 게 좋아.

불을 끈 리눈이 라면이 담긴 냄비와 나무젓가락을 남자의 자리 앞에 내려놓았다. 남자가 해이수를 바라보며 말했다.

— 살려주세요. 앞으로 잘할게요.

— 뭘 잘해?

— 교도소로 돌아가게 해주세요. 그곳에서 평생 뉘우치며 살게요. 절 돌려보내주세요. 제발요.

— 정말 돌아가고 싶어?

— 예! 가고 싶어요. 잘할게요. 정말 잘할게요! 으흐흐.

— 잘하면…… 잘해서 어떡할 건데?

— 예?

— 잘해서 앞으로 어떻게 할 거냐고?

— 뭐…… 말 잘 들어서 갱생? 갱생 같은 것도 하고…… 틈나면 좋은 일도 하고.

남자가 횡설수설했다. 더 좋은 말이 있으면 뭐라도 하고 싶어 안달이 나 있었다. 자신을 내려다보는 해이수가 도대체 무슨 생각을 하는지 확신할 수 없었기 때문이다.

고개를 숙인 해이수가 이내 고개를 들어 남자에게 명령했다.

—라면 먹어.

—예?

—라면 먹으라고.

—이거 먹으면 살려주실 거예요? 정말이에요?

—먹으라고.

해이수의 지시는 심판관의 마지막 집행 선언을 닮아 있었다. 이 순간, 오단은 느꼈다. 해이수는 어쩌면 진짜 사람이 아닐지도 모르겠다고. 괴물일 거란 확신은 감상적 생각이나 공상과는 거리가 멀었다. 분명한 실감이었다.

덜덜 떨리는 손으로 라면을 먹던 남자는 결국 심판자의 손길에 의해 숨을 거두고 말았다. 해이수의 손에 들린 철근이 라면을 입에 문 남자의 머리통을 정통으로 가격했다.

그 모습을 지켜보던 오단의 눈빛도 함께 떨렸다. 어쩔 수 없는 반응이다. 오단은 해이수를 지켜보며 숨이 막히는 자신을 어쩔 수 없다고 위로했다.

나는 아직은 사람이야, 라고 위로했다.

반대로 해이수의 표정은 한층 복잡해졌다. 불확실한 상황을 직접 확인하고 싶은 충동이 담겨 있는 표정이었다.

*

특별한 예외가 적용되는 날인 듯했다. 이날, 오단의 아침 식사 장소는 옥상이 아닌 13층이었고, 멤버는 해이수와 리눈, 아침 메뉴는 라면이었다.

남자를 대형 비닐에 묶어 처리하는 동안 리눈은 남자가 한 모금 삼킨 라면을 버리고 새 라면을 끓였다. 내부 마감 전 아파트 공사 현장과도 같은 13층. 사방이 환히 뚫린 공간 중앙에 위치한 커다란 테이블에서 셋은 말없이 라면을 먹기 시작했다. 라면을 집은 오단의 손등엔 남자가 흘린 피가 흥건히 얼룩져 있었다.

라면을 먹은 뒤, 해이수가 오단에게 서류 뭉치 하나를 던졌다. 해이수는 럭키스트라이크를, 해이수와 오단 사이에 자리 잡은 리눈은 츄파춥스를 입에 물었다. 해이수가 말했다.

—봐.

거의 백지였다. 어떤 사람의 신상명세가 기록된 보고서 용지였는데, 생년월일, 출생지, 가족관계, 연락처, 학력, 그 모든 게 '없음', '없음', '없음', '없음'이었다.

신상명세 다음엔 정보통신망 이용 내역이 이어졌다. 페이스북, 이메일, 커뮤니티, 블로그, 어디에도 '없음'으로 나왔다. 해이수가 오프라인과 온라인, 어디에도 존재하지 않는 것으로 확인된 보고서 속 인물을 손가락으로 가리키며 말했다.

—그게 너야.

오단도 이미 알고 있었다. 보고서에 '오단'이란 이름이 쓰인 것을 처음부터 보았던 것이다. 해이수가 말을 이었다.

— 오지의 부족민도 최소한의 흔적은 남겨. 하지만 넌 아무것도 없어. 그래서 더 이상하고.

해이수가 절반쯤 피우던 럭키스트라이크를 대뜸 바닥에 떨어뜨렸다. 그의 말이 이어졌다.

— 서류만으로 보면 넌 지구상에 없는 유령이야. 어디에도 없는 유령.

오단의 시선이 리눈에게로 옮겨갔다. 무표정하게 자신을 바라보는 리눈과 시선을 마주하던 오단은 이내 시선의 방향을 다시 해이수에게로 옮겼다. 보고 싶지 않았고 마주하고 싶지 않았지만 오단은 해이수의 눈동자 너머에서 방금 전 살려달라고 소리친 남자를 목격했다.

— 이런 경우는 딱 두 가지야.

— 뭔데요?

— 진짜 유령이거나, 완벽하게 정보를 삭제했거나.

— 내 경우는 어떻게 보이는데요?

— 유령은…… 아니지.

해이수가 자리에서 일어나 오단에게로 다가왔다. 순간, 오단이 흠칫했다. 리눈도 둘을 신중하게 지켜봤다.

— 이렇게 선명하니까. 그리고.

— …….

— 이렇게 절박하니까.

— 뭐가…… 말이에요?

하지만 거기까지였다. 해이수는 더 말하지 않았다. 오단의 앞에 멈춰 선 해이수의 그림자가 오단의 머리 위를 무겁게 내리덮었다. 해이수는 그 자리에 멈춰 선 채 오단을 가만히 내려다봤고, 오단은 정면을 바라봤다. 사방이 뚫린 13층 동쪽 하늘에서 붉디붉은 아침 햇살이 떠오르고 있었다. 해이수가 말했다.

— 아무래도 상관없어.

오단이 해이수를 올려다보며 물었다.

— 무슨 뜻이죠?

— 유령이든 뭐든 상관없단 뜻이야.

오단은 더 묻고 싶었다. 말하고 싶었다. 하지만 문을 여는 것도 해이수였고, 닫는 것도 해이수였다. 해이수는 이곳의 시작과 끝이었다. 해이수는 더 말하지 않고 엘리베이터로 걸어갔다. 해이수를 바라보던 오단 앞에 리눈이 다가왔다.

— 재미있어?

— 뭐?

뜬금없는 질문에 오단이 다소 맥이 빠진 목소리로 되물었다.

— 이래도 해적이 재미있냐고.

오단은 리눈의 질문에 끝내 대답하지 못했다.

*

오단이 눈을 떴다. 눈을 뜨기 전 오단은 빨간 느낌으로 가득한 체리 향기를 맡았다. 코끝으로 스며든 진한 향기였다. 진한 향기는 눈을 열자 하나의 형체로 변했다. 붉고 동그란 타원형의 작은 구슬 같은 형체가 오단의 눈앞에 어른거렸다. 그것은 조금씩, 불규칙하게 흔들렸다.

상체를 일으킨 오단이 눈을 비비고 앞을 바라봤다. 붉은 구슬, 아니 붉은 사탕을 다시 입안으로 밀어 넣은 리눈이 침대 모서리에 걸터앉았다. 치마에 얼룩과 먼지가 더께처럼 앉아 있었다. 리눈은 오단을 신기하다는 듯 쳐다봤다.

— 무슨 잠을 죽은 듯이 자. 코도 안 골고. 진짜 죽은 줄 알았잖아.

오단은 리눈과 눈을 마주치지 않은 채 창가를 바라봤다. 붉은 놀이 보였고, 하늘 또한 온통 붉은빛으로 변해 있었다. 오단이 물었다.

— 몇 시야?

— 6시. 아침 6시가 아니라 저녁 6시.

리눈의 말을 듣는 순간, 오단은 새벽에 봤던 처형 장면이 다시금 떠올랐다. 처형 장면을 마주한 뒤, 312호로 내려와 그대로 잠이 들었다. 피곤해서였을까. 아님, 다른 이유가 있어서였을까. 열 시간 내내 몸 한 번 뒤척이지 않고 잔 거였다. 오단이 재차 물었다.

— 언제 왔어?

— 언제 온 게 중요해?

— 그렇지. 그런 건 중요한 게 아니지.

— 정말 중요한 걸 물어.

— 뭘?

— 지금부터 뭐 하고 싶은지 질문하라고.

오단이 잠시 뜸을 들인 뒤 물었다.

— 그래. 묻자. 지금부터 뭐 하고 싶은데?

— 야간 수색.

— 순찰을 밤에도 돌아?

— 아니. 그렇게 우울한 거 말고.

리눈이 침대에서 일어섰다. 구겨져 올라간 치마를 내릴 때, 오단
의 시선이 리눈의 다리에 집중되었다. 마른 다리 곳곳에 오래된 멍
자국이 있었다. 멍 자국은 아예 문신처럼, 원래 리눈의 일부인 것처
럼 자리 잡아 있었다.

오단의 시선을 뒤로한 채 리눈이 앞장서서 걸었다. 오단이 물었다.

— 어디 가는 거야? 순찰?

리눈은 뒤돌아보지 않은 채 답했다.

— 따라와.

*

— 여기가 어디야?

— 두목의 아지트.

리눈을 따라 도착한 곳은 옥상 물탱크실 안이었다. 비좁고 사용하지 않는 공간인 줄 알았는데, 물탱크실 내부는 거대했다. 원래 아파트 전체의 급수를 담당하는 물탱크가 설치되어 있었을 자리는 비워져 있었다. 물탱크 대신 천장과 벽면 전체를 가득 채운 건 한가득 쌓아 올린 거대한 책들의 산이었다. 모두 오래된, 빛이 바랜 책들이었다.

오단은 천장 끝까지 쌓아 올린, 어림잡아도 수천 권은 넘어 보이는 책의 산 앞에 멈춰 서서 책의 제목들을 살폈다. 사회과학 관련 책이 대부분이었다. 오단이 말했다.

— 여긴 왜 온 거야?

— 그냥. 너 심심할 것 같아서.

— 다른 이유가 있는 것 같은데. 아니야?

리눈이 무너진 채로 방치된 책 더미 쪽으로 다가갔다. 그러더니 이내 책들을 계단 삼아 위로 오르기 시작했다. 처음엔 위태로워 보이더니 천장과 맞닿을 정도의 높이까지 올라가자 제법 안정감이 느껴졌다. 오랫동안 여러 번 책 더미 위에 올라가본 것 같았다.

책 더미 위에 올라선 리눈이 책 한 권을 손에 집고는 오단이 있는 곳으로 던졌다. 책을 집은 오단이 제목을 살폈다. 한자였다. 리눈이 말했다.

— 무슨 말이야?

— 나도 몰라. 산업혁명의 무엇무엇?

— 이거 모두 두목이 읽던 것들이야. 지금도 하루에 한두 시간은

여기서 책 읽어. 존나 신기하지?

— 그런 걸 말하고 싶어서 날 여기로 부른 거야?

— 나한테 묻고 싶은 건 없어?

리눈의 질문에 오단이 잠시 동작을 멈추고서 자리에 앉아 리눈을 올려다봤다. 리눈은 갖고 놀듯이 이 책 저 책을 뒤적거렸다. 그런 리눈을 향해 오단이 침묵을 깨고 말했다.

— 묻고 싶은 게 있어.

— 해. 얼마든지.

— 넌 여기 왜 있는 거야?

— 나?

— 그래 너.

— 그 전에 다른 질문부터 해야 하는 거 아니야?

— 어떤 질문?

— 여길 어떻게 오게 되었는지 질문해봐.

— 그래. 질문할게. 어떻게 왔는데?

— 담배 한 대 줘.

담배 달라는 말과 함께 리눈이 책의 산에서 내려오기 시작했다. 오단은 책들을 밟고 내려오는 리눈의 멍든 다리를 바라보며 후드티 앞주머니에 넣어두었던 럭키스트라이크를 한 개비 꺼내놓았다. 리눈은 럭키스트라이크를 오단에게 건네받기 전부터 말을 시작했다.

— 가출팸에 있었어.

— 어디에 있었는데.

— 신도림이지 뭐. 거기가 제일 활발해. 일은 초딩 때부터 했고.

— 무슨 일?

— 초등학교 졸업장도 없는 여자애가 할 수 있는 모든 일.

— 계속해.

— 초딩 때 엄마는 계속 죽자고 하고, 아빠는 두들겨 패는 것도 모자라 틈만 나면 덮치려 해서 집을 나왔지. 지금도 아빠한테 맞은 멍은 지워지지도 않아. 씨발.

— 그래서.

— 신도림역 근처를 어슬렁거리다 가출팸인 줄 알고 들어간 곳이 있었는데 거기가 헬이었어.

— 어땠는데?

— 어린 여자애들 두들겨 패고 화장시켜서 보도방 일 시키다 나이 먹으면 술집으로 돌리고, 그러다 조금이라도 늙으면 섬이나 지방에 팔았지. 골골하다 싶으면 칼로 쑤셔서 장기 팔이도 하고.

— 탈출했어?

리눈이 고개를 끄덕였다. 담배를 빨리 피우는 습관 탓일까. 몇 모금 빨지도 않았는데 리눈의 럭키스트라이크는 벌써 꽁초가 되어버렸다. 혀를 길게 내밀어 담뱃불을 비벼 끈 리눈이 꽁초를 바닥에 버리는 대신 오단의 후드티 주머니에 집어넣었다.

— 정확히 말하면 해방이야. 두목이 날 구원해줬지.

— 그 지옥에서?

— 응.

— 여기가 지옥이란 생각은 안 해봤어?

— 그걸 말해주고 싶어서 부른 거야.

웅크리고 앉은 오단에게 다가온 리눈이 오단과 마주 앉았다. 그리고 말했다.

— 더 큰 괴물이 되지 않으면 잡아 먹혀. 더 큰 괴물이 되느라 이렇게 된 걸 지옥이라 부르면 곤란하지.

— 두목 편드는 거야?

— 편은 무슨 편이야. 그런 거 아냐. 다만.

— 다만 뭐?

— 똑바로 보라는 거야. 편견 없이.

오단의 생각이 복잡해졌다. 무엇을 똑바로 보라는 걸까. 사람이 사람을 심판하는 그 끔찍함 앞에서 무감각해진 모습을? 아니면 그 반대로 죄책감에 시달리는 것? 오단은 자신도 모르게 고개를 가로 저었다. 리눈이 물탱크실의 좌측 끝을 가리키며 말했다.

— 침대는 저쪽이야.

— 여기서 자라고?

— 편견이 없어지는 방법은 여러 가지니까.

리눈이 오단의 손을 잡았다. 그리고 오단을 이끌었다. 강제도, 유혹하는 손길도 아니었다. 리눈과 손을 맞잡는 순간 오단은 차가운 감촉에 자신도 모르게 몸을 떨었다. 하지만 리눈의 손길을 거부하지는 않았다. 리눈이 오단을 침대에 눕혔다. 간이용 접이식 침대. 눕는 순간 곰팡내가 코를 아프게 파고들었다. 리눈이 말했다. 조용한 목소리로.

— 이곳 여기저기에 두목의 흔적이 묻어 있어. 그러니 그냥 한번
들어봐.

— 들어보라고? 뭘?

— 여기서 들려오는 소리들.

— 무슨 소리?

— 눈을 감고 들어봐.

— 편견 없이?

— 그래. 편견 없이.

리눈이 야상 호주머니에서 츄파춥스 레몬 맛을 꺼내 포장을 뜯기
시작했다. 겹겹이 싸여 있는 포장을 뜯는 소리가 제법 요란하게 들
렸다. 그것이 눈을 감고 얼굴을 침대에 파묻은 오단에게 들려온 소
리의 시작이었다. 이내 소리의 종류들이 다양해졌다. 여러 가지 소
리가 들려왔다. 사람 소리였다. 익숙한, 매우 익숙한.

*

사면이 잿빛 콘크리트 벽면으로 막혀 있었다. 오단은 그 안에서
절규하는 아버지를 보았다. 사나운 맹수 같았다. 두 손이 묶여 있는
아버지는 결박에서 풀어줄 것을 오단에게 명령했다. 어서 빨리 풀어
내라고. 풀어주기만 하면 모두 죽여주겠다고.

오단은 두려웠다. 으르렁거리는 아버지가 한 명이 아니었기 때문

이다. 수많은 아버지들이 갇힌 채 짐승처럼 울부짖었다. 오단은 그들을 향해 외쳤다.

왜 이래요? 대체 왜? 왜!

오단의 외침에 짐승이 된 아버지들의 아우성이 돌연 잠잠해졌다. 한 아버지가 손짓했다. 오단이 그 아버지의 숨소리가 느껴질 정도의 위치까지 다가갔다. 그 거리에서 오단은 아버지의 눈을 보았다. 분노와 증오, 맹목의 광기로 이글거리는 눈이었다. 강렬한 야만을 품은 그 눈동자로 아버지가 속삭였다.

내가 대신해줄게. 아들. 두려워하지 마. 겁내지도 마.
무엇을 대신한단 말이에요. 무엇을요?

오단이 아버지에게서 한 걸음 물러섰다. 무서웠다. 무섭고 두려웠다. 할 수만 있다면 아버지란 존재를 자신의 기억에서 완전히 지워버리고 싶었다. 오단은 잿빛 콘크리트 공간에서 해방되고 싶었다. 아버지를 가둔 채로 나오고 싶었다. 하지만 아버지들은 계속 벗어나게 해달라고 소리쳤다.

오단은 자신에게 속삭인 그 아버지를 풀어줄 수 없었다. 아버지를 풀어주면, 그 수많은 아버지들이 오단 자신을 물어뜯고 죽일 것 같았다. 폐쇄된 공간 구석에 웅크리고 앉아 오단은 두 귀를 틀어막왔다. 그리고 기도했다.

오단에게 기도의 대상은 없었다. 어떤 신에게 기도하는지, 그런 건 중요하지 않았다. 입을 연 오단이 쉼 없이 중얼거렸다. 아버지들의 비명, 야유, 애원, 증오의 독설을 더 이상 듣지 않기를 간절히 바라는 기도였다. 그러자 소리들이 점차 가라앉았다. 두 귀를 틀어막지 않아도 견딜 수 있을 정도로 비명과 야유가 가라앉았다.

그때였다. 누군가 오단의 손을 슬며시 붙잡았다. 부드러웠다. 그 손길이 오단의 살에 닿자, 그 지독한 부드러움 때문일까. 오단은 자신도 모르게 막았던 두 귀에서 손을 떼어버렸다. 그러자 믿기 힘들 정도로 주위가 고요해졌다.

잿빛 콘크리트 벽면도, 악다구니 치던 광기 어린 아버지들도 보이지 않았다. 짙푸른 안개만 가득했다. 한 치 앞을 내다보기 힘든, 한 걸음도 앞으로 다가가기 두려운 연무였다. 연무의 늪에서 오단은 자신에게 부드러운 자비의 손길을 건넨 주인공을 향해 손을 뻗었다. 손의 주인은 바로 앞에 있었다. 손끝에 한결같이 따뜻하고 부드러운 감촉이 느껴졌다. 그 형체가 짙푸른 연무를 뚫고 정체를 드러냈다.

여자였다. 여자를 발견한 오단이 나지막이 속삭이듯, 하지만 탄성처럼 입을 열었다.

엄마……?

연무가 걷힌 뒤의 세상은 온통 사막이었다. 뜨거운 열기가 삽시간에 오단의 몸을 폭풍처럼 휘감았다. 하지만 오단은 하나도 뜨겁지 않았다. 쓸쓸하지도 외롭지도 않았다. 오단의 곁엔 어머니가 있었다.

오단은 그녀, 어머니가 나체란 사실을 전혀 이상하게 여기지 않았다. 자신도 벗은 상태였으니까. 부끄러울 것도, 주위를 의식할 필요도 없었다. 바람 한 점 불지 않는, 나무 한 그루, 풀 한 포기 눈에 띄지 않는 사막이니까.

오단은 그녀의 품에 안겨 마음껏 응석부리고 싶었다. 아버지들을 지키는 일은 너무 힘들다고 말하고 싶었다. 어머니의 얼굴을 어루만지며, 그녀의 가슴에 안겨 울면서, 그렇게 필사적으로 힘들다고, 날 구원해달라고 말하고 싶었다. 하지만 어머니는 오단이 다가올수록 점점 오단으로부터 물러섰다. 오단을 자연스럽게 밀어내려 했다.

엄마. 이러지 마.

이러지 마.

오단의 눈에 눈물이 고였다. 어머니가 자신에게서 멀어지고 있었다. 혼자가 된 기분이었다. 아니, 혼자였다. 오단이 문득 두 손을 내려다봤다. 온통 핏빛으로 물든 두 손. 어머니에게 다가가면 갈수록 그녀의 몸에서부터 시작된 출혈은 더 극성을 부리며 오단의 손을 피의 도가니로 만들어버렸다. 모든 것이 들끓고, 모든 것을 가라앉히고, 모든 것을 주저앉히는 도가니.

*

온몸이 식은땀으로 흠뻑 젖은 채 오단이 감았던 눈을 열었다. 그의 앞엔 리눈이 있었다. 리눈은 좁은 접이식 침대에 나란히 모로 누워 오단을 꽉 끌어안고 있었다.

— 뭐해.

오단의 시선이 얼핏 바닥을 향했다. 오단은 코앞에서 새근거리며 숨을 쉬는 리눈을 바라봤다. 리눈이 자신의 입에서 내내 우물거리던 츄파춥스를 꺼내 오단의 입에 갖다 대었다. 오단의 입이 살며시 벌어졌고, 그 안으로 달콤새콤한 사탕 향이 밀려들어 왔다. 리눈이 말했다.

— 왜 이렇게 땀을 흘려.

— 뭐 하냐고 물었어.

다시 사탕을 입에서 꺼낸 오단이 말했다. 오단에게서 사탕을 받아 든 리눈이 답했다.

— 넌 유령이잖아.

유령이란 말과 함께 리눈이 오단을 다시 끌어안았다. 그녀의 품은 마치 어머니의 품처럼 따뜻했다.

— 유령과는 뭐든 해도 상관없잖아. 픽을 해도 되고 욕을 해도 되고 죽여도 되고.

— 난 싫어.

— 이렇게, 위로해줘도 되고.

리눈이 다가와 오단의 입에 자신의 입을 맞췄다. 달콤했다.

— 네가 유령이라서 좋아.

유령이란 말이 지금처럼 위로가 되었던 적이 있을까. 오단은 문득 리눈이 자신의 마음 안에 들어와 있는 또 다른 '나'일지도 모르겠다고 생각했다. 하지만 거기까지였다. 가볍게 오단과 입을 맞춘 리눈이 침대에서 내려갔다. 둘은 서로에게서 눈을 떼지 않았다. 약속이라도 한 듯 둘의 몸은 유령처럼 다시 원래의 자리로 돌아갔다. 오단은 리눈 역시 자신처럼 유령이 아닐까 하는 상상을 해보았다.

*

아침. 아니, 새벽 6시. 누군가 시사주간지 사무실의 문을 거칠게 두드렸다. 사무실 소파에서 쪽잠을 자고 있던 구일선이 문 두드리는 소리에 짜증스럽게 눈을 떴다. 두드림은 한 순간의 여유도 없이, 쉼 없이 계속되었다.

— 도대체 어떤 새끼야. 이 아침에.

헝클어진 머리를 손으로 쓸어 넘긴 구일선이 잔뜩 지친 걸음으로 소파에서 일어나 사무실 문을 열어주었다. 문이 열리자마자 눈에 들어온 건 의외의 인물이었다. 차인이었다. 이틀 전 여의도 근처 술집에서 술을 마신 후 신문 1면을 제법 화려하게 장식 중인 전 공중파 여성 앵커가 새벽부터 자신을 찾아온 이유를 구일선은 도무지 종잡지 못했다.

차인은 구일선의 질문을 기다리지 않고 그대로 사무실 안으로 들어왔다. 그녀가 가장 먼저 한 일은 창문을 여는 것이었다.

— 환기 좀 하고 살아, 선배.

— 대체 무슨 일이야? 여기서 잠수라도 타려고?

— 이틀 동안 생각해봤어.

— 뭘?

구일선이 덮고 있던 담요를 치운 차인이 소파에 앉았다. 구일선이 담배를 권했지만 그녀는 거절했다. 열린 창가에서 담배 연기를 내뿜는 구일선에게 차인이 말했다.

— 그때 술자리에서…… 탐사보도 이야기 말이야.

— 컴퍼니? 그거 다들 찌라시라고 무시하는 분위기야.

— 선배도 그렇게 생각해? 찌라시에 불과하다고 생각하냐고.

— 아니지.

— 선배.

차인이 정색하고 말을 이었다.

— 이거 나눠 먹자.

구일선이 가장 주목했던 것은 컴퍼니와 한 연쇄살인범의 연결고리였다. 엄밀히 말하면 유력용의자라고 하는 게 좋을 것이다. 가장 강력한 용의자가 경찰서 구치소에 구금되어 있던 중 영장이 기각되어 풀려났다. 그 뒤 연쇄살인 사건은 미궁에 빠졌고, 그와 별로 연관성이 없어 보이는 살인 사건의 용의자에게 여죄가 있다는 식의 물타기 수사가 이루어졌다. 차인은 이 같은 정황을 놓치지 않았다.

새벽부터 구일선을 찾아 어쩌면 뜬소문에 불과할지도 모를 컴퍼니에 대한 설명을 들은 뒤 차인이 찾아간 곳은 정확히 3년 전 연쇄살인이 발생했던 경기도 외곽 소도시의 지역 경찰서였다. 운이 좋게도 유력용의자를 검거했던 당시 담당 형사와 면담할 수 있었다.

40대 후반, 강력계 소속이지만 긴장감이라고는 찾아볼 수 없는, 생활 직업인의 권태로 가득한 형사는 차인의 까다로운 질문들을 고분고분하게 받아주지 않았다. 하지만 차인은 언론인으로서의 자신의 권위가 아직까진 유효하다는 걸 보여주고 싶었다. 차인은 아직 남아 있는 전 9시 뉴스 앵커로서의 영향력을 무기 삼아 담당 형사를 압박했다.

— 예전에 공중파 탐사 프로그램에서 보도 요청이 있었던 걸로 아는데요.

— 그래서요?

— 이번엔 규모가 달라요. 부실 수사니 뭐니 떠들어볼까요?

— 뭐야? 3년이나 지난 사건이야. 씨발. 지금 와서 그게 깜이나 된
다고 생각해요?

— 다큐멘터리나 사건 파일 같은 프로그램에 줄 대는 건 시간문
제예요. 자극적인 거 좋아하는 PD들이 먹으려고 개떼처럼 달려들
텐데 그래도 좋아요?

— 하, 원하는 게 뭐요?

형사의 누그러진 모습이 곧 타협의 표시라고 차인은 확신했다.
그 확신은 앵커로 발돋움하기 전인 신입 시절부터 수많은 사람을
겪은 기자의 직감이었다.

— 그때 유력용의자를 왜 풀어줬는지 말해줘요. 외부 발설 없어
요. 오프 더 레코드.

— 그런 게 왜 알고 싶은 건데?

주위를 둘러본 형사가 그렇게 말하면서 사무실 의자를 박차고 일
어섰다. 형사는 주위를 의식해서인지 사무실 밖으로 걸음을 옮겼다.
그런 형사를 따라 걸으며 차인은 즉답 대신 다짐과 같은 말을 들려
주었다.

— 형사님께 피해가는 일 없게 하겠어요. 약속해요.

— 나 참, 이거.

*

경찰서 밖으로 나온 형사와 차인이 들어간 곳은 근처 카페였다.

135

형사가 재킷 안에서 사용 중인 스마트폰이 아닌 또 다른 스마트폰을 꺼냈다. 그러고는 그 안에서 동영상 파일 한 개와 관련 자료를 보여주었다.

— 이게 그 사람 자료 전부요.

— 동영상은 뭐죠?

— 취조 장면 담긴 거요.

— 뉴스엔 한 번도 안 나온 걸로 기억하는데요.

뉴스에 대해선 차인의 기억이 더 정확했다. 3년 전 경기 인근 소도시에서 한 달 동안 무려 다섯 차례나 일어난 강간 살해 사건. 10대 여자아이를 상대로 이런 무참한 범죄가 벌어졌지만 유력용의자가 검거되었다는 소식은 보도된 적 없었다. 차인이 물었다.

— 그때 자석들이 하나도 안 붙었어요? 검거했다는 소문, 조금만 흘려도 사회부 애들 난리도 아니었을 텐데.

— 그게 나도 이상하더라니까. 상부에서도 쉬쉬했고.

— 확신이 있었어요? 이 인간이 죽였다는 거?

— 제보가 있었죠. 증거들이 제법 분명해서 자백만 받으면 되는 거였어요.

— 제보자가 누군데요?

— 모르지.

— 보호 차원이라면 오프 더 레코드라고 했을 텐데요.

— 정말 몰라요. 팩스 한 장 보내왔죠. 발신자 추적도 소용없었어요. 강남 근처 수천 개가 넘는 소호 사무실에서 사용하는 팩스였으

니까. 처음엔 긴가민가했는데 정황이며, 용의자 동선 맞춰보니까 거의 정확히 일치하는 거였어요.

— 이 용의자. 가족이 있네요? 아내도 있고, 딸 하나. 나이는…….

— 지금쯤이면 40대 중반이 됐겠지.

— 자백했어요?

— 묵비권을 행사했죠. 동영상에서 소리치는 건 나예요. 이 인간은 그냥 처음부터 끝까지 입을 다물어버리더라고.

형사의 말은 사실이었다. 취조 중인 형사만이 서류와 노트북 화면을 내보이며 협박에 가깝게 윽박지를 뿐이었고, 맞은편에 앉은 강골 체격의 용의자는 곧은 자세로 의자에 앉은 채 형사를 바라보며 아무 말도 하지 않았다.

— 그래서 풀어준 거군요.

— 그냥 엮어서 검찰에 넘기려 했죠. 그 정도면 기각될 수가 없어요. 피해자 몸에서 그 인간 DNA하고 지문 나왔는데 뭐가 더 필요해요? 그런데.

— 그런데 뭐죠?

— 하룻밤 사이에 모든 게 달라졌어요. 팀장이 풀어주라고 하더군요.

— 이유가 뭐래요?

— 몰라요. 그냥 까라면 까는 거지 별수 있어요? 그래서 결국 증거불충분으로 무혐의 처분 해버렸어요. 그게 전부야.

— 특이사항 같은 건 없었어요?

— 특이사항…… 하나 있었지.

차인이 형사의 스마트폰에서 손을 떼지 못했다. 스마트폰 속 용의자의 얼굴이 그녀에게 강렬한 여진처럼 전해졌기 때문이다. 차인이 스마트폰 화면에서 눈을 떼지 않은 채 형사에게 물었다.

— 그게 뭔데요?

— 취조가 있던 날 밤. 구치소에서 누군가가 이 녀석과 특별면담을 했어요. 그다음 날 아침에 무혐의 처분 하라고 상부에서 압박했고요.

— 면담자가 누군데요?

— 그거야 모르지. 기록으로 남아 있지도 않아요.

— 기록으로 남지 않은 걸 보면 그 역시 윗선 중 한 사람일 수 있겠네요.

— 그럴지도 모르죠.

*

형사와 헤어진 뒤 차인에게 한 통의 전화가 걸려 왔다. 구일선이었다.

[어때? 괜찮아 보여?]

— 신빙성이 없는 게 아니네.

[그런데 말이야. 이걸 갖고 어떻게 복귀하겠다는 거야? 이참에 라디오나 TV 시사 프로 진행자로 컴백하려고?]

— 아직 잘 모르겠어. 하지만 딜을 할 만해.

[누구와?]

— 그건 선배가 더 잘 아는 거 아니야?

통화는 그렇게 마무리되었다. 차인은 스마트폰을 켜 형사 몰래 빼돌린 파일에서 유력용의자의 얼굴과 신상을 다시 한 번 확인했다. 우직하고 성실해 보이는 40대, 딸을 둔 아버지의 모습 그대로였다. 차인은 용의자의 특이해 보이는 직업과 경력, 그리고 그 나이답지 않은 이름을 혼잣말처럼 중얼거렸다.

— 해이수. 45세. 직업군인 출신. 화약 제조 및 폭약 설치 전문기술자.

*

— 이번엔 네 차례야.

황혼이 잔뜩 스며든 13층 열린 공간으로 장철수가 여느 때와 다를 것 없이 두 손에 수갑을 채운 한 남자를 끌고 왔다. 40대로 보이는 남자는 무릎을 꿇은 채 몸을 덜덜 떨며 주위를 둘러봤다. 잔뜩 겁에 질려 있는, 순한 인상의 평범한 직장인처럼 보였다.

늦은 오후의 13층엔 해적 전부가 모여 있었다. 탁자에 앉은 해이수가 서류를 들추며 남자의 처리 문제를 검토하고 있었다. 13층으로 올라온 오단을 확인한 순간, 해이수가 그를 향해 가장 먼저 던진 말은 바로 '네 차례'란 말이었다.

오단은 이 현실이 악몽의 연속으로만 느껴졌다. 옥상 물탱크실에서의 일 이후로 오단은 자신이 악몽을 꾸는 것인지 현실을 사는 것인지 가늠하기가 어려웠다. 아침만 되면 순찰을 돌며 만나야 하는 현실의 아우성은 오단을 견디기 힘들 정도로 괴롭혔다. 악몽 속 장면과 너무나 비슷했기 때문이다. 사설감옥에 감금되어 때론 소리치고, 때론 애원하며, 납득하기 어려운 결박에서 해방되기를 요구하는 이들의 외침은, 결박에서만 풀려나면 자신의 팔과 다리, 자신의 영혼까지도 잘근잘근 물어뜯을 것 같은 아버지들의 절규와 조금도 다르지 않았다.

장철수, 미우기, 남군, 그리고 리눈까지. 그들 모두 침묵 속에서 오단을 지켜봤다. 오단 앞에 무릎 꿇은 남자는 오단이 바닥에 떨어진 철근 중 하나를 집어 들자 수갑을 채운 손을 높이 쳐들며 애원했다.

— 안 돼요! 전 아직 키워야 할 아이들이 있어요. 열일곱, 열여덟. 그 아이들이 무슨 죄가 있어요. 살려주세요. 살려달라고요!

남자의 외침은 진실해 보였고, 그만큼 절박한 느낌이었다. 오단은 분명 그렇게 느꼈다. 사이코패스 범죄자와는 종이 달라 보였다. 이어진 해이수의 말은 오단의 직감이 맞다는 걸 확인해주었다.

— 중견 대기업 회계 부서에 근무 중인 47세 남자. 부장이지.

서류 속 신상을 읽는 해이수에게 오단이 따지듯 물었다.

— 그건 왜 읽는 거죠?

— 이게 여기 원칙이란 걸 말해주고 싶어서.

— 무슨 뜻이에요?

서류를 내려놓은 해이수가 철근 쇠파이프를 손에 쥔 오단을 집어 삼킬 듯 바라보며 말을 이었다.

— 여기가 무슨 의적처럼 파렴치한 범죄자들만 심판하는 곳이라고 생각했다면 그따위 낭만적인 착각 버리라고.

그 말을 들은 오단의 시선이 다시 한 번 남자에게로 옮겨갔다. 남자의 눈과 코에서 뜨거운 눈물이 흐르고 있었다. 해이수가 말했다.

— 넌 오늘 그냥 착하고 성실한 가장을 죽이는 거야.

— 그게 원칙이에요? 시키면 다 하는 거?

— 맞아.

— 그걸…… 지금 하라고요?

— 못 할 것 같으면 지금 당장 여기서 꺼져.

해이수의 입에서 나온 거친 말을 들은 모두가 숨을 죽였다. 장철수, 미우기, 남군, 리눈까지. 모두의 시선이 일제히 오단에게 향했다.

오단이 남자를 뚫어져라 쳐다봤다. 남자의 눈에는 살아야 한다는 의지밖에 없었다. 그냥 슬프고, 어이가 없는, 자신이 왜 이런 형벌을 받아야 하는지 알 수 없는 무구한 상태. 그는 해이수가 말한 대로 평범하고 성실한 가장이었다. 하지만 지금 오단은 그 평범한 한 사람을 아무 이유 없이 죽여야 했다.

오단이 주위를 둘러봤다. 붉은 노을이 13층 전체를 온전히 검붉게 휘감아버렸다. 오단이 열린 외부 공간을 바라보며 긴 한숨을 내쉬었다. 마지막으로 오단의 눈에 리눈이 들어왔다. 데님 팬츠에 빨간 립스틱을 바른, 이번엔 노란색 츄파춥스를 입에 물고 있는 리눈. 리눈은 벽에 기댄 채 좀처럼 알 수 없는 표정으로 오단을 보고 있었다.

오단이 천천히 남자에게 다가갔다. 바닥에 끌리는 철근 소리가 유독 크게 들렸다. 남자가 고개를 하늘 높이 쳐들고 오단을 향해 애원하고 빌었다.

— 살려주세요.

오단은 남자의 애원을 들어줄 수 없었다. 그는 손에 쥔 철근에 힘을 주었다. 수많은 아버지들이 자신을 죽이려 달려드는 것 같았기 때문이다. 환상인지 현실인지 알 수 없는 공포가 자신의 몸을 덮어눌렀다. 살아야 했다. 오단은 철근을 하늘 높이 쳐들었다. 남자의 애원을 짓뭉개야 했다. 그렇게 해야 살 수 있을 것 같았다.

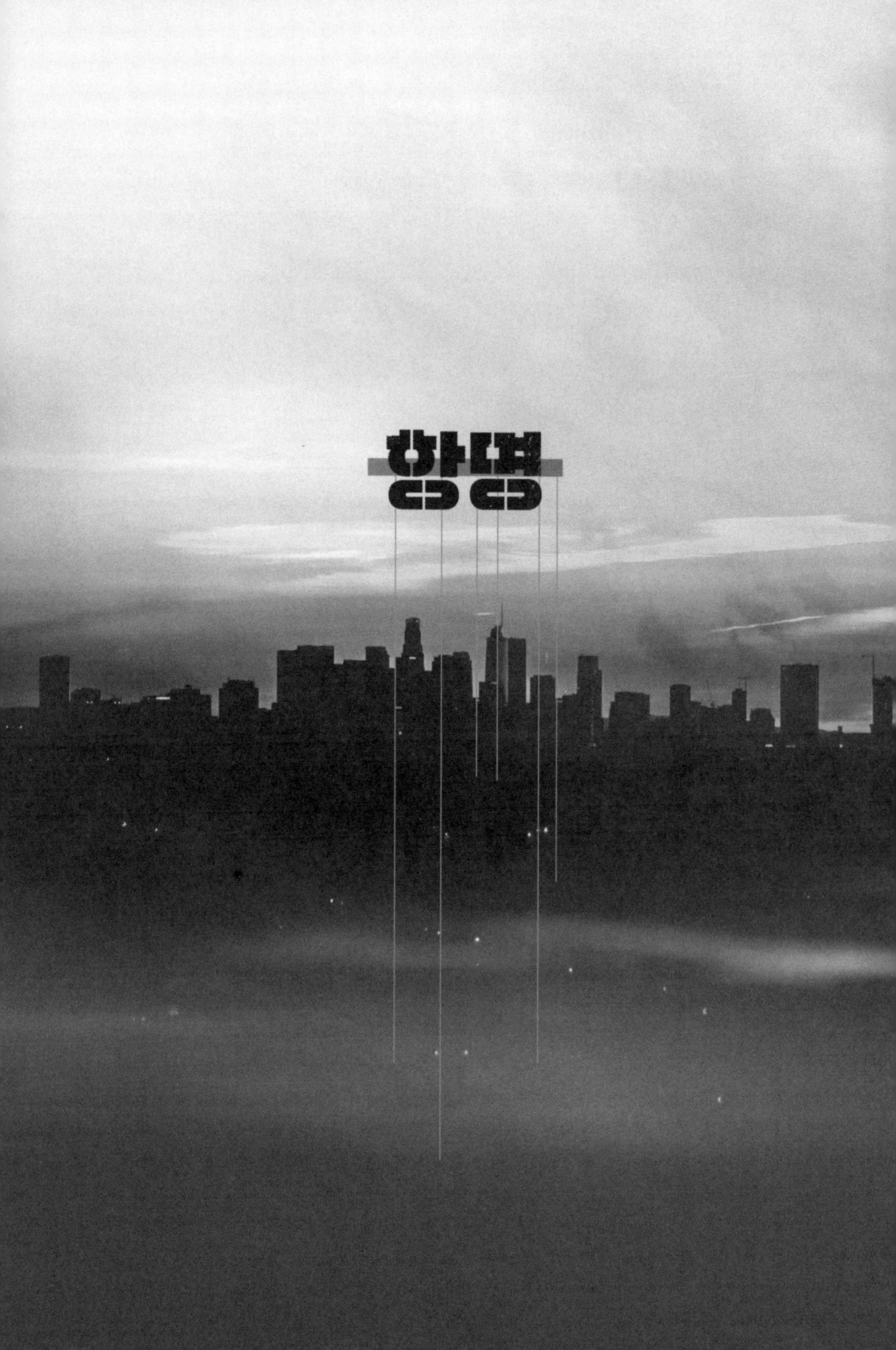
항명

.

— 죽일 필요까진 없었어요. 아니에요?

처형이 끝난 뒤, 미우기가 해이수를 찾아 지하 2층 관리실로 들어섰다. 흥분을 감추지 못하는 미우기와 다르게 해이수는 여느 때처럼 수백여 개의 감시 카메라 모니터와 함께 뉴스 전문 채널을 시청했다. 미우기는 별다른 반응을 보이지 않는 해이수를 보며 더는 참을 수 없었는지 TV 전원 플러그를 뽑아버렸다. 두목에 대한 도발이었다. 그제야 해이수가 미우기를 바라봤다. 미우기가 사정하듯 말을 이었다.

— 왜 일을 계획대로 하지 않아요? 강 실장이 그렇게 시켰어요? 아니잖아요! 이러다 그르치기라도 하면 어쩌려고 이래요.

— 그르치는 게 뭔데?

— 그걸 몰라서 물어요? 우린…….

미우기가 순간 말을 멈췄다. 남군과 장철수가 뒤늦게 따라 내려

145

왔다. 걱정스러운 표정의 남군이 미우기의 팔을 붙잡으며 말했다.

— 의사 동생. 이제 그만해. 두목이 언제 우리한테 피해 가는 일 했었나? 아니잖아. 두목이 어떤 사람이야. 두목은…….

— 그만둬. 지금 이 상황에서 그런 말이 왜 나와!

남군의 말을 미우기가 잘라먹었다. 얼굴 전체에 불만이 가득했다. 해이수를 두둔하는 남군의 팔을 뿌리친 미우기가 장철수와 해이수를 번갈아 살폈다. 관리실 문 앞에 멈춰 선 장철수는 언제나 그랬던 것처럼 표정을 읽기 힘들었다. 수컷들의 세계에선 상대방 눈빛의 기운을 통해 피아를 확인할 수밖에 없다. 내 편인지, 아님 적군인지. 하지만 미우기는 장철수가 어느 쪽인지 도저히 분간할 수 없었다. 그래서일까. 이어지는 미우기의 말에는 다분히 해이수와 해적들 사이를 갈라놓으려는 의도가 묻어 있었다.

— 오단이란 정체불명의 유령을 들여놓는 순간부터 뭔가 이상해졌으니까.

그 말에 미우기가 원한 바대로 장철수가 반응을 보였다.

— 이상해진 게 뭔데?

미우기가 만족스러운 표정을 지으며 기다렸다는 듯 답했다.

— 오단 그 자식. 아무 정보도 없어. 두목도 이미 검색해봤어. 윗선의 누군가가 자료를 삭제한 거야.

— 스파이라는 거야?

— 그거야 모르지. 하지만 중요한 건 그런 미심쩍은 녀석을 두목이 아무 말 없이 받아들였다는 거야. 오늘처럼 직접 손에 피도 묻히

게 하고. 그런데, 그 심판의 기준 또한 두목 마음대로잖아. 그러면 안 되는 거 아니야?

순간, 해이수가 자리에서 일어섰다. 흠칫 놀란 미우기가 한 걸음 물러섰다. 해이수는 말없이 TV 전원 플러그를 다시 연결했다. 그러자 곧 쉬지 않고 이어지는 여자 앵커의 격양된 목소리가 들려왔다. 해이수가 말했다.

— 언제부터 너희들이 기준을 생각했지? 시작도 그랬고 지금도 마찬가지야. 기준은 나야. 잊었어?

미우기가 해이수의 말에 지지 않고 맞섰다.

— 강 실장을 몰랐을 땐 그랬죠. 아니 더 정확히 말해볼까요? 컴퍼니를 몰랐을 땐 나도 당신이 이곳의 기준인 줄 알았어요. 당신이 우릴 그렇게 세뇌시킨 거잖아. 안 그래요?

컴퍼니란 난어가 나오는 순간 멤버들의 얼굴에 광적인 동요가 일렁였다. 순간, 해이수가 미우기의 멱살을 잡고는 거칠게 벽으로 밀어붙였다. 미우기의 두 발이 공중에 떠올랐다. 미우기의 낯빛이 새하얗게 질렸다. 목이 붙잡혀 숨을 쉴 수 없었다. 남군은 어쩔 줄 몰라 했고, 장철수 역시 둘에게 한 걸음 더 다가선 것 외에는 어떻게 대응해야 할지 망설이는 눈치였다. 결국 모든 결정의 시작과 끝은 해이수였다. 해이수는 미우기에게 그 사실을 거듭 분명히 하고자 했다.

— 똑똑히 들어.

— 으…….

— 컴퍼니, 강 실장. 그딴 것들은 너희들하곤 아무 관계 없어. 알아들어?

— 으…… 으…… 두목.

미우기가 버둥거렸다. 목이 점점 조여왔다. 두려웠다. 죽음이 막 후에서 자신을 기다리는 것만 같았다. 그 순간 마주하는 해이수의 검붉은 눈동자는 의심의 여지없는 죽음의 그림자 그 자체였다.

— 시작도 내가 했으니 끝도 내가 정해. 그러니…… 따지지 마. 그게 뭐든.

— 으, 으.

— 알겠어?

해이수의 목소리가 점점 낮아졌다. 들을 수 없을 정도로 낮은 목소리. 하지만 미우기의 귀에는 그 소리가 점점 더 크고 선명해졌다. 고통스러워 견딜 수 없어 하던 미우기가 고개를 끄덕였다. 고개를 끄덕이기 위해 얼굴을 움직일 때, 입에서 자신도 모르게 타액이 쏟아졌다. 해이수의 완력이 느슨해졌다. 멱살이 풀린 미우기가 바닥에 주저앉아 기침을 연방 내뱉었다.

해이수는 다시 모니터 앞에 앉았다. 남군이 미우기를 부축하고는 밖으로 데리고 나갔다. 장철수는 둘이 나간 이후로도 한참을 문가에 기대고 서 있었다. 하지만 둘 사이엔 어떤 대화도 오가지 않았다.

.

*

[해이수가 그렇게 나온단 말이지…….]

미우기는 남군이 건네준 스마트폰을 통해 한 남자와 통화하고 있었다. 스마트폰은 미우기가 해이수 모르게 강 실장에게 받은 것을 남군에게 맡겨놓은 것이었고, 통화 상대는 강 실장이었다. 미우기는 멤버들 이외에는 누구와도 연락해서는 안 된다는 해적의 규칙을 어긴 지 이미 오래였다. 남군은 그런 미우기의 위법에 동조하고 있었다. 그런 맥락에서 큰형뻘인, 소심해 보이는 40대 중반의 말수가 많은 남군은 미우기의 편이었다.

— 강인철이란 사람, 오늘 심판됐어요.

[강인철? 그 방위산업체 문서 빼돌린 놈 말하는 거야?]

— 예. 맞아요.

[그 녀석을 죽였다고?]

— 예. 실장님 오더가 있는 것도 아니었잖아요.

[당연하지. 싸가지 없는 새끼. 지가 꼭 왕인 것처럼 굴어.]

— 지난번 일도 그렇고. 특단의 조치가 필요할 것 같습니다.

[조금만 기다려. 사람들을 한번 구워삶아보지.]

— 그런데 정말 오단, 그 자식에 대해선 아무 정보도 없나요?

미우기는 정말 궁금했다. 오단이란 놈에 대해 알고 싶지만, 아무 정보도 없다는 사실에 막급한 불안을 느꼈던 것이다. 강 실장이 약간 성가시다는 듯 답했다.

[나도 모른다고 했잖아.]

— 그런데 어떻게 받아들일 수 있어요? 우리들은 모두 강 실장님, 당신이 허가해준 거잖아요.

[기다려보라고. 조급해하지 마.]

— 실장님.

[왜?]

— 저, 불안해요. 언제 무슨 일이 터질지 모를 것 같아서요.

[씨발. 기집처럼 징징댈 거야? 너, 나 믿고 계약한 거 아니야? 그럼 믿어 그냥. 의심하지 말라고. 의심하면 머리만 아파지니까.]

믿으라는 말. 그 말과 함께 강 실장과의 통화는 끊어졌다. 미우기는 스마트폰을 다시 남군에게 건넸다. 스마트폰을 받아 든 남군이 조심스럽게 창문 밖을 살폈다. 아무도 없었다. 미우기가 혼잣말처럼 말을 이었다.

— 이젠 그만둬야 해. 언제까지 여기 있을 순 없어.

미우기의 말에 남군이 덩달아 조급한 마음을 드러냈다.

— 정말 강 실장이 우리, 원래대로 돌려준대? 약속한 거야?

— 그 자식이 양아치긴 해도 계약은 계약이야. 비록 구두계약이지만 우린 그 계약을 믿어야 해. 더 이상 해이수를 믿을 순 없어.

— 하지만 두목은…….

남군이 뭔가 말하려 했지만 이번에도 미우기가 가로막았다.

— 해이수에 대해선 더 말하지 마. 더 이상 말할 가치도 없어.

네 번째 용역 수행은 안양교도소에서 이뤄졌다. 납치 대상은 잔학무도한 살인범이었다. 서울 외곽 변두리 술집을 전전하다 출장 안마를 전문으로 하는 콜걸들을 여관으로 유인해 강간하고 살해하기를 여섯 차례 이상 반복하다 검거된 인물이었다. 녀석의 나이는 채 스물다섯을 넘지 않았다. 고작 스물넷인 청년이 1년여 만에 또래 여자 여섯을 죽이고 다닌 것이다.

리눈과 해이수는 교도소 밖 스타렉스에서 대기 중이었다. 장철수도 함께했지만 그 역시 교도소 안으로는 들어가지 않았다. 오늘의 임무 수행은 오단 혼자의 몫이었다. 오단의 손에 쥐어진 무기는 전기충격기와 쇠파이프가 전부였다.

오단이 교도소 안으로 들어가는 것을 확인한 해이수가 전화 한 통을 걸었다.

— 지금 들어갑니다.

해이수가 통화를 끝낸 뒤, 뒤에 앉아 있던 장철수가 말했다.

— 혼자 괜찮을까요?

— 기다려보지.

장철수 옆에는 여자 하나가 앉아 있었다. 이마에 주름이 가득한, 하지만 할머니로는 보이지 않는 50대 후반의 여자는 차창 밖으로 비치는 교도소 정문을 희망과 두려움, 의문과 기대가 뒤엉킨 눈길로 지켜보았다. 그녀의 눈빛엔 아들을 만나고 싶다는 간절한 바람이 담겨 있었다. 아들을 만날 수 있다는, 볼 수 있다는 장철수의 전화를 받고 한달음에 달려 나온 여자가 확인하려는 듯 해이수에게 물었다. 눈빛 가득 간절함을 담은 채로.

— 정말…… 우리 아들, 밖으로 나올 수 있어요?

여자의 말에 해이수가 짧게 답했다.

— 그렇습니다.

잠시 후, 리눈이 답답한 듯 스타렉스 밖으로 나왔다. 교도소 담을 따라 푸른 빛깔을 품은 가지 무성한 나무들이 가지런히 심겨 있었다. 그 모습을 바라보며 리눈은 크게 기지개를 켰다. 그러고는 조금씩, 아주 조금씩 교도소 정문을 향해 걸어가기 시작했다.

*

재소자 교화 교육장의 문이 열렸다.

지문인식에 음성인식까지. 등록된 교도관이나 직원이 아니고선 좀처럼 들어갈 수 없는 문을 열기 위해 오단이 한 일이라곤 호출 버튼을 누르는 것뿐이었다. 호출 버튼 소리와 함께 문이 열리자 200평은 훨씬 넘는 교육장 내부가 모습을 드러냈다. 재소자들의 직업 교육을 위해 마련된 금형 선반들과 밀링 기계들이 눈에 띄었다. 250여 명 가량의 수인복을 입은 죄수들은 삼삼오오 선반 주위에 모여 실습 중이었다.

모자를 깊이 눌러쓴 제복 차림의 교도관들은 오단의 진입을 이미 짐작하고 있던 눈치였다. 죄수들만이 외부인은 좀처럼 들어올 수 없는 이곳에 나타난 사복 차림의 청년에게 의아한 시선을 던질 뿐이었다.

교육장 안으로 들어선 오단이 해이수가 건넨 스마트폰을 열어 납치 대상의 얼굴과 이름을 확인했다.

김형수. 25세. 강간 및 연쇄살인으로 무기징역.

사람 여섯을 죽이고도 버젓이 살아 있네.

오단은 거침없이 교육장 안으로 들어서며 자신을 괴물 쳐다보듯 바라보는 죄수들의 얼굴을 살폈다. 하지만 모두 푸른 수의에 짧게 깎은 헤어스타일을 하고 있어 이목구비를 파악하기 어려웠다. 결국 교육장 중심에 멈춰 선 오단이 크게 소리쳤다.

─ 김형수가 누구야!

오단의 비명 같은 외침에 죄수들의 시선이 일제히 같은 곳을 향했다. 그제야 오단도 김형수의 실체를 볼 수 있었다. 창가 구석 자리에 다리를 꼬고 앉아 동료 죄수와 잡담을 나누는 남자. 범죄 무용담이라도 늘어놓는 걸까. 여섯 명의 여성을 강간하고 죽인 것이 훈장이라도 되는지 왕처럼 거들먹거리는 얼굴이었다. 녀석을 발견하자마자 성큼 그 앞으로 다가간 오단이 권태로운 표정으로 가쁜 숨을 몰아쉬며 물었다.

─ 네가 김형수야? 동명이인 없어?

오단의 말에 김형수가 황당하다는 표정을 지으며 말했다.

— 너 뭐야? 뭐 하는 새끼야!

호기롭게 으름장을 놓은 김형수는 이후 자신에게 벌어진 일에 어떤 대응도 하지 못했다. 오단이 몸 뒤에 감추고 있던 검게 테이핑한 쇠파이프를 얼핏 발견하고도 그것이 자신의 머리를 강타하게 될 줄 상상조차 못 했던 것이다.

오단은 전기충격기를 사용하지 않았다. 쇠파이프 하나면 충분했다. 오단은 젖 먹던 힘까지 쏟아부어 그의 머리와 어깨, 허리, 몸 곳곳에 쇠파이프를 휘둘렀다. 김형수가 머리에 피를 흘리고 정신을 차리지 못하는 지경에 이르러서야 진압은 멈췄다. 오단이 주위를 둘러봤다. 일어날 수 없는 비현실적인 상황을 목격한 죄수들은 모두 겁에 질린 표정이었다. 그들의 시선은 도리어 오단이 아닌 교도관들에게 향해 있었다. 하지만 교도관들은 이 순간 정지화면 속 아무렇게나 방치된 소품들이었다. 그들은 오단의 도발에 그 어떤 제지도 가하지 못했다. 그들이 통제해야 하는 대상은 오직 교육장에 모여 있는, 푸른 빛깔 수의를 입은 죄수들뿐이었다.

오단이 바닥에 누워 있는 김형수의 어깻죽지를 붙잡고 밖으로 끌어냈다. 누구의 도움도 필요하지 않았다. 피가 바닥에 흔적을 남겼지만 개의치 않았다.

　여자가 울기 시작했다. 처음엔 나지막한 흐느낌이었지만 나중엔 비명과 통곡으로 변했다. 여자가 울음을 터트릴 수밖에 없는 이유는 자명했다. 지금 눈앞에서 최후의 처형을 기다리는 남자, 김형수가 자신의 하나뿐인 자식이었기 때문이다. 오단은 알 것 같았다. 장철수가 김형수의 어머니, 여자를 데리고 온 이유를. 아들의 마지막을 목격시키기 위한 의도. 더는 잔인할 수 없는 형벌이었다.

　— 내가 잘못 키웠어요. 내가 잘못한 거예요. 그러니 절 죽이세요. 절 대신 죽이시라고요!

　여자의 절규가 메아리쳐 들려오는 이곳은 미래아파트 13층 심판장이었다. 시간이 지날수록 겨울바람이 더욱 거세어졌다. 십자가 기둥에 몸이 묶인 김형수 역시 온몸을 파고드는 오한에 몸을 떨고 부드득 이를 갈았다. 푸른 수의가 걸친 옷의 전부였기에 그 추위는 더했다.

　하지만 육체적 고통보단 십자가 기둥에 묶여 있는 자식을 보는 어미의 고통을 아들은 더 이상 견디지 못했다. 김형수는 계속해서 소리쳤다. 절규하고 비난했다. 처음에는 자신을 어떤 이유나 근거도 없이 이곳으로 끌고 온 해적을 욕했지만, 어느 사이엔가 주변의 모든 것을 향해 악을 쓰고 있었다.

　— 이 새끼들아! 엄마 보내! 보내라고! 엄마! 그냥 가! 가!

　김형수가 몸부림쳤다. 엄마에게 애원했다. 그냥 가라고 소리쳤다.

하지만 그럴수록 어미는 아들 앞으로 다가갔다. 해이수도, 누구도 막지 않았다. 하지만 김형수를 풀어주지도 않았다. 비극은 두 모자가 스스로 만들어갔다. 여자가 살인마 아들의 얼굴을 만졌다. 아들의 이름을 불렀다.

— 형수야, 형수…… 우리 형수야.

— 씨발! 엄마! 그냥 가! 가라고! 여기 있지 마. 여기 왜 있어?

— 형수야. 같이 가자. 우리 같이 집에 가자.

여자가 해이수를 바라봤다. 그리고 미우기, 남군, 장철수, 리눈, 그리고 오단을 차례대로 바라보며 애원했다.

— 우리 형수. 제가 정말 혼내고 가르칠게요. 아직 스물다섯밖에 안 된 아이예요. 지 아빠처럼 화를 참지 못해서 그런 거예요. 우리 형수. 불쌍한 우리 형수…….

그때였다. 여자의 말이 점점 가라앉았다. 순간 여자의 눈앞에서 아들의 피가 튀어 올랐다. 해이수가 굳은 표정으로 소리쳤다.

— 뭐 하는 거야!

오단이었다. 오단이 검은 쇠파이프로 십자가 기둥에 묶인 김형수를 처형하기 시작했다. 해이수의 지시도 없었다. 누구의 지시도 받지 않았다. 오단은 살려달라고 말하는 김형수의 머리를 난타했다. 김형수의 코와 입, 이마에서 검은 피가 쏟아져 내렸다.

여자는 그 자리에 쓰러졌다. 정신을 잃었다. 동시에 김형수의 숨도 끊어졌다. 하지만 오단의 처형은 끝나지 않았다. 이미 고개를 늘어뜨린 김형수를 향해 쉬지 않고 쇠파이프를 휘둘렀다. 그 순간 오단의 눈에는 아무것도 들어오지 않았다. 사물의 식별능력이 망실되어버렸다. 안개, 짙은 안개뿐이었다. 짙은 안개 속에서 오단에게 실감되는 건 단 하나, 피 냄새였다. 진하고 깊은 누군가의 피 냄새.

잠시 후, 누군가 팔목을 붙잡는 그 순간에야 오단은 눈앞에 비닐처럼 덧씌워진 안개가 걷히는 걸 경험했다. 정신을 차린 오단이 팔목을 붙잡은 상대를 확인했다. 무겁고 진지한 눈길로 자신을 내려다보는 거인, 해이수였다. 해이수가 오단을 차가운 시선으로 바라보며 말했다.

— 피 냄새가…… 안 느껴져?

— 뭐요?

— 심판도 피 냄새 앞에선 공허해지는 거…… 넌 그걸 몰라. 진짜 모르고 있어.

해이수의 말을 듣자 오단의 입에서 자신도 모르게 참고 있던 숨이 튀어나왔다. 오단의 시선이 김형수에게로 향했다. 피투성이가 된 김형수는 십자가 위에 피 흘려 죽은 예수처럼 고개를 떨구고 있었다. 그런 김형수의 발아래에 그의 어미, 여자가 엎드린 채 쓰러져 있었다. 쇠파이프를 쥔 오단의 손이 서서히 내려갔다. 해이수가 오단에게서 쇠파이프를 빼앗아 들었다.

— 끝났어.

해이수가 돌아섰다. 멍하니 서 있는 오단을 밀치고 남군과 장철수가 김형수를 십자가 기둥에서 풀어냈다. 미우기는 실신한 여자에게 미리 준비해둔 신경안정제를 투여했다.

오단은 13층에 남았다. 의자에 주저앉자 몸이 떨려왔다. 추웠다. 그런 오단에게 누군가 담요를 덮어주었다. 리눈이었다. 오단이 리눈을 바라봤다. 오단은 이와 이를 맞부딪치며 떨고 있었다. 그녀가 오단의 코와 볼에 묻은 핏자국을 닦아주었다. 그러고는 끼고 있던 에어팟 한쪽을 오단의 귀에 꽂아주었다. 알 수 없는 뮤지션의 알 수 없는 음악이 흘러나왔다. 리눈이 오단의 옆자리에 나란히 앉았다. 오단은 몸을 잔뜩 웅크렸다. 계속해서 몸이 떨렸다. 견딜 수 없을 정도로 추웠다.

*

한 사람의 신상 정보가 파격적으로 상세하게 공개될 때가 있는가 하면, 그렇지 못한 경우도 있다. 대개는 후자에 속한다. 개인정보 보안에 특별히 신경 써서가 아니다. 단지 그들이 특별히 눈여겨볼 필요가 없는 일반인, 혹은 있으나 마나 한 소시민이기에 굳이 공들여 정보를 기록해둘 필요가 없기 때문이다.

차인은 연쇄살인범으로 알려진, 하지만 증거불충분으로 풀려난 해이수가 정보 공개의 측면에서 범인의 부류에 속한다는 사실이 당혹스럽기만 했다. 담당 형사에 의하면 해이수는 딸 하나에 부인을 둔 멀쩡한 가장이었고, 서울 시민이었고, 게다가 별정직 공무원이기까지 했다. 화약 설치 및 무기 처리를 담당하는 공무원.

주민등록증 발급, 신용카드 발급, 금융 거래에 전혀 제약이 없는 해이수였지만 그는 다섯 명의 여자아이를 살해한 강간 살인 사건의 가장 강력한 용의자였다. 그런데 그런 해이수와 접선할 수 있는 길이 아무것도 없다니. 차인은 당혹스럽기만 했다.

구일선은 다시 만난 차인을 우려스럽게 쳐다봤다. 시사주간지 건물 근처 카페에서 만난 차인이 해이수에 관한 정보를 요구하자 구일선은 난색을 표했다.

— ……왠지 괜히 말한 것 같은데.

— 그게 무슨 소리야? 선배가 2년 동안 공들여 탐사한 건이잖아. 이 건은 제대로 터트리면, 아니 보유하고 있기만 해도 얼마든지 딜이 가능해. 그래서 나한테 말한 거 아냐?

차인의 확신이 전혀 근거 없는 건 아니었다. 해이수를 비호하면서 그에게 모종의 역할을 부여하고 있는 배후가 존재한다. 그런데, 도대체 그 배후가 누구이고 왜 이런 일을 하는지, 그 내막은 베일에 가려진 상태였다. 하지만 분명 뭔가가 있다. 연쇄살인 용의자를 임의로 풀어준 뒤 그런 존재에게 전권을 부여할 정도의 일이라는 게 도대체 무엇인지. 아니, 왜 그런 일을 발주했는지, 그렇게 발주한 배후가 누구인지. 대략의 그림자만 짚더라도 특종감이 될 거라는 게 오랜 기자 생활 동안 생리적으로 체득한 차인의 직감이었다.

잠시 망설이던 구일선이 결국 차인의 확신을 외면하지 못하고 서류 봉투 한 장을 건네주었다. 차인이 열어 본 봉투 속 서류의 내용은 평범하다 못해 쓸쓸하기까지 했다. 해이수의 신상명세. 차인은 그의 신상명세에서 외면하기 힘든 평범함과 마주해야 했다.

— 정말 이런 사람이 사람을 다섯이나 죽여요?

— 다섯 명을 죽인 게 중요한 게 아니지.

— 그럼?

— 그런 용의자를 풀어주고 목줄을 건 다음 뭔가를 청부했다는 것, 그런 보이지 않는 커넥션이 중요한 거겠지.

— 지금까지 접선 시도, 한 번도 안 해봤어요?

그녀의 말에 구일선이 허탈하게 웃었다. 팔짱을 끼고 앞에 놓인 아이스커피를 빨아 마시던 그는 뒷말을 흘렸다. 차인에게 숙제 하나를 던진 것이다.

— 직접 해봐. 어디 말처럼 쉽나.

그렇게 시작된 해이수와의 접선 시도. 차인은 구일선으로부터 해이수의 신상 정보를 받아 들자마자 카톡 메시지를 남겨보고, 페이스북, 이메일, 온라인 계정 등 모든 방법을 동원해 접촉을 시도해보았다. 하지만 소용없었다. 돌아오는 답은 없었다. 할 수만 있다면 아이피 추적이라도 하고 싶었지만 불가능했다. 차인은 마지막 시도로 해이수의 가족을 찾아갔다. 하지만 그의 아내와 딸은 이미 한국에서 사라진 지 오래였다. 등본상의 주소로 찾아갔지만 처분된 상태였다. 불확실한 정보에 의하면 아이들의 어학연수차 동남아 어딘가로 출국했다고 한다. 이게 차인이 알 수 있는 정보의 전부였다.

며칠 동안 헛걸음만 반복한 끝에 결국 차인은 포기해야 했다. 이제 해이수에게 보낸 '읽지 않음'만 반복되는 메일에 기대를 거는 수밖에 없었다. 마지막으로 보낸 메일의 '읽지 않음' 표시를 확인하며 노트북을 덮은 차인이 임시로 마련한 오피스텔 창문의 블라인드를

걷어 올렸다. 시간이 얼마나 지났는지도 모르게 정보 검색에만 열
중하던 차인에게 늦은 오후의 붉은 노을이 더없이 아름답게 다가왔
다. 붉디붉은 노을을 바라보며 짧은 한숨을 내쉰 차인이 혼잣말을
중얼거렸다.

 — 내가 지금 뭐 하는 거지?

*

 관리실에 틀어박혀 있던 해이수를 찾아온 장철수가 좀처럼 밝히
지 않던 자신의 탈북 이전 경력을 말해주었다. 정보통신 첩보 일을
했다는 짧은 설명. 그 이상, 이후의 설명은 생략했다. 딱 여기까지가
해이수가 원하는 이야기일 거라는 게 장철수의 판단이었다.

 장철수는 해이수의 앞에 노트북 하나를 내려놓았다.

 — 이걸 사용하면, 컴퍼니조차 두목을 추적할 수 없을 겁니다.

 관리실을 나서려는 장철수에게 해이수가 말했다.

 — 고마워.

 처음 듣는 해이수의 감사 인사에 장철수는 견디기 어려운 어색함
을 느꼈다. 장철수는 자신의 두목에게 최대한의 애정을 담아 말하
고는 지하 관리실을 벗어났다.

 — 그래도 조심하셔야 합니다.

 — 알아.

 해이수는 가장 먼저 이메일을 확인했다. 그간 쌓인 수천 통의 이

메일 중에서도 아내에게서, 딸에게서 온 이메일이 해이수의 눈에 띄었다. 딸의 근황이 담긴 동영상, 그리고 걱정이 담긴 아내의 긴 메일이 눈에 들어왔다.

해이수의 얼굴을 굳이 보려 한 것은 아니었다. 아침 순찰을 마친 뒤, 자살자 보고를 위해 지하 관리실로 내려온 오단이 마주한 건 해이수와 그의 앞에 놓인 노트북 화면이었다. 어린 여자아이의 천진한 웃음소리, 여자의 육성, 그 소리와 이미지가 도리 없이 오단의 눈에 들어온 것이다.

해이수는 오단의 등장에 별다른 반응을 보이지 않았다. 비밀을 유지해야 할 필요성을 느끼지 못한 듯했다. 오단은 메일을 묵묵히 읽어 내려가는 해이수의 표정을 찬찬히 살폈다. 무표정했다. 분명 무표정했지만 조금씩, 아주 조금씩 표정이 달라졌다. 동요하고 있는 것이 틀림없었다. 오단은 그때, 해이수의 마음속 감정 세계가 아예 죽어버린 것이 아님을 짐작했다.

오단이 떠난 뒤 해이수가 살핀 건 차인과 구일선에 대한 정보였다. 구일선은 모르겠으나 차인은 틀림없이 일반인이 아니었다. 공중파 골든타임의 유력 여자 앵커에 대한 정보는 그야말로 홍수였다. 검색을 해도 해도 끝없이 쏟아져 나왔다. 그중에서 해이수의 관심을 끈 건 급작스러운 9시 뉴스 하차와 여당의 소장파 국회의원과의 불미스러운 스캔들이었다.

선생님. 언론은 흐르는 물과 같습니다. 흐르는 물이 모이고 모여 대양이 되고 파도를 일으키죠. 언론을 믿으시는 게 가장 현명한 길입니다. 제가 도와드리겠습니다. 제게 연락하세요. 직접 연락이 힘드시면 다른 루트를 이용하셔도 좋습니다. 제가 도와드릴 수 있습니다. 확신합니다.

차인의 메일을 살피던 해이수가 쓴웃음을 지었다. 이어진 혼잣말은 자조와 냉소가 뒤섞인 한마디였다.

— 순진해.

＊

주말 내내 해이수는 미래아파트 옥상에 모습을 보이지 않았다. 매일 아침이면 어김없이 미래아파트 관리사무소 앞으로 오토바이가 와 음식을 배달했다. 메뉴는 언제나 비슷했다. 짜장면에 짬뽕. 간혹 싸구려 백반. 그 백반마저 반찬은 거의 변화가 없었다.

주말 내내 해이수가 나오지 않자 오단은 사설감옥을 혼자 돌아다녔다. 물론 리눈을 통하지 않고서는 감옥 안으로 들어가 감금된 이들을 볼 수 없었다. 리눈 역시 해이수에게 열쇠를 받지 않고는 감옥 안으로 들어가지 못했다. 아침 순찰 단 한 번. 그 한 번을 제외하면 오단이 사설감옥에 갇힌 이들을 대면할 기회는 없었다.

복도에서 사람 발자국 소리가 들리자마자 갇혀 있는 이들의 아우성이 일제히 터져 나왔다. 살려달라고 소리치거나 욕설과 협박을 포악스럽게 쏟아냈다. 오단은 가만히 입구에 주저앉아 그들의 소리가 잦아들기를 기다렸다. 그러고는 눈을 감았다. 주말 늦은 오후에 찾은 사설감옥에 침묵과 고요가 찾아드는 시간은 그리 길지 않았다. 오단이 숨죽여 벽에 등을 기대고 주저앉자, 그렇게 발자국 소리가 사라지자 죄인들의 아우성도 함께 잦아들었다. 잠깐의 침묵 이후, 조금씩 신음 소리가 오단의 귀에 들어오기 시작했다. 오랜 시간 이유 없이 감금된 그들의 신음은 더없이 절규와 비탄을 닮아 있었다.

오단을 이곳에 있는 것을 어떻게 알았는지 장철수가 모습을 드러냈다. 자리에서 일어나려는 오단을 장철수가 손짓으로 제지했다. 장철수의 손엔 주말의 한가로움을 알려주듯 양주병이 쥐어져 있었다.

오단의 옆에 앉은 장철수가 반쯤 남은 술을 한 모금 길게 삼키더니 술병을 오단에게 건넸다. 오단이 천천히 손을 들어 술병을 쥐었다. 장철수의 시선은 어느새 사설감옥 쪽으로 옮겨가 있었다.

술을 한 모금 들이켠 오단이 병을 다시 장철수에게 건넸다. 장철수가 다시 한 모금 길게 들이삼켰다. 그러고는 말문을 열었다.

— 언제까지 여기 있을 거야?

오단이 침묵했다. 스스로 답할 수 있는 성질의 질문이 아니라고 판단했기 때문이다. 장철수의 건조한 질문에는 상대를 향한 반감 같은 건 없었다. 장철수는 정말로 궁금했다. 벌써 한 달째, 이젠 사람까지 죽이기 시작한 정체불명의 어린 녀석이 언제까지 남아 있을지.

— 나가고 싶어지면 나가. 누구도 막지 않아.

— 아저씨는.

오단이 조심스럽게 말문을 열었고, 장철수의 눈길이 오단에게로 향했다. 그러자 오단이 조심스럽게 장철수의 시선을 피해 사설감옥을 바라봤다. 다시 한 번 누군가의 비명 소리가 크게 들렸다.

— 아저씨는 여기 왜 있어요?

— 맥빠지는 질문이네.

— 궁금해서요.

— 남군이 말하지 않았나? 우리 모두 목줄 매달고 질질 끌려온 개새끼들이라고.

— 그런 식으로 말하진 않았어요.

— 나에 대해서 어떻게 말하던가.

— 탈북…… 탈옥…….

오단이 '탈북', '탈옥'이란 두 낱말을 약간의 시간 간격을 두고 조심스럽게 입 밖으로 냈다. 그 말에 장철수가 대수롭지 않다는 듯 고개를 끄덕이며 부연설명을 덧붙였다.

— 북에서는 나올 수밖에 없었고, 남에서도 같아. 나올 수밖에 없었어.

— 협박을 받았던 건가요?

— 협박이기보단 거래지.

— 누구와의 거래인데요?

— 지금…… 두목을 찾아온 남자.

자리에서 일어선 장철수가 턱 끝으로 1층 미래아파트 입구를 가리켰다. 오단도 재빨리 몸을 일으켰다. 기둥에 나란히 서게 된 둘은

165

누가 먼저랄 것도 없이 몸을 내밀어 아파트 입구를 내려다봤다. 강 실장의 검은색 세단이 눈에 들어왔다. 오단이 물었다.

— 그럼 해이수는 뭐죠?

장철수가 오단의 질문에 천천히 답했다.

— 해적 두목.

— …….

— 그 이상도 이하도 아니야.

*

— 왜 대답을 안 해.

강 실장이 초조하게 해이수를 바라봤다. 그는 처음부터 자리에 앉질 않았다. 두 손을 주머니에 찔러 넣은 채 뭐 마려운 강아지마냥 관리실 이곳저곳을 배회했다. 여느 때와는 명백히 다른 태도였다. 평소의 그였다면 어떤 방식으로든 모든 상황을 일사천리로 해결했을 것이다. 납치 대상자의 신상이 담긴 서류를 해이수에게 건네고 사인하면 거래는 그걸로 끝이었다. 강 실장은 단지 전달자의 역할만 하면 그만이었다.

그런데 이전과 별다를 게 없어 보이는 과정에서 해이수가 다른 모습을 보였다. 계약서에 사인을 하지 않은 것이다. 강 실장이 그런 해이수의 눈치를 봤다. 해이수는 강 실장을 바라보지 않았다. 대신 서류 속 인물, 납치 대상 한 명의 이름과 이력을 계속해서 살폈다.

연우진. 강 실장이 가져온 특별관리대상자의 이름이었다. 나이 55세. 오래전부터 시민변호사로 활동했으며, 현재는 야당 색이 강한 시민단체 사무총장으로 언론과 정계에서 자천타천으로 대선 후보에 오르내리는 인물이었다.

강 실장이 사인을 망설이는 해이수의 태도를 멋대로 짐작하고서 다음과 같이 물었다.

— 하기 어려워? 쫄리냐?

강 실장의 질문에도 해이수는 묵묵부답이었다. 오히려 더 초조함을 느낀 강 실장이 재차 물었다.

— 후달리는 거야? 그런 거야?

— …….

— 씨발. 사람이 질문을 하면 대답을 하라고.

잠시 후, 해이수가 강 실장의 거듭된 채근과는 무관해 보이는 질문을 던졌다.

— 이것도 컴퍼니의 뜻이오?

예상치 못한 질문을 받은 강 실장이 해이수의 말을 되받았다.

— 무슨 개소리야. 난 그냥 시키는 대로 가져온 거야.

이후에도 강 실장은 몇 마디 더 지껄였다.

— 네가 더 잘 알 거 아니야. 그 서류 봉투. 밀봉된 그대로 갖고 온 거라고.

해이수가 말없이 강 실장을 바라봤다. 그의 입에서 무슨 말이 나올지 기다리던 강 실장은 초조해졌다. 이제 어떻게 되든 상관없었다. 강 실장은 양복 안주머니에 있는 호신용 권총의 힘을 믿어야 했다. 제대로 방아쇠를 당겨본 적은 한 번도 없지만 상대로부터 신변의 위협을 느끼면 얼마든지 당길 수 있다고 스스로를 세뇌했다. 한 발자국만 다가와봐라. 한 발자국만. 그렇게 마음먹은 강 실장이 자신도 모르게 바지 주머니에서 손을 빼고 옷깃을 바로 하는 척 손을 위로 올렸다.

하지만 강 실장이 우려했던 불미스러운 일은 일어나지 않았다. 잠시, 아주 잠시 동안 강 실장을 해부하듯 바라본 해이수가 이내 시선을 거두고는 계약서에 사인했다. 강 실장이 그제야 안도의 한숨을 짧게 내쉰 뒤, 잽싸게 계약서를 손에 쥐었다.

말없이 빠르게 관리실을 나가는 강 실장의 뒷모습을 해이수는 한참 동안이나 살폈다. 그렇게 강 실장의 세단이 완전히 미래아파트에서 빠져나간 뒤, 해이수는 강 실장이 놓고 간 서류를 살폈다. 연우진의 사진이 스크랩된 것도 눈에 띄었다. 시장통 사람들과 어울리며 파안대소하는 연우진의 모습이 꽤 오랫동안 해이수의 시선을 잡아끌었다.

*

다음 날 새벽. 누군가 미래아파트를 벗어나 탈출을 감행했다. 그때 오단은 남군의 숙소 베란다에서 남군과 함께 비닐하우스 사이의 비좁은 수로를 빠져나가는 그림자를 지켜보고 있었다. 남군은 저녁

168

배급과 청소 시간을 틈타 사설감옥에서 벗어난 것 같다고 말했다. 어쩐지 이런 식의 탈출이 처음이 아닌 것 같았다. 도망치는 자를 어떻게 하느냐는 오단의 질문에 남군은 선뜻 대답하지 못했다. 오단이 남군에게 말했다.

— 아침 순찰 시간 외에 열쇠는 늘 두목이 가지고 있는 거죠?

남군이 답했다.

— 그렇지.

— 그럼 저 사람이 도망치도록 문을 열어줄 수도 있었겠네요.

— 누가? 두목이?

오단은 이어지는 남군의 질문에 답하지 않았다. 남군이 고개를 절레절레 저으며 말했다.

— 그럴 이유가 없잖아.

— …….

— 그럴 이유가.

*

해이수가 관리실에 있는 사이, 미우기가 자신의 숙소로 멤버들을 소집했다. 뒤늦게 남군의 연락을 받고 온 오단을 보는 미우기의 표정은 밝지 않았다. 그는 남군에게 질책하듯 말했다.

— 쟤는 필요 없다고 했잖아.

— 애도 알 건 알아야지. 안 그래?

미우기는 장철수와 남군만 모이기를 원한 눈치였다. 리눈은 보이지 않았다. 미우기가 경고하듯 낮고 빠르게 말했다.

— 기왕 들어온 거니 빨리 문 닫아.

미우기가 해이수를 배제하고 멤버를 모은 이유는 단순했다. 해이수의 행동에 변화가 감지되었다는 것. 특히 사설감옥에 갇힌 죄수들 중 일부를 누구도 알 수 없는 자신만의 기준으로 풀어준 것이 결정적이었다. 미우기는 새벽에 자신이 직접 그 장면을 목격했다며 힘주어 말했다.

— 틀림없어. 두목이 지난밤 A블록으로 들어가 수갑을 풀어주는 걸 똑똑히 봤어.

— 정말이야? 정말 두목이 그랬어? 그럴 리가 없잖아.

남군이 못 믿겠다는 듯 재차 물었지만 미우기는 확신에 차 말했다.

— 확실해. 게다가 이번 달에만 벌써 세 번째야.

그러자 장철수가 반응을 보였다.

— 강 실장이 시킨 거 아니야?

— 강 실장이 미쳤다고 무단으로 인질 석방을 지시하겠어? 이건 두목의 단독행동이야. 분명해.

— 그래서? 하고 싶은 말이 뭐야?

장철수가 성가시다는 표정을 지었다. 미우기는 장철수가 그런 반응을 보일 걸 예상이라도 했다는 듯 좀 더 심각한 표정으로, 마찬가지로 심각한 논리의 비약을 전개했다.

— 두목이 다른 마음을 품은 것 같아.

170

남군이 불안한 표정으로 물었다.

— 다른 마음이라니? 두목이 뭘 어떻게 하기라도 한다는 거야?

미우기가 모두를 둘러보며 말했다.

— 강 실장 라인에 더 이상 속하지 않겠다는 것 같아. 말 그대로 항명이지.

— 항명이란 말, 거창해.

장철수가 미우기의 말에 제동을 걸었다. 하지만 미우기의 논리정 연한 말을 막기엔 역부족이었다.

— 강 실장이 누구야. 우리 생사여탈권을 쥐고 있어. 그뿐이 아니지. 강 실장 그 인간만이 우리를 다시 사회로 복귀시켜줄 수 있는 유일한 보험이라고.

남군이 흔들렸다. 그의 마음이 갈대처럼 요동치는 게 오단의 예민한 눈에 포착되었다. 남군이 말했다.

— 하지만 두목 아니었음 우린 모두 죽은 목숨이었어. 그건 잊지 말아야지.

미우기가 남군의 과거 이야기를 뭉갰다.

— 과거는 과거야. 현실을 직시해, 남군. 당신도 회사로 돌아가야 할 거 아니야. 가족은? 가족들 안 만날 거야? 장철수. 당신도 마찬가지 아니야? 누명 벗어야 할 거 아니야. 그걸 누가 해줄 수 있겠어? 손에 직접 피 묻히는 인간 백정이 할 수 있겠어? 아니야. 강 실장이라고. 강 실장이 답이야. 씨발.

— 강 실장을 어떻게 믿어?

장철수가 물었다. 미우기가 마른침을 삼킨 뒤 말을 이었다.

— 강 실장이 빠꼼이란 거 나도 잘 알아. 하지만 오히려 그걸 전략적으로 이용해야 해. 강 실장은 연결자일 뿐이야. 그러니까 우리에게 함부로 못 해. 건드리지 못한다고. 지금으로서는 우리가 현 상태를 유지하는 게 최선이야. 그래야 강 실장이 우리에게 한 약속을 유효하게 만들 수 있는 거야.

미우기의 말을 남군이 받았다.

— ……때가 되면 신분 세탁 해주겠다는 약속?

— 사례도 있어. 컴퍼니를 통해 과거를 청산하고 새로운 권력과 지위를 누리고 있는 이들. 여기서 한번 읊어볼까.

— 됐어.

장철수가 자리에서 일어섰다. 그런 장철수에게 미우기가 설득하듯 말을 걸었다.

— 해이수는 우릴 구원해주지 못해. 그 사실, 명심해.

— 네 말도 확실하지 않기는 마찬가지야.

장철수의 말은 여러 뉘앙스를 품고 있었다. 그 말이 대화의 마지막 말이 될 경우 듣는 이의 혼란은 엄청날 것이기에 미우기는 현관을 나서는 장철수에게 경고했다.

— 지켜봐. 항명의 기운이 피부에 와닿을 테니까.

*

— 방금 전 한 말 무슨 뜻이에요?

— 뭐?

— 두목이 아니면 모두 죽은 목숨이란 말.

밖으로 나온 남군에게 오단이 건넨 질문이다. 복도 끝에 멈춰 선 남군이 난간에 두 팔을 걸치고 서서 술 한 모금을 길게 삼킨 뒤 말했다.

— 알고 싶은 것도 많다.

자조 섞인 웃음을 뱉은 남군이 잠시 숨을 고르더니 이내 핵심에 해당하는 말을 던졌다.

— 나, 미우기, 장철수. 다 저기에 있었다고 내가 말했던가?

남군이 손으로 위층을 가리키며 말했다.

— 나는 A1, 미우기는 A2, 장철수는 어디였더라. B 어디였는데? 아무튼 모두 그 안에서 꼼짝없이 죽는 줄 알았지. 그런데 두목이 살려줬어.

— 기준이 뭔데요?

— 몰라. 아무 이유 없이 살려줬어. 강 실장이 길길이 날뛰어도 우릴 살려줬어. 그 뒤 우린 떠나지 않았어. 두목이 나가라고 했어. 잡지 않는다고 했어. 강 실장의 협박이 이유인 것 같지만 사실은 우리가 그냥 눌러앉은 거야.

— 왜 그런 거죠?

— 갈 곳이 없었어.

— 갈 곳이 없다고요? 가족도 있고, 회사도 있잖아요?

— 그곳으로 가지 못하니까, 더 이상 갈 수 없으니까 갈 곳이 없는 게 맞는 거 아냐? 두목도 갈 곳이 없으니까 여기 있는 거겠지.

— 이해하기 어려워요.

— 이해를 구하는 건 여기서 집어치워. 중요한 건 지금이니까. 그래, 미우기 말이 맞을지도 몰라.

— 어떤 말이요?

— 미우기는 돌아가려고 해. 어느 순간부터 그랬어. 미우기는 그럴 능력이 충분한 친구긴 하지. 복귀하면 빠르게 자리를 잡을 수완도 있고. 기회만 되면, 저 세계에서 또다시 부대끼며 살 수 있다고 믿는 거야.

— 그런데 왜 망설이는 거죠?

— 신분 세탁이 필요하니까.

— 뭔가…… 잘못된 게 있나요?

— 의료사고가 크게 있었나 봐. 자세히는 모르지만 그 세계에선 매장당할 수준이라더군. 그러니 거래가 필요했겠지. 과거의 잘못을 덮고 새로 시작하기 위해서는 말이야. 그걸 해줄 수 있는 사람이 미우기 생각에는 강 실장뿐이었을 거고.

저 세계, 라고 말한 남군의 시선이 미래아파트 너머를 향했다. 수백 개의 비닐하우스를 넘어서면 바로 서울이 보였다. 남군이 그 중심가의 불빛들을 바라보며 말을 이었다.

— 강 실장이 양아치이긴 해도 그가 우리의 유일한 희망이란 거. 사회로, 가족에게로 다시 갈 수 있는. 씨발. 말해놓고 나니 엿 같네.

— 당신들을 가둔 장본인이 강 실장인데, 강 실장이 유일한 희망이에요?

오단의 말에 남군이 폭소를 터뜨렸다. 한참만에야 웃음을 멈춘 남군이 오단의 어깨를 두드리며 말했다.

— 씨발. 너 아직 어려서 모르는구나. 그렇게 엿 같은 게 희망이란다. 희망.

*

미우기가 말한 '기운'은 단지 불길한 징후에만 머무르지 않았다. 그다음 날 아침, 옥상에서의 아침 식사는 그야말로 비장한 분위기와 믿기 힘든 반응들의 속출이었다.

해이수는 마치 지난밤 미우기와 남군, 장철수, 오단이 나눈 대화 내용을 듣기라도 한 듯이 행동했다. 한 번도 공개하지 않았던 납치 대상의 신상 정보를 식사 자리에 펼쳐놓은 것이다. 강 실장이 내린 오더의 주인공 연우진 관련 서류였다.

미우기를 비롯해 다른 멤버들은 해이수의 이러한 행동이 특별하다는 것을 감지했다. 평소 납치 대상자의 얼굴과 현 위치, 예상 경로만을 알려주는 것과는 다른 세세함이었다. 물론 거기엔 납치 대상자가 매일 미디어를 도배하다시피 하는 공인이라는 특수성 역시 반

영되었다. 연우진을 모르는 사람은 대한민국에 몇 되지 않을 것이
다. 인권변호사인 그의 투사적인 행보 때문에 그는 권력의 중심에
서고자 하는 이들에게 눈엣가시처럼 여겨졌고, 반대로 민중으로 불
리는 약하고 가난한 소시민들에겐 그 시시비비를 따져 묻는 것조차
불경스럽게 여겨질 정도로 절대적 숭배의 대상이었다.

해적 멤버들은 이런 거물이 납치 대상자로 결정되었다는 사실에
놀라고 있었다. 남군은 해이수가 보여준 연우진의 사진과 관련 기
사, 현재 동선이 타이핑된 서류를 보며 혀를 길게 내밀었다.

— 어이구. 이 인간을 어떻게 납치해? 이건 레벨이 다르잖아. 한
주가 멀다 하고 신문 칼럼 쓰고 토론 프로그램 출연하는 데다 거의
매주 방송 타는 인간인데 이런 인간을 어떻게 세탁하려고?

미우기가 해이수를 지켜봤다. 한 걸음 물러서서 벽에 기대 담배
를 피우던 장철수 역시 시선은 해이수를 향하고 있었다. 리눈과 오
단 또한 마찬가지였다. 해이수는 태연했다. 그는 다른 멤버들이 모
두 먹어치운 지 한참 돼 퉁퉁 불은 짜장면을 뒤늦게 비벼댔다. 미우
기가 물었다.

— 강 실장이 시킨 일이에요?

— 응.

— 의외네요. 왜 서류를 공개하는 거죠? 지금까진 한 번도 그런
적 없었잖아요.

미우기의 질문이 정곡을 찔렀다고 생각한 걸까. 식사를 멈춘 해
이수가 젓가락을 손에서 놓고 새 담배를 피워 물었다. 해이수는 멤

버들을 차례대로 바라봤다. 마지막으로 눈을 마주친 상대는 오단이었다. 해이수는 오단을 보며 미우기의 질문에 답했다.

— 이건 컴퍼니의 오더가 아니야. 강 실장 라인에서 주문한 프라이빗 오더지.

남군이 해이수의 말에 의문 섞인 목소리로 되물었다.

— 강 실장 오더가 곧 컴퍼니 의도 아닌가요?

남군의 말에 해이수가 잘라 말했다.

— 강 실장 라인 무리들이 다른 마음을 품기 시작했어. 변질이야.

'변질'. 해이수의 말에 아무도 이견을 말하지 못했다. 잠시 무거운 침묵이 흘렀다. 중간쯤 남은 담배를 바닥에 비벼 끈 해이수가 침묵을 깼다.

— 때문에 우리 또한 마음을 바꿔야 할 순간이 온 거지.

— 그건 안 돼요. 말노 안 돼.

단호하게 안 된다고 말한 미우기의 얼굴이 엷게 떨리고 있었다. 해이수와 정면으로 격돌하는 게 불편하긴 했지만 미우기는 멤버들이 모두 모인 앞에서 자신의 의사를 확실히 해두어야겠다고 생각했다.

— 아무리 강 실장이 다른 생각을 품었다 해도 우린 강 실장 오더대로 가야 해요.

— 그런 기준은 누가 정했어?

— 강 실장이 이곳의 시작이고 끝 아닌가요?

— 우습군.

우습다고 말한 해이수가 잠시 아래층 소리에 귀 기울였다. 누군가의 절규와 비명이 낮게 가라앉고 있었다. 비명 소리가 잦아들자 그는 말을 이었다.

— 너희에겐 내가 시작이고 끝 아닌가? 내가 잘못 생각한 거야?

미우기가 반발했다.

— 우리의 시작과 끝은 강 실장과 컴퍼니예요.

— 강 실장이 지금 그 컴퍼니와 다른 라인을 탔어. 그럼 어떻게 행동하는 게 맞을까.

해이수의 말이 해적들의 마음을 무겁게 짓눌렀다. 잠시 후, 내내 침묵하던 장철수가 말문을 열었다. 해이수가 내내 말하려 했던 주제의 핵심을 찌르는 질문이었다.

— 마음을 바꾼다는 거…… 뭘 어떻게 하는 건데요?

해이수의 표정이 다시금 굳었다. 멤버들 역시 굳은 얼굴로 해이수의 답을 기다렸다.

*

— 말도 안 돼. 그건 아니야.

미우기가 자리를 박차고 일어났다. 미우기의 입술이 한 차례 파르르 떨렸다. 남군과 장철수도 표정이 굳긴 마찬가지였다. 가장 무심해 보이는 건 리눈이었다. 리눈은 무슨 생각을 하는지 알 수 없는 표정으로 옥상 밖을 내려다보았다. 츄파춥스를 변함없이 입안에서 우물거리면서.

미우기는 그런 일은 할 수 없다는 말만 반복했다. 그러다 어느 순간 해이수에게 사정하고 있었다.

— 생각 바꿔요. 잘못하면 면죄부 못 받을 수도 있어.

— 정말 그런 게 있다고 믿는 거야?

— 뭐라고요?

— 강 실장이 말한 이전 상황으로의 복귀, 그게 가능하다고 생각하냐는 말이야.

강 실장의 오더와 정반대 일을 해보자는 해이수의 말도 충격이었지만, 강 실장과의 거래를 전면 부정하는 해이수의 발언 또한 충격이었다. 작심한 걸까. 해이수는 미우기가 뭔가 말하려 하는 걸 자르고 충격의 강도를 더했다.

— 신분 세탁 따위는 불가능해. 처음부터 그랬어.

— 웃기지 마. 낭신 말 안 믿어.

미우기가 소리쳤다.

— 당신은 인간 백정이야. 강 실장은 적어도 먹물이고, 먹물은 위선과 아집이 있긴 해도 무책임하진 않아.

미우기는 다른 멤버들의 동의를 구했다.

— 난 이번 일 빠지겠어. 이건 컴퍼니의 오더가 아니야. 두목이 임의로 내린 결정이야. 그런 결정을 따를 순 없어.

그렇게 말한 미우기가 옥상에서 벗어나기 위해 엘리베이터로 걸어갔다. 엘리베이터 앞에서 미우기가 멤버들을 돌아봤다. 남군은 망설이고 있었다. 미우기가 정신 차리라는 듯 남군을 향해 소리쳤다.

— 남군! 뭐 해! 빨리 결정해. 다 죽겠다는 거야?

— 나 참. 이거 어떻게 해야 하지. 어떻게 해야 돼?

— 잘 생각해. 한번 발 잘못 들이면 끝이야. 강 실장 눈 밖에 나면 진짜 끝이라고. 그거 몰라?

그 말을 들은 남군이 머리를 만지며 슬금슬금 움직이기 시작했다. 장철수는 그런 남군을 보며 한마디 내뱉었다. 남군을 수신자로 설정했다기보다는 자신을 향한 독백의 성격이 강했다.

— 난 하겠어.

미우기가 장철수를 보며 독설을 내뱉었다.

— 씨발. 죽고 싶으면 너나 죽어.

엘리베이터 문이 닫혔다. 미우기와 남군이 퇴장한 뒤, 장철수는 홀로 계단으로 걸어갔다. 리눈은 추위에도 아랑곳없이 옥상 난간에 엉덩이를 대고 걸터앉아 새로운 츄파춥스의 포장을 벗겼다. 이번에는 사과 맛이었다.

해이수가 자신을 마주보고 앉은 오단을 바라봤다. 오단은 사선에 위치한 리눈과 해이수를 번갈아 바라봤다. 해이수가 말했다.

— 알아서 결정해.

— 언제 하려고요?

— 내일.

'내일'이라는 말이 끝나기가 무섭게 오단도 자리에서 일어섰다. 추위를 견디지 못한 듯 두 손을 패딩 주머니 깊이 찔러 넣었다. 오단은 해이수에게 짧게 답한 뒤 장철수처럼 계단 쪽으로 걸어갔다.

— 해요.

해이수가 확인하듯 말했다.

— 이거…… 해적으로서의 명령 아니야.

— 상관없어요.

*

이른 저녁. 차인과 윤 국장이 한자리에 마주했다. 보통은 윤 국장이 후배인 차인을 호출하곤 했는데 오늘은 그 위치가 바뀌었다. 차인이 선배인 윤 국장을 불러낸 것이다. 약속 장소는 북악터널을 지나 들어서는 야트막한 등산로 옆에 마련된 한정식집. 밀담을 나누기에 더없이 적합한 이곳은 사실 윤 국장이 주로 비공개로 통보할일이 있을 때, 혹은 직원들이나 중요 인사들과 독대를 청할 일이 있을 때 호출하는 장소였다.

차인이 자신을 이곳으로 부른 것에 대해 윤 국장 또한 호락호락한 마음가짐으로 임하진 않았다. 한 달 만이다. 일방적 하차에 대한 억울함 호소나, 기타 다른 식의 불만 표현이라면 굳이 자신을 이런 은밀한 곳에 부르진 않을 거란 계산이 선 윤 국장은 차인보다 10분 일찍 와 그녀를 기다렸고, 차인과 만난 이후로도 정도 이상의 말을 하지 않았다. 간단한 안부 정도를 주고받는 게 전부였다.

그리고 10분, 그 10분이 지나가기 전에 차인은 자신이 한 달 동안 준비한 자료를 내놓았다. 윤 국장이 자료를 몇 장 넘기더니 난처한 표정을 지었다.

— 요즘 구일선과 어울린다더니…… 결국 이거였어?

차인이 윤 국장의 말을 듣자마자 한 수 더 넘겨짚었다.

— 지금 보신 건 빙산의 일각이에요. 진짜 중요한 건 여기에 있죠.

차인이 재킷 안주머니에서 꺼내 보인 건 보이스 레코더였다. 그녀의 새끼손가락만 한 소형 제품이었다. 윤 국장의 얼굴에 한층 너 깊은 그늘이 드리워졌다. 그가 물었다.

— 이건 또 뭐야?

— 녹취본이에요.

— 누구와의 녹취?

— 아시잖아요. 구일선 선배가 그렇게 쫓아다니던 용역 당사자.

— 진짜야? 너 내 앞에서 끼 부리면 진짜 좆돼.

— 내가 국장님, 아니 윤 선배를 몰라요? 당신 같은 능구렁이 앞에서 끼 부리게? 내가 아마추어예요?

속어를 남발하는 윤 국장을 보며 차인은 오히려 더 자신감이 붙었다. 윤 국장 또한 차인의 기자 본능을 모르지 않았다. 너무 잘 알고 있어 탈이었다. 차인이 먹잇감을 입에 물면 모조리 씹어 삼킬 때까지 놓아주지 않는 야생의 하이에나를 닮았다는 사실을. 서류를 살피던 윤 국장의 얼굴에 당혹감이 더해갔다. 그가 서류에서 눈을 떼지 않은 채 혼잣말처럼 말했다.

— 구일선 이 새끼가 정말…… 하지 말라니까.

— 국장님도 알고 있었어요?

— 이봐 차 앵커. 아니 후배야.

— 말씀하세요.

— 이 건은 건드리지 말자. 내가 구일선한테도 말해뒀어. 그 말 못 들었니?

— 난 구 선배하고 달라요.

— 뭐가 다른데?

— 잘 아시면서. 언론인은 미치광이예요. 미친년놈이 되어야 시청 자들의 알 권리를 충족시킬 수 있다고요.

— 이런 씨발. 말이 안 통하네.

대학 선후배 사이의 친밀함이 지금 이 순간만큼은 둘 모두를 불 편하게 했다. 윤 국장은 진심으로 난처해하고 있었다. 연극이 아니 었다. 차인이 그의 난처함을 보며 물었다.

— 특종으로 써먹을 수 없는 수준이에요?

— 녹취 땄다며. 그럼 알 거 아니야.

녹취는 거짓이다. 하지만 차인은 이미 던진 수를 철회하면 끝장 이란 각오로 밀어붙였다. 차인이 굳은 표정으로 말을 이었다.

— 난 딜이 필요해요.

— 그게 쉬운 줄 알아? 지금 널 다시 9시 뉴스데스크에 데려다 놓 으라고? 그게 가능하다고 생각해? 너 여론 생각 안 할 거야?

— 선배가 그런 식으로 나오면 어쩔 수 없죠. 미친년이 되는 수밖에.

더 말하는 게 비효율적일 거라는 확신이 차인의 뇌리를 스치고 지나간 순간, 스르륵, 여닫이문이 열리고 종업원이 들어섰다. 애피

183

타이저가 두 사람 앞에 놓였지만 차인도, 윤 국장도 알고 있었다. 뭔가를 먹을 수 있는 상황이 아니라는 걸. 윤 국장이 타이를 느슨히 하며 말했다.

— 정말 복귀를 원해?

— 물론이에요.

— 그럼 기다려.

윤 국장이 서류를 쥔 채 자리에서 일어섰다. 차인이 그런 윤 국장을 올려다보며 말했다.

— 저, 오래 못 기다려요.

— 내일이면 끝날 거야. 그러니 내놔.

— 뭘요?

— 녹취 딴 거.

— 보험이에요. 절대 못 주죠. 이거 가져가도 소용없어요. 원본은 따로 보관했으니까.

— 진짜 미친년이네. 알았다, 이 미친년아.

윤 국장이 나가고 난 뒤 차인의 입에서 안도의 한숨이 나왔다. 그와 함께 마음이 벅차올랐다. 모처럼, 정말 얼마 만에 느껴보는 벅참인지 차인은 짐작조차 할 수 없었다.

*

수색동 재개발지역. 철거 직전의 아파트 옥상에 자리를 잡은 해이수와 오단이 망원경으로 변전소 옆 쪽방촌을 주시했다. 그곳은 수색동 재개발지역 중 몇 남지 않은 철거민 대피 지역이었다. 주위의 철거 예정 주택들은 거의 사람이 살지 않았고, 남아 있는 이들의 집에는 붉은 깃발과 '철거 반대'란 구호가 적힌 현수막들이 걸려 있었다.

'소망의 집'이란 조악한 간판이 걸려 있는 쪽방촌 중심의 컨테이너 단층 건물에서 꾀부리지 않고 연탄을 운반하는 이가 해이수와 오단의 눈에 들어왔다. 연우진이었다.

연우진 주변이 만만치 않았다. 수십 명의 봉사단체 관계자들은 물론이고, 경찰차 한 대가 '소망의 집' 앞을 가로막고 있었다. 경찰 두서넛도 눈에 띄었다. 그 모습을 지켜보던 오단이 말했다.

— 힘들지 않을까요?

해이수가 지독한 무심함을 담아 답했다.

— 차에 태우는 건 어려울 거 없어. 진짜 어려운 건 그다음이야.

— 그다음이요?

— 보면 알아.

그때였다. 리눈이 쪽방촌 쪽으로 걸어가는 모습이 보였다. 리눈을 본 사람들의 동작이 일시정지되었다. 완전히 헝클어진 머리에 코에서 흐르는 핏물, 심하게 부어오른 눈두덩과 두 무릎에 난 생채기까지. 골목을 가로지르는 리눈의 몰골은 연탄을 배달하던 연우진의 눈에도 들어왔다. 연우진이 터덜터덜 걷는 리눈 앞을 가로막고 섰다. 연우진의 걱정스러운 표정이 해이수와 오단의 눈에 들어왔다. 순식간에 등장한 장철수까지도.

— 세팅해.

리눈의 헝클어진 뒷머리를 휘어잡은 장철수를 본 해이수가 망원경을 내리고 오단에게 명령했다. 그러고는 먼저 아파트 옥상을 빠른 걸음으로 내려갔다.

장철수가 리눈의 머리채를 잡아 바닥에 쓰러뜨렸다. 바닥에 쓰러진 리눈이 장철수의 두 손을 움켜쥐며 악다구니 쳤다. 안 간다고, 놓으라고. 하지만 장철수의 완력이 바닥에 주저앉은 리눈을 그대로 잡아끌었다. 이 장면이 연우진과 봉사단체 회원, 경찰과 경호원의 눈에 그대로 노출되었다. 우선 경찰들이 장철수에게 다가갔다. 경찰 한 명이 장철수의 어깨를 붙잡았다.

— 당신 지금 뭐 하는 거야!

그 순간, 장철수가 자신의 어깨를 잡은 경찰의 손목을 붙잡고는 비틀어 꺾어버렸다. 험악한 비명이 경찰관에게서 쏟아져 나왔다. 그러자 경찰차에 대기 중이던 사복 차림의 형사들이 밖으로 나왔다. 장철수는 손목을 꺾은 경찰을 인질 삼아 그의 목을 붙잡았다. 장철수의 손에서 벗어난 리눈은 슬금슬금 무리에서 벗어났다.

동료가 인질로 잡힌 모습을 본 다른 형사들이 순간 행동을 망설이는 사이 요란한 클랙슨 소리가 들렸다. 이어지는 굉음. 해적의 스타렉스였다. 운전석에는 오단이 있었다. 오단은 사정 보지 않고 쪽방촌 막다른 골목에 주차해놓은 경찰차를 향해 달려들었다. 순간 무리 지어 있던 사람들이 폭주하는 오단의 스타렉스를 피해 흩어졌다. 비명과 고함이 사방에 울렸다.

스타렉스가 그대로 경찰차를 들이박았다. 운전석에 타고 있던 형사가 뒤늦게 내리려 했지만 때는 이미 늦었다. 스타렉스가 그대로 경찰차의 측면을 짓눌러버렸다.

쪽방촌 주위는 한순간에 아수라장이 되었다. 그 혼란의 틈, 균열의 몇 초가 해이수에겐 가장 익숙하면서도 가장 긴장되는 순간이었다. 조수석에 타고 있던 해이수는 스타렉스가 경찰차와 충돌하는 순간 차에서 내렸다. 그러고는 연우진을 찾았다.

연우진은 봉사단체 회원들 틈에 섞여 있었다. 해이수가 회원들을 밀쳐내고 연우진의 목을 붙잡았다. 갑작스럽게 목을 붙잡혔음에도 연우진은 놀라울 정도로 침착하고 의연했다. 경호원들이 달려들었지만 소용없었다. 해이수가 다른 손에 쥐고 있던 스패너를 경호원들에게 마구잡이로 휘둘렀다.

해이수가 연우진을 붙잡고 스타렉스에 태우는 데는 채 10초가 걸리지 않았다. 조수석에 올라탄 해이수가 오단에게 명령했다.

— 차 빼.

— 장철수는요?

— 신경 끄고 차 빼!

해이수가 소리쳤다. 오단이 급하게 후진 기어로 변속한 뒤 그대로 액셀을 밟았다. 빠르게 빠져나가려는 순간, 형사 몇이 스타렉스 앞유리를 향해 총을 쏘았다. 해이수가 재빨리 손을 뻗어 오단의 머리를 앞으로 숙이게 했다. 총소리와 함께 앞유리가 박살 났다. 그 순

187

간, 후진하던 스타렉스가 골목을 가로막고 임시로 세워진 쪽방촌의 가벽 뒤를 들이받았다. 경찰차가 다시 움직이기 시작했다. 골목 너머에서도 요란한 사이렌 소리가 들려왔다. 기어를 재차 변속하는 오단을 보며 해이수가 물었다.

— 빠져나갈 수 있겠어? 내가 해?

— 내가 해요.

짧게 답한 오단이 핸들을 잔뜩 꺾으면서 동시에 액셀을 밟았다. 거칠게 회전하던 스타렉스가 골목을 벗어나려 하자 두 대의 경찰차가 정면에서 스타렉스를 향해 위협하듯 달려왔다. 하지만 오단은 속도를 늦추지 않았다. 오히려 더 강하게 액셀을 밟았다. 그대로 들이받을 심사였다.

충돌 직전 경찰차 두 대가 지레 겁을 먹고 핸들을 각각 우측과 좌측으로 틀어버렸다. 오단은 그 틈으로 그대로 밀어버리듯 전진했다. 거친 충돌과 함께 골목을 빠져나간 스타렉스는 4차선 대로로 진입했다. 오단은 중앙선과 버스 전용 차로를 가로지르며 질주했다. 뒤에 남은 리눈과 장철수가 걱정되었지만 어쩔 수 없었다.

*

오래 걸리지 않을 거라는 윤 국장의 말은 허언이 아니었다. 이틀 뒤 차인은 윤 국장에게서 연락을 받았고, 약속 장소를 통보받았다. 그녀는 컴퍼니가 여의도 기반의 싱크탱크나 정치 사조직일 거라고 짐작했다. 그러나 약속 장소는 그런 추정과는 어울리지 않는 곳이었다.

그 의외의 장소는 강남 테헤란로에 위치한 우번타워였다. 그곳 로비에서 일언반구도 없이 자신을 지하 7층으로 데리고 내려가는 윤 국장의 뒷모습을 차인은 미심쩍은 눈길로 바라봤다. 지상도 아닌 지하로 내려가는 두려움 때문일까. 차인은 내려가는 엘리베이터 안에서 자신의 신변 보호를 위해 경고했다. 하지만 윤 국장은 그녀의 말을 대수롭지 않게 받았다.

— 날 어떻게 해볼 생각 같은 건 안 하는 게 좋을 거예요. 선배.

— 그런 건 걱정 마. 치울 수 있었으면 벌써 치웠지.

다른 복잡한 생각을 일으키는 말이었다. 그게 무슨 뜻일까? 치울 수 있으면……?

지하 7층에 내려서도 비상계단을 이용해 2층 정도 더 내려갔다. 차인은 말없이 윤 국장의 뒤를 따랐다. 어둑어둑해지는 조명 탓에 불안감은 더해졌지만, 이상하게도 어느 순간 평정심이 차인의 마음 깊이 찾아들었다.

도착한 곳은 지하의 공동이었다. 공동은 상상하기 힘들 정도로 넓고 깊었다. 우번타워 지하주차장 아래에 이런 거대한 구렁을 닮은 공간이 있다는 사실에 놀라며 차인은 본능적으로 휴대폰을 꺼내 들었다. 지하여서일까, 아니면 특별한 보안 처리 탓일까. 휴대폰 화면에는 '통화 가능 지역을 벗어났습니다'라는 알림이 떠 있었다.

지하 공동에는 수많은 PC가 즐비하게 도열한 테이블과 도대체 몇 명이 앉을 수 있을까 싶을 만큼 길게 늘어선 소파가 있었다. 그 소파에 앉아 태블릿을 조작하는 한 남자, 정인구를 향해 간단히 인사한 뒤 윤 국장은 차인에게 별다른 말 없이 퇴장해버렸다. 아무래도 그의 역할은 여기까지인 듯했다. 그렇게 지하 9층, 세상의 끝처럼 닫혀버린 공간에 차인과 정인구, 둘만 남게 되었다.

윤 국장이 퇴장하고 난 뒤, 정인구도 태블릿을 내려놓고 자리에서 일어섰다. 그러고는 차인에게 다가와 간단히 인사했다. 철저히 사무적인 느낌이었지만 그렇게까지 차갑지는 않았다.

— 정인구라고 합니다.

— 차인이에요.

간단한 인사말을 나눈 뒤 정인구는 습관처럼 시간을 확인했다. 그사이 차인은 어지럽기까지 한 컴퓨터 화면을 살폈다. 화면에는 증권시황, 각종 외신 뉴스, 디스커버리 채널 같은 교양 프로에서부터 미국 팝스타의 뮤직비디오까지, 다양한 장면들이 현란하게 움직이고 있었다. 정인구가 물었다.

— 어제 윤 국장님 통해 준비하셨다고 한 자료 전송받았습니다.

— 당신들이 컴퍼니인가요?

— 네.

— 그럼 단도직입적으로 물을게요. 계속 시계를 살피는 걸 보니 바쁘신 것 같아서요.

— 습관일 뿐입니다.

차인은 짧게 한 번 숨을 들이쉬고 정인구와 시선을 마주했다. 연

190

령대를 가늠하기 힘든 정인구의 무표정을 보며 내내 그런 생각이 들었다. 무슨 말을 해도 그는 마음의 상처를 받지 않을 것 같다는 생각. 그래서일까. 차인은 돌려 말하지 않고 핵심 질문을 던졌다.

— 대체 무슨 일을 하는 곳이죠? 컴퍼니는?

반응은 바로 나왔다. 그 역시 차인의 정곡을 찌르는 질문이었다.

— 저도 한 가지 묻죠. 뭘 원하는 거죠?

— 예?

— 여기까지 온 이유를 묻는 겁니다.

잠시 차인이 망설였다. 그사이 정인구는 차인에게 선택의 기회를 제공했다.

— 언론인으로서의 특종 본능인가요, 아니면…….

— …….

— 다른 목적이 있어서인가요.

아주 조심스럽게 차인이 말문을 열었다.

— 후자 쪽이에요.

그 답이 정인구를 만족스럽게 했을까. 정인구가 수긍한다는 듯 고개를 끄덕이며 말을 이었다.

— 그렇다면 저도 쉽게 말씀드릴 수 있겠네요. 우리가 하는 일에 대해서.

오단의 차는 자유로를 넘어 강변북로로 향했다. 그사이 오단은 해이수의 지시대로 차 표지판을 갈아끼웠다. 추적을 따돌리려는 계산이었다.

스타렉스 뒷좌석에 앉아 있는 연우진은 어떤 말도 하지 않았다. 살려달라는 말도, 당신들 누구냐는 말도 하지 않았다. 오랜 시간 정적들의 표적이 된 삶을 살아와서일까. 그는 이런 식의 납치와 테러에도 크게 놀라지 않은 듯했다. 하지만 긴장의 빛은 역력했다. 오단은 룸미러 너머로 연우진의 얼굴에 밴 불안의 기운을 느낄 수 있었다. 오단과 연우진. 서로의 눈이 마주쳤다. 오단은 연우진의 눈빛에서 아버지를 느꼈다. 아버지와 비슷한 이미지, 비슷한 느낌이었다. 그건 아마도 서른 살 즈음에 자식을 낳고 그 자녀가 스무 살 정도 되었을 동년배 남성 대다수의 이미지일 것이다.

이른 저녁의 강변북로는 그야말로 거대한 주차장을 방불케 했다. 한꺼번에 몰려든 차량들은 꼼짝도 하지 못했다. 오단은 차가 막히는 것이 불안했다. 하지만 해이수는 언제나처럼 무표정했다.

그사이 한 통의 전화가 해이수에게 걸려 왔다. 강 실장의 전화였다. 해이수는 몇 번의 신호를 그대로 흘려보낸 뒤 전화를 받았다. 오단은 전화를 받는 그의 옆얼굴을 살폈다. 처음이었다. 오단의 눈에 지금까지 한 번도 보지 못한 해이수의 모습이 보였다. 미세하지만 오단은 느꼈다. 해이수의 옆얼굴에 고스란히 묻어 있는 갈등의 진폭을.

[이 새끼야! 지금 어디야?]

강 실장의 격양된 음성이 스마트폰 너머로 선명히 들려왔다. 뒷
좌석에 앉아 있는 연우진에게까지 들릴 정도였다. 해이수는 답하지
않았다. 강 실장의 채근이 이어졌다.

[어디냐고? 뭐, 잘못된 거야? 실패했어?]

— 뒤에 태웠습니다.

[지금 어디야?]

— 강변북로입니다.

[왜 거기 있어? 내가 말해준 장소 잊었어?]

— 압니다.

[근데 왜 거기 있냐고?]

— 변질되었습니다.

[뭐라고? 그게 무슨 소리야?]

— 달라졌습니다.

[야, 너 지금 무슨 생각하는 거야! 딴생각하는 거 아니지? 그럼
끝장이야. 정말 끝장이라고! 이런 좆 같은 새끼가! 야! 해이수! 해
이수!]

스마트폰 너머 강 실장의 목소리가 더욱 커져갔다. 마치 도살되
기 직전 참혹하게 으르렁거리는 짐승의 울음소리 같았다. 해이수는
더 이상 통화할 의지를 보이지 않았다. 통화 종료 버튼을 누르지도
않은 채 스마트폰을 조수석 콘솔박스 위에 내동댕이쳤다. 강 실장

의 말소리가 끊이지 않고 들려왔다. 오단이 해이수에게 물었다.

— 다른 곳으로 갈까요?

해이수는 대꾸하지 않았다. 잠시 후, 오단이 거듭 물었다.

— 어떡하죠?

짧은 한숨, 그 한숨이 해이수의 현재를 설명해주는 것 같았다. 오단은 그렇게 느꼈다. 조수석에 앉아 고개를 좌식 깊이 젖힌 해이수가 피곤하다는 듯 답했다.

— 아파트로 가.

*

차인은 자신도 모르게 손을 뻗었다. 생수통을 집어 들고는 물을 마셨다. 목이 말라서라기보다는 이해하기 힘든 상황에 놓였을 때, 본능적으로 취하는 그녀만의 습관이었다. 그런 차인을 바라보는 정인구의 표정이 그녀를 더 당혹스럽게 했다. 사무적인, 지극히 일상적인 무표정이었다. 차인은 정인구가 가면을 쓰고 있다는 느낌을 받았다.

정인구가 들려준 컴퍼니 주요 업무에 대한 설명은 채 2분을 넘기지 않았다. 설명은 지독할 정도로 심플했다. 사상이나 이념, 이해관계를 떠나 정재계의 고위 관료들이 점조직 스타일의 비밀 결사체로 모여 사회 시스템의 체질강화를 위해 독소인자들의 제거와 축출 작업을 시행한다. 시행 주체는 언제까지라도 가칭일 '컴퍼니'이지만 축출 작업은 '해적'이 실행한다. 대략 이런 내용이 정인구가 밝힌 컴퍼니의 실체였다. 말을 끝낸 정인구가 차인에게 별도의 질문 시간을 허용했다.

― 질문하셔도 좋습니다. 10분 내외라면 무리 없이 사용할 수 있어요.

그 순간 차인은 세간에 알려진 정인구란 인물의 이력을 떠올렸다.

여당 실세의 눈에 띄어 최연소 과학기술부장관으로 발탁. 취임 5년 내내 흔들림 없이 장관직을 수행한 입지전적의 인물. 각종 매스컴에서 정치, 이념을 넘어 독보적인 업무 처리 능력을 자랑해온 인물. 자유경제 신봉자이면서도 균형발전이란 사회 의제 또한 외면하지 않는, 진보와 보수의 장점을 모두 갖춘 몇 안 되는 행정관료. 이것들이 정인구에 대해 차인이 알고 있는 전부였다. 차인은 충직한 관료라고 생각했던 정인구의 입에서 나오는 터무니없는 말을 도저히 믿을 수가 없었다.

― 좀 더 구체적으로 설명해주세요.

차인의 요구에 정인구는 한 치의 망설임도 보이지 않았다.

― 간단히 말씀드리죠. 물은 임계점인 100℃에 이르러야 비로소 기화되어 수증기가 됩니다. 우리 사회 시스템도 이 물과 같습니다. 어느 정도까지는 평온한 상태를 유지하다가, 임계점을 넘어서면 혼란이 시작됩니다. 이미 한국 사회는 임계점을 넘은 지 오래되었죠. 계속할까요?

― 예. 말씀하세요.

— 혼란이 지속되자, 한국 사회에서는 누가 먼저랄 것 없이 시스템의 안정이 필요하다는 요구가 일어났습니다. 그 요구가 초법적, 초월적 합의체를 태동케 했고, 그 합의체가 바로 컴퍼니입니다.

— 그래서요?

— 컴퍼니는 '시스템 불온지수'를 측정하는 인공지능을 개발했습니다. 이 시스템 불온지수가 임계섬인 50퍼센트를 넘으면 시회가 불안정해집니다. 그래서 컴퍼니는 시스템 불온지수를 50퍼센트 아래로 유지하기 위해 '시스템 정화작업'을 시작했습니다.

— 잠깐만요, 잠깐만.

— 말씀하세요.

— '정화'라는 게 무슨 뜻이죠?

— 심판입니다.

— 심판?

— 처형한다는 말입니다.

정인구가 더욱 차분한 눈빛과 목소리로 말을 이었다.

— 시스템 불온지수가 80퍼센트에 육박했던 때가 있었습니다. 컴퍼니는 이 불온지수를 임계점 아래로 낮추는 걸 목표로 한 가지 이벤트를 실제로 구현했습니다.

— 이벤트요?

— 3년 전의 '8.15 광화문 테러', 기억하시죠?

— 물론입니다. 광복절 기념행사가 있던 날이었죠.

차인은 보도 현장에 있었기에 그 사건을 분명히 기억할 수 있었다. 광화문 광장에서 일어난 폭발로 1000여 명의 사상자가 발생한 초유의 테러 사건이었다. 그날 광장에서는 진보와 보수 가릴 것 없이 다양한 사람들이 모여 광복절 기념행사가 끝난 뒤 있을 대규모 시위를 준비 중이었다. 정인구가 말을 이었다.

— 그 사건 이후, 시스템 불온지수가 순식간에 내려가 50퍼센트 내외를 유지하지 시작했고, 그후 얼마간 사건 사고 없이 사회의 안정지수는 높아졌습니다.

— 이게…… 사실이라고요?

— 그 후, 컴퍼니는 정확한 원인을 분석해 향후 대응지침을 마련할 수 있었죠. 시스템 불온지수를 분석하는 AI는 시스템에 악영향을 미치는 '특별관리대상자'를 필터링합니다. 특별관리대상을 적절히 관리하면 사회 시스템이 합리적으로 가동되며, 시스템의 체질강화가 이루어지는 거죠. 시스템 정화작업을 정리해보면 이렇습니다.

'체질강화'란 말을 꺼낼 때 정인구는 비로소 커피에 한 모금 입을 대었다. 진한 커피 향이 차인의 코끝을 자극하며 스며들었다.

잠시 숨을 고른 차인이 되물었다.

— 그런 일들, 그러니까 정화작업을 누가 한다고요?

— 별도로 용역을 두었습니다. 그들이 실제 업무를 담당하고 있죠.

— 그렇다면…… 정화작업은 언제까지 계속되나요?

— 시스템 불온지수를 임계점 이하로 유지하는 것이 목표니까, 시작도 끝도 없죠.

— 당신들에게 누가 심판할 자격을 준 거죠? 대통령? 군부? 아니

면 별도의 외부 권력?

— 항상 그런 식이죠. 보이지 않는 배후, 거대한 손. 그런 건 없어요. 망상이죠. 컴퍼니는 방금 전 말한 것처럼 자연발생적으로 모인 합의체입니다.

— 언론은 또 뭐고요? 완전히 허수아비잖아요.

언론에 대한 말을 꺼내자마자 차인은 문득 가슴 아픈 자괴감에 사로잡혔다. 따지고 들면 지상파 언론의 핵심 인사라 할 수 있는 윤 국장, 어쩌면 그 윗선의 인간들마저 이런 식의 공모에 암묵적으로 동의하고 있었단 말 아닌가. 차인은 여전히 이해하기 힘들었다. 어지간히 사회에 알려진 유명 인사들만 해도 수백 명 넘게 해적에게 납치되어 대부분은 죽고, 살아남아도 예전으로 돌아갈 수 없는 폐인이 되어버렸다. 그런데 어떻게 이 모든 사건에 대해 사회와 언론이 하나같이 함구할 수 있단 말인가. 그게 과연 가능하단 말인가. 하지만 그런 질문이 맴도는 것조차 사치스럽다고 말하는 것처럼 정인구의 이어지는 설명은 차인을 더한 참담함 속에 빠뜨렸다.

— 심판은 인간 본연의 권리예요. 심판하고 심판받는 일. 그것이 인간을 지금까지 살아 있게 만든 생존 본능이에요. 컴퍼니는 인간의 마땅한 권리를 대리 행사하는 것뿐이고요.

— 당신들의 이해관계와 기득권 유지 때문이 아니고요?

— 컴퍼니는 어떤 실제적인 이익도 기대하지 않습니다. 여야의 구분도, 진보와 보수의 구분도 없죠. 흔히들 권력의 상층부가 자기네들 기득권 유지를 위해 이런 일을 벌인다고 생각하겠지만 그럴

거면 이런 일엔 아예 관심도 두지 않는 게 상책입니다. 지금까지 벌어들인 것만 잘 관리하면 그만이죠. 하지만 시스템 불온지수 수위가 가라앉지 않는다면 언젠가 이 모든 질서가 헝클어지고 말겠죠. 그걸 견디지 못하는 인간 본연의 본능이 컴퍼니와 같은 비밀 결사체를 자연스럽게 일궈낸 거예요. 지금 차인 앵커가 나를 찾아온 것처럼.

갑자기 화제를 돌린 정인구의 말에 차인의 당혹감은 더욱 커졌다.

— 내가 당신을 찾아왔다고요?

— 언론인의 취재 본능, 사명감. 그딴 말 집어치워요. 당신이 원하는 게 뭐죠?

— ……?

— 당신은 메인스트림에서 벗어나고 싶지 않은 거예요. 그렇기 때문에 특종 하나 물어 윗선과 딜을 시도한 거고. 내 말이 틀렸습니까?

정인구의 물음은 가시처럼 차인의 가슴 깊이 와 박혔다. 그리고 이어지는 정인구의 말은 차인의 직업윤리를 그 근본부터 가차 없이 흔들어버렸다.

— 전 차인 앵커의 제안을 존중해요. 지금까지의 이력을 보면 그럴 만한 가치도 충분하고. 그래서 뵙고자 한 겁니다.

— 그게…… 무슨 뜻이죠?

— 컴퍼니의 배후작업 형태를 아셨다는 건 결국 당신도 이 비밀 결사체에 직간접적으로 연루되었다는 뜻이에요. 그런 당신을 난 처

리해버리지 않았습니다. 보다시피 이렇게 협상 테이블 위에 세웠어요. 그건 결국 우리 측도 당신을 받아들일 용의가 있다는 뜻이에요. 이해하시겠어요?

— 아니요. 이해할 수가 없어요.

— 이해할 수 없다면 이 사실 하나만 받아들여요. 그냥 당신도, 나도 기계가 되고 싶은 거라고. 정해진 루틴에서 벗어나지 않는 건 무감각한 행복으로 느끼는 기계 말이에요.

잠시 말을 멈춘 정인구가 커피에 한 모금 입을 댄 후 바로 말을 이었다. 용건을 정확히 밝힐 때가 왔다고 파악한 모양이었다.

— 잠시 후 제가 떠난 뒤 윤 국장이 자세한 사항을 설명하겠지만 우리 라인으로 들어오도록 해요. 그럼 데스크 복귀는 무난할 겁니다.

— 보장할 수 있나요?

— 지금까지 취재해봐서 알지 않나요? 이 사안의 중대성을?

'보장'이란 낱말을 입 밖으로 내뱉은 차인은 스스로에게 역겨움을 느꼈다. 하지만 어쩔 도리가 없었다. 그것이 정인구가 꿰뚫은 차인의 속마음이었기 때문이다. 언론인으로서의 사명, 인간에 대한 윤리 의식은 이 순간, 단지 욕망을 뒷받침해주는 배경에 지나지 않았다.

정인구가 준비해 온 몇 장의 서류를 파일에 담고는 자리에서 일어섰다. 테이크아웃 커피 잔은 그대로 테이블에 놓아둔 채였다.

— 더 자세한 이야기는 윤 국장께 듣도록 하세요. 전 먼저 나가겠습니다.

거대한 공동에 차인은 홀로 남게 되었다. 그녀는 다시 한 번, 또한 번 생각해보았다. 하지만 아무리 생각하고 또 생각해봐도 풀리지 않는 의문이 하나 있었다. 그 의문이 차인의 마음에 무거운 질문으로 자리 잡아 집요하고 지루한 맴을 그렸다.

불온의 의미는 뭐지.

*

— 지금 뭐 하는 거야!

미우기는 자신 앞에 펼쳐진 장면을 이해하기 힘들었다. 더구나 돌발 행동의 주인공이 자신들의 우두머리 역할을 해온 해이수란 사실은 한층 받아들이기 힘든 일이었다.

연우진을 미래아파트로 데리고 온 해이수는 연우진이 보는 앞에서 서류를 펼쳐 보였다. 서류엔 각 인물의 신상명세와 그들의 불온지수가 명시되어 있었다. 불온지수에 따라 처형과 교화가 결정되어 있는 상황이었다.

연우진의 손엔 수갑이 채워지지 않았다. 그저 13층, 열린 공간에 서 있을 뿐이었다. 해이수가 명령하지 않는 이상 누구도 함부로 연우진을 결박할 권리는 없었다.

하지만 미우기는 이 상황을 이해할 수 없었다. 게다가 해이수의 폭거는 거기에서 그치지 않았다. 직접 사설감옥을 열고 그 안에서 몇몇 사람, 아마도 그의 기준으로 사면되어야 한다고 생각되는 이들을 해방해준 것이다. 이 같은 모습에 미우기는 황망함을 넘어 분노를 느꼈다.

— 연우진을 왜 여기로 데리고 와요. 강 실장도 알아요? 예?

해이수의 팔을 붙잡은 미우기가 참다못해 소리쳤다. 사설감옥에서 풀려난 이들만 열 명이 넘었다. 아파트 밖으로 도망치는 이들을 보며 남군이 걱정스럽게 말했다.

— 저렇게 한꺼번에 나가버리면 어떻게 한대? 나중에 말이라도 나오면 큰일 아닌가?

미우기의 흥분은 한층 더 고조되었다.

— 이것도 컴퍼니의 지시와는 아무 상관 없는 거죠? 당신 미쳤어! 미쳤다고!

미우기의 강한 저항에도 해이수는 미동조차 하지 않았다. 해이수는 소파에 앉아 몸을 뉘었다. 연우진은 13층에 모여든 해적 멤버들을 조심스럽게 살폈다. 갓 미성년 딱지를 뗀 오단, 미성년자인지 아님 엄청난 반전이 숨어 있는지 모를 리눈, 머리가 벗겨진, 연신 양주병을 홀짝거리는 남군, 예민하고 히스테릭한 대학원생쯤으로 보이는 미우기, 거기에 철강 공장의 외국인 근로자 같은 느낌으로 무장한 장철수까지. 연우진은 잠시 참담한 표정이 되어 눈을 감았다. 해이수는 그런 연우진의 깊은 비탄을 감지하곤 말했다.

— 당신들이 그렇게 바라는 이상사회가 이런 건가?

다른 멤버들은 해이수가 어떤 말을 하는지 알아듣지 못했다. 하지만 연우진은 그 내막을 짐작하고 있는 듯했다. 실제로 그랬다.

인권변호사 연우진에게도 컴퍼니로부터 결속 제의가 들어온 건 사실이었다. 초이념적 합의 체제는 사회통합과 균형발전을 염원하는 연우진 같은 공명심 가득한 인물에겐 거부할 수 없는 유혹이었다. 하지만 연우진은 본능적으로 휴머니스트였다. 그는 인간이 인간을 심판한다는 도그마를 받아들일 수 없었다. 하지만 모순적이게도 사회를 아름답게 변화시키고 싶어 하는 연우진의 마음 깊은 곳에서도 축출과 심판에 대한 강한 열망이 들끓고 있었다.

연우진이 조심스럽게 해이수에게 물었다.

— 당신…… 누구야?

— 당신들처럼 손에 피 묻히기 싫은 고상한 사람들에게 묶여 질질 끌려다니는 개지. 그런데 지금은…….

잠시 해이수가 말을 멈췄다. 한 대의 차량이 들어왔고, 곧 요란한 클랙슨 소리가 13층까지 울렸다. 강 실장이 들어온 것이다. 미우기와 남군이 서둘러 1층 입구를 내려다봤다. 차에서 내린 강 실장이 비명 같은 괴성을 지르며 단번에 아파트 안으로 들어섰다. 해이수가 다시 말을 이었다.

— 지금은 달라.

그 말에 미우기가 추궁하듯 물었다.

— 도대체 뭐가 다른데? 저들이 시키는 대로 해주면 끝이잖아. 그럼 되는데 왜 이런 악수를 둬?

난간에 기대어 내내 팔짱만 끼고 있던 장철수도 한마디 물었다.

— 앞으로 어떡할 거예요?

해이수가 미우기, 남군, 장철수를 살폈다. 엘리베이터 숫자가 거침없이 상승했다. 7, 8, 9, 10.

해이수가 자리에서 일어섰다. 그러고는 말했다.

— 그 계약. 이미 오래전에 끝났어. 계약 만료야.

해이수가 말을 끝내기 무섭게 13층 엘리베이터의 문이 열리고 얼굴에 한가득 홍조를 품은 강 실장이 나타났다.

*

잔뜩 흥분한 강 실장이 총을 찾았다. 자켓을 뒤지고 뒷주머니에 손을 넣어봤지만 총을 찾지 못하자 13층 왼편 구석에 도열해 있는 캐비닛을 부수듯 열었다. 문이 잠겨 있었지만, 강 실장은 문고리를 발로 수차례 내려 찼고, 그렇게 문을 연 뒤 캐비닛 안의 내용물을 사정없이 헤집어내었다.

오단은 강 실장의 모습을 숨죽여 지켜봤다. 장철수, 남군, 미우기 또한 마찬가지였다. 리눈은 어느 순간 슬며시 해이수의 뒤로 발걸음을 옮겼다. 책상 서랍에서 리눈이 무언가를 꺼내는 모습이 오단의 눈에 들어왔다. 리눈이 꺼낸 것은 츄파춥스였다. 동시에 강 실장이 캐비닛에서 꺼내 손에 쥔 건 다름 아닌 총이었다. 강 실장이 리볼버 37구경의 총구를 연우진에게 겨눴다. 당황한 연우진이 두어 걸음 물러섰다. 그러자 강 실장이 미우기에게 윽박지르듯 소리쳤다.

— 씨발! 저 새끼 안 잡고 뭐 해! 다 짤리고 싶어!

강 실장의 협박에 놀란 미우기가 연우진의 두 팔을 뒤로 잡아당

204

졌다. 뒤늦게 다가온 남군이 소지 중이던 케이블 타이로 연우진의 두 손목을 묶었다. 연우진도, 강 실장도 모두 이 상황 앞에서 당황하긴 마찬가지였다. 연우진이 믿을 수 없다는 듯 강 실장에게 말을 건넸다.

— 강동희 앵커.

— 연 변호사. 오랜만이네.

— 당신이 이럴 줄은…….

— 그러게 제안 들어왔을 때 고분고분 굴었음 피차 좋았잖아. 서로 번거롭게 이게 뭐 하는 짓이야?

강 실장이 방아쇠를 당겼다. 하지만 강 실장이 바라던 일은 일어나지 않았다. 탄창에 총알이 장전되어 있지 않았으니까. 아무리 방아쇠를 당겨도 헛수고였다. 캐비닛 내부에 한가득 담긴 다른 총들 모두 사정은 마찬가지였다. 상황이 이렇게 되자 강 실장이 단숨에 해이수에게 달려들었다. 그러고는 그를 집어삼킬 듯 노려보며 경고했다.

— 이 미친 새끼. 넌 오늘부로 해고야. 빨리 총알 내놔! 국민의 세금으로 사 모은 총알 내놓으란 말이야!

그 순간이었다. 자리에서 일어선 해이수가 강 실장의 목덜미를 움켜쥐었다. 엄청난 악력이 강 실장의 목을 휘감자 그의 낯빛이 순식간에 창백해졌다. 두 다리가 허공에 떠오를 지경이 되자 강 실장이 절박하게 소리쳤다.

— 이거 안 놔…… 씨발 새끼야…….

하지만 강 실장의 저항에도 아랑곳없이 해이수는 그의 목을 붙잡은 채 기둥으로 몰아세웠다. 숨을 쉬지 못한 강 실장의 혀가 자연스럽게 입 밖으로 새어 나왔다. 거친 신음 소리가 이어졌다. 강 실장이 미우기와 남군이 있는 쪽을 애원하듯 바라봤다.

미우기, 남군 모두 알고 있었다. 총알이 어디에 있는지. 해적 멤버 모두 총알이 방금 전 리눈이 열어젖힌 책상 서랍에 한가득 쌓여 있다는 걸 알고 있었다. 또한 그들은 알고 있었다. 캐비닛 속에 담긴 수십 종의 총과 총알들 모두 컴퍼니가 수도방위사령부의 물밑 지원을 받아 해이수에게 조달해준 물건이라는 사실을.

미우기가 책상 쪽으로 다가갔다. 그러고는 바닥에 흩어지듯 쓰러진 총 한 자루를 손에 쥐었다. 하지만 그때, 장철수가 책상 앞을 가로막고 섰다. 총을 손에 쥔 미우기가 장철수를 향해 경고하듯 말했다.

— 똑똑히 봤지? 지금 두목은 미쳤어.

해이수가 앉았던 자리엔 리눈이 앉아 있었다. 리눈은 츄파춥스 포장을 벗기느라 정신없었다.

미우기가 소리쳤다.

— 강 실장은 우리 목숨 줄이야. 강 실장 죽으면 끝난다고! 그거 알면 어서 비켜! 비키라고!

하지만 때는 이미 늦었다. 자지러지는 비명이 들려왔다. 13층 전체에서 메아리쳐 울리는 강 실장의 비명 소리에 모두의 시선이 우측 기둥으로 향했다.

강 실장의 입에서 검은 피가 하염없이 쏟아져 내렸다. 강 실장은 비명과 신음 외에 더 이상 어떤 말도 내뱉지 못했다. 붉고 연해 보이는, 횟감같이 덩어리져 있는 살점 한 개가 그가 흘린 검붉은 피와 함께 바닥에 떨어졌다.

해이수에게서 목이 풀린 뒤였지만 강 실장은 무릎을 꿇고 쿨럭거리는 것 외에 아무것도 하지 못했다. 미우기의 얼굴이 창백히 질려 버렸다. 돌아갈 수 있는 마지막 다리가 일순간 무너져 내린 기분이었다. 그런 미우기의 마음을 알았을까. 책상을 향해 성큼 걸어온 해이수가 미우기를 비롯한 해적 멤버 모두에게 선고하듯 말했다. 과거형으로.

— 우리들이 돌아갈 곳…… 그런 건 없었어.

해이수의 말은 혼잣말이 아니었다. 해이수는 자신이 내뱉은 천형의 선고 같은 그 말에 스스로 반응했다. 종지부를 찍고 만 것이다. 미우기의 총을 빼앗아 든 해이수가 책상 서랍을 열어 바닥에 내동댕이치고는 바닥을 굴러다니는 총알을 여러 개 집어 단창에 밀어 넣었다.

이후의 심판은 허망할 정도로 빠르게 집행되었다. 해이수는 정확히 다섯 번 리볼버 38구경의 방아쇠를 당겼다. 총구의 방향은 무릎 꿇은 강 실장의 머리였다.

바닥에 엎드려 검은 피를 쏟아내던 강 실장은 최소한의 신음도 내지 못했다. 얼굴에 튄 피를 대충 손으로 닦아낸 해이수가 멤버들을 바라봤다. 오단은 해이수가 동요하고 있음을 직감했다. 처음부터 돌아갈 곳이 없었다는 이야기를 뒤늦게 꺼낸 것에 대한 죄의식이 해이수의 눈동자 속 깊이 배어들어 있었다.

해산

오전 7시 45분. 정인구는 거울을 보며 넥타이를 매고 있었다. 말러의 교향곡 〈부활〉이 계속되고 있었다. 특별히 이 곡을 선택한 건 의지를 고양시키기 위해서였다. 정인구는 볼륨을 높이며 푸른색 모노크롬 스타일의 타이를 단단히 맸다.

주방에서 과채 주스를 마시고 다시 드레스 룸으로 가 슈트 상의를 챙겨 입는 내내 정인구의 시선은 집 전화와 스마트폰, 그리고 화면이 켜진 태블릿 사이를 오갔다. 수많은 연락이 쏟아졌다. 모두들 컴퍼니로부터 온 것이리라 정인구는 확신했다. 그럴 수밖에 없었다. 어젯밤 컴퍼니의 핵심 실행위원인 강 실장, 강동희 앵커가 피투성이가 된 채 방송국 정문에 버려졌다는 소식을 들었으니까. 우스운 건 정인구조차 그 소식을 공중파 뉴스 속보를 통해 들었다는 사실이었다.

집을 나서기 전 정인구는 리모컨을 손에 쥐고 TV 전원을 켰다.

뉴스 채널에서는 현직 지상파 남자 앵커의 피살 소식이 연신 메인 뉴스로 보도되고 있었다. 범죄전문가나 심리상담사 직종의 패널들이 나와 이번 사건의 미스터리 운운하는 모습이 정인구의 눈살을 찌푸리게 했다.

TV 전원을 끔과 동시에 말러의 〈부활〉도 끝이 났다. 정인구는 현관 앞에 잠시 멈춰 섰다. 그는 어느새 황막해져버린 자신의 아파트 안을 무심코 바라봤다. TV 위에 100호 크기의 가족사진이 걸려 있었다. 자신과 아내, 그리고 아들. 사진 속 인물들은 모두 환하게 웃고 있었다. 하지만 정인구는 사진을 보며 웃지 않았다. 웃을 수 없었다. 지금 아파트 안에 남은 이는 정인구 혼자뿐이었다.

*

회의는 오전 8시에 테헤란로에 위치한 우번타워에서 열렸다. 안팎으로 메탈 느낌이 가득한 우번타워는 건물의 용도를 가늠하기 어려웠다. 거대한 직사각형 형태를 띤 금속 광택의 건물은 환기가 걱정될 정도로 완벽히 폐쇄된 하나의 큐브처럼 보였다.

이번 회의는 정기보고와는 성격이 달랐다. 어젯밤 있었던 강 실장의 죽음을 논의하기 위한 비상소집 회의였다.

오전 8시가 다 되어서야 도착한 정인구와 다르게 컴퍼니의 핵심 인물들은 모두 자신의 자리에 앉아 있었다. 그들은 하나같이 불편한 심기를 노골적으로 드러냈다. 어떤 이는 8시 정각에 도착한 정인구를 무사태평이라며 질타하기까지 했다.

— 도대체 그 용역 쓰레기들이 왜 이런 일을 벌인 거요?

원로 의원 한 명이 불편한 심기를 노골적으로 드러내며 정인구를 추궁했다. 다른 이의 질타가 이어졌다.

— 정 장관. 당신이 너무 안일하게 대응한 거 같아. 아님, 다른 마음을 갖고 있나.

다른 마음이란 말에 정인구가 곧바로 받아쳤다.

— 다른 마음은 몇몇 분들께서 품고 계셨던 거 아닌가요?

— 뭐야!

원로 의원이 호통을 치며 일갈을 쏟아내려 할 때, 정인구가 원로의 말을 자르고 말했다.

— 강 실장 단독으로 연우진 변호사 납치를 지시했을 리 없다고 생각합니다.

그 말을 듣고 맞은편에 있던 현 야당 중진 의원이 놀란 표정으로 말문을 열었다.

— 연우진을 납치했다고? 누가 그런 지시를 내린 거요?

— 그거야 저도 알 길이 없죠.

정인구는 자신의 말이 끝나기가 무섭게 강 실장과 미우기, 강 실장과 해이수 사이의 통화 녹취분을 재생했다. 통화 내용에는 강 실장이 연우진을 납치할 것을 지시한 정황이 고스란히 담겨 있었다.

녹취분 청취가 끝나자 컴퍼니 회의실 전체가 무거운 침묵과 그속에서 일어나는 혼란스러움으로 들끓었다. 전직 대통령 출신인 김이 무거운 침묵을 깨고 말문을 열었다. 그들 모두 그에게 시선을 집중했다.

— 지금 시시비비를 따지는 건 비생산적이야.

그 말에 정인구가 동조했다.

— 저도 그렇게 생각합니다.

— 그래, 그럼…… 정 장관이 한번 말해봐. 그 백정 놈을 어떻게 처리할 건지.

그들의 시선이 다시 정인구에게 집중되었다. 그들은 하나같이 정인구에게 겁박에 가까운 무언의 요구를 하고 있었다. 아주 짧은 순간, 정인구에게 두려움과 불안의 기운이 스며들었다. 하지만 지금 상황에서 단 하나의 선택지만 존재한다는 사실을 외면할 수는 없었다.

정인구는 단호하게 말했다.

— 정리하겠습니다.

— 뒤탈은 없을까?

— 어떤 뒤탈을 말하시는 겁니까?

정인구의 반문을 받은 김의 표정이 굳었다. 정인구에게는 상대를 소리 없이 위협하는 태생적인 기질이 있었다. 그는 무정하고 서늘한 눈빛으로 전직 대통령을 추궁했다. 김이 헛기침을 하며 답을 망설이자 정인구가 무감정한 어조로 말했다. 컴퍼니의 성질에 대한 요약본 같은 느낌의 설명이었다.

— 컴퍼니 내에서 잡음이 생기면, 그걸로 임계점을 넘어선 것이나

다름없습니다. 이 문제를 정리하고 항구적으로 정화작업을 지속하는 게 컴퍼니의 역할입니다. 제가 잘못 이해한 게 아니라면 말입니다.

이어진 정인구의 짧게 끊어지는 말 한마디로 컴퍼니 비상소집 회의는 폐회되었다.

— 추후에 다시 말씀드리죠. 정리하겠습니다.

*

— 누구라고 하셨어요?

구일선은 순간 자신의 귀를 의심했다. 낮고 무심한 목소리. 스팸 전화거나 택배 기사일 것이라 여겼던 상대는 자신을 해이수라고 밝혔다. 놀란 구일선은 다시 한 번 확인차 물었다.

— 해이수 씨? 이메일로 인터뷰 요청했던 해이수 씨 맞아요?

[예.]

— 그런데 무슨 일로?

질문을 하자마자 구일선은 아차 하는 생각이 들었다. 어떤 용건이든 자신이 근 2년간 쫓아다니던 인물이다. 직접 전화를 걸어 육성을 노출했다는 것 자체가 특종인데 무슨 질문이 필요한가. 구일선은 일단 휴대폰 녹음 버튼을 누르고 해이수의 발신자 번호를 확인했다. 0807로 시작되는 국제전화 번호였다.

잠시의 침묵 후 해이수가 대수롭지 않다는 말투로 말을 이었다.

[조사, 어디까지 하셨어요?]

215

― 아, 해이수 씨. 그게 말이죠. 거의, 아니 뭐라고 해야 하나.

[내가 컴퍼니란 조직에서 인간 청소를 맡았던 장본인이란 거 알고 있죠?]

― 어, 예상은 하고 있었습니다.

[약속할 수 있어요? 약속할 수 없어도 별수 없지만.]

― 뭐, 뭘 말입니까.

[인터뷰에 응하면 언론 공개 자신할 수 있냐고요.]

― 당연하죠. 그걸 말이라고 합니까.

[그럼 약속 장소와 시간 잡아서 다시 연락드리죠.]

― 여, 여보세요. 해이수 씨! 해이수 씨!

통화는 그렇게 끝이 났다. 채 1분도 되지 않는 짧은 통화 시간 동안 해이수가 밝힌 의사표시는 가히 파격적이었다. 메일이나 페이스북을 통해 시도했던 수백여 차례의 인터뷰 요청도 철저히 무시하던 해이수였다. 그런 그가 돌연 인터뷰를 자청하고 나선 것이다. 하지만 구일선은 통화를 끝낸 뒤 한참을 망설여야 했다. 그 역시 어느 정도는 알고 있었다. 컴퍼니란 비밀 결사체의 실체를 조금이라도 언론에 노출했을 때의 위험요소에 대해 말이다. 또 하나, 자칫 엄청난 파장을 일으킬지도 모르는 사안을 이제는 변방으로 밀려난 시사주간지에서 다룰 경우 삼류 소설에 가까운 가십거리로 취급될지도 몰랐다.

이런저런 생각으로 마음이 복잡해질 때였다. 구일선은 문득 차인을 떠올렸다. 그가 이 시점에서 지상파 실세들과 직접 딜을 하겠다며 나선 후배를 떠올린 건 어쩌면 당연한 일이었다.

*

구일선의 연락을 받은 차인은 확답을 망설였다. 그 모습이 구일
선을 왠지 모를 불안에 빠뜨렸다. 불안은 차인이 이미 자신에게 얻
어낸 탐사 자료 건을 가지고 윤 국장과 모종의 거래를 했을 수도 있
다는 의심으로 이어졌다.

차인이 잠시 뜸을 들이자 구일선이 넘겨짚듯 물었다.

[혹시 너, 윤 국장하고 벌써 뭐 한 거야?]

차인은 질문에 바로 반응을 보였다.

— 그런 거 없어.

[만나지 않았어?]

— 만나긴 했지.

[그런데 왜 이런 깜을 보고도 아무 얘기가 없어?]

— 구체성이 부족하대요. 구체성.

[그래?]

순간 구일선과 차인 모두 서로의 눈치를 봐야 했다. 하지만 구일
선에겐 차인 이외의 다른 방법이 없었다. 변방의 시사주간지가 가
진 역량의 한계를 최근 몇 년 들어 뼈저리게 체감해오던 시기였기
에 더욱 그랬다.

잠시의 침묵 후 구일선이 다음과 같이 말했다.

[다시 연락한다고 했어. 그때 약속 장소 잡을 테니 인터뷰는 네가 직접 따.]

— 선배…….

[난 널 믿는다. 뭐, 그게 어떤 걸 믿어야 하는지는 나도 잘 모르겠지만.]

통화가 끝난 뒤 차인은 소파 깊이 몸을 뉘었다. 그러고는 천장을 올려다봤다. 은은한 데이라이트 불빛이 눈가에 아른거렸다. 눈을 감아보았다. 그러자 며칠 전 방문했던 지하의 거대한 공간이 떠올랐다. 그와 함께 메아리치듯 분절되어 끊어지던 한 남자의 말들도 함께 들렸다. 정인구의 말들, 더 정확히 말하면 그건 자신에게 건넨 마지막 동아줄이었다.

*

스타렉스 안에는 강 실장의 혈흔이 채 닦아내지도 못한 채 그대로 남아 있었다.

해이수는 13층에 세워놓은 다섯 개의 철제 캐비닛을 모두 개방했다. 그리고 연달아 책상 서랍과 서랍 밑에 놓아둔 낡고 녹슨 철제금고도 꺼내 바닥에 쓰러뜨렸다. 수백 개의 총알과 수십 종의 총기가 13층 바닥에 함부로 흩뿌려졌다.

해이수가 집어 든 것은 AK47 자동소총이었다. 책상 위에 소총을 올려놓은 해이수가 탄창에 총알을 장전했다. 그리고 말없이 옆에서 있던 오단에게 명령했다.

— 아무거나 집어.

오단이 주위를 살폈다. 남군과 장철수가 있었다. 미우기는 보이지 않았다. 남군의 손에 술병이 쥐어져 있지 않은 게 신기했고, 장철수가 검은 가죽 재킷이 아닌 검은색 패딩을 입고 있는 것도 색다르게 보였다.

가장 먼저 행동한 건 리눈이었다. 리눈은 오단이 미래아파트에서 그녀를 처음 보았을 때 입었던 군복을 입고 있었다. 머리를 묶지 않았는데, 풀어 헤친 머리를 보자 오단은 어쩌면 그녀가 자신보다 나이가 많을지도 모르겠다는 생각이 들었다.

리눈은 바닥에 떨어진 총을 집고는 해이수처럼 탄창에 총알을 밀어 넣기 시작했다. 그러면서 여전히 입안에 츄파춥스를 문 채로, 그래서 잘 알아듣기 어려운 어눌한 음성으로 오단에게 말했다.

— 너도 해봐. 재미있어.

그때였다. 남군이 슬금슬금 자리를 피했다. 오단이 남군을 바라보자 남군은 오단의 눈길을 피하며 계단 쪽으로 사라져버렸다.

— 아이고. 어째 몸이 좀 으슬으슬하네. 들어가 자빠져 있으면 나으려나.

장철수는 남았다. 그러고 보니 장철수는 이미 뒷주머니에 두 정의 권총을, 패딩 안에는 러시아산 칼라시니코프 장총을 넣어놓은 상태였다.

결국 오단도 총을 집었다. 해이수가 집은 것과 동일한 AK 소총이었다. 소총을 손에 든 오단이 해이수가 서 있는 책상으로 다가가 물었다.

— 이 총들…… 어디에 쓸 건가요?

해이수가 대수롭지 않다는 듯 답했다.

— 잠시 후면 그들이 올 거야.

— 그들이요?

— 보면 알아.

때맞춰 지상에서 몇 대의 차량이 일제히 움직이는 소리가 들렸다. 해이수가 장철수에게 눈짓을 했다. 차 소리를 확인하기 위해 리눈이 난간으로 달려갔다. 오단도 함께였다.

난간 밑 아파트 입구를 내려다보는 순간 오단은 자신도 모르게 짧은 탄성을 내질렀다.

— 저게 뭐야?

지상의 상황은 절로 섬뜩함을 자아냈다. 방탄차 세 대가 연달아 아파트 입구를 틀어막았고 차량 밖으로 방탄복과 헬멧까지 쓴, 중무장한 테러 진압 요원들이 쏟아져 나왔다. 그 모습을 지켜보던 리눈이 고개를 돌려 해이수를 바라봤다. 해이수가 리눈에게 말했다.

— 넌 숙소로 들어가 있어.

리눈이 답했다.

— 싫은데.

— 죽고 싶으면 여기 있던가.

해이수가 손짓으로 오단을 불렀다. 오단이 해이수를 따라나섰다.

함께 따라나서려던 리눈을 오단이 가로막았다.

— 왜?

— 두목 말대로 해.

그렇게 말한 오단이 리눈에게 손을 내밀었다. 아주 잠시, 짧은 순간이지만 둘의 눈빛이 정지 상태처럼 서로를 마주 보았다. 장철수가 그런 둘을 보며 한마디 했다.

— 뭐 해? 따라와.

— 어서! 돌아가.

오단이 다시 한 번 채근했다. 그러자 곧 리눈이 반응을 보였다. 총을 품안에 넣고 몸을 돌린 것이다. 오단이 빠른 걸음으로 해이수의 뒤를 따랐다. 한 번쯤은 뒤돌아보고 싶었지만 그럴 수 없었다. 왠지 돌아보면 자신도 숨어버리고 싶을 것 같았기 때문이다.

*

— 동시에 나타날 거야.

해이수의 말을 들은 장철수가 비상계단 옆 벽에 바싹 달라붙었다. 조용히 숨죽여보니 오단의 귀에도 아래에서 올라오는 조심스러운 발소리가 선명히 들렸다.

해이수와 장철수, 그리고 오단은 같은 층의 각기 다른 곳에 서 있었다. 해이수는 엘리베이터 앞, 장철수는 비상계단, 그리고 오단은 사설감옥 입구 철문 앞이었다. 엘리베이터의 붉은 표시등에서 숫자

이동이 시작되었다. 2, 3, 4. 셋이 서 있는 이곳은 8층. 어처구니없을 정도로 빠른 속도였다. 오단은 긴장한 기색이 역력했다. 소총을 두 손으로 붙잡고 그저 서 있기만 했다. 해이수가 오단을 뒤돌아보며 물었다.

— 총 쏴본 적 있어?

오단이 고개를 가로저었다.

— 그냥 당겨. 총알 터질 때 몸 균형만 잘 잡고. 그럼 돼.

그리고 8층. 엘리베이터가 멈춰 서는 소리가 들렸다. 짧은 신호음과 함께 문이 열리려는 순간 해이수가 반박자 빠르게 행동했다. 해이수의 자동소총에서 격발이 시작되었다. 엄청난 총소리와 함께 엘리베이터 문이 일그러지기 시작했다.

해이수는 한 발자국도 움직이지 않았다. 물러서지 않은 채 엘리베이터의 다 열리지도 않은 문을 향해 자동소총을 난사했다. 비명 소리도 들리지 않았다. 오단의 눈에 보이는 건 해이수의 뒷모습과 고막을 찢을 듯 터져 나오는 총소리뿐이었다.

곧이어 장철수의 총에서도 격발이 시작되었다. 벽에 붙어 있던 장철수가 심호흡을 한 번 크게 한 뒤 그대로 벽에서 벗어나 계단 밑으로 총알을 난사했다. 장철수가 총격을 쏟아부으며 계단을 걸어 내려가기 시작했다. 나선형 계단 틈새로 검은 방탄복과 헬멧들이 눈에 들어왔다. 총알들은 자석처럼 대테러 요원들의 헬멧과 몸에 파고들었다. 헬멧이 산산조각 나고 방탄조끼의 중심이 터져버렸지만 이번에도 비명 소리는 들리지 않았다. 뒤늦게 장철수를 저지하려던 요원 한 명이 가슴과 팔을 저격당하며 내지른 외마디 비명이 전부였다.

20여 초 동안 쉬지 않고 계속되던 총격이 마무리되었다. 누가 먼저랄 것도 없이 총소리가 잦아들었다. 총구를 바닥을 향해 내린 해이수가 일그러진 엘리베이터 문 앞으로 다가가 있는 힘껏 문을 잡아당겼다. 엘리베이터 문이 밖으로 쓰러지듯 수직으로 내려앉는 순간 안에 있던 요원들의 피투성이 주검도 모습을 드러냈다.

장철수는 다시 8층으로 올라왔다. 해이수도 뒤돌아섰다. 뒤돌아서서 사설감옥 철문 앞을 지키고 선 오단을 보려던 순간, 오단이 해이수를 향해 총구를 들었다. 예상치 못한 행동에 해이수와 장철수 모두 굳은 표정이 되었다.

오단은 자신도 모르게 방아쇠를 당겨버렸다. 한번 방아쇠를 당기자 요란한 총성과 함께 연달아 총탄이 터져 나왔다.

반사적으로 해이수가 몸을 피했다. 그 순간 엘리베이터 쪽에서도 총격 소리가 들렸다. 숨죽이고 있던 생존자가 격발한 것은 유탄발사기였다. 유탄이 엘리베이터 천장을 맞히자 천장 유리가 파편이 되어 대테러 요원의 머리 위에 쏟아졌다. 오단은 요원을 향해 아낌없이 방아쇠를 당겼다. 처음엔 엉겁결이었지만 시간이 갈수록 표적을 맞히고자 하는 집념이 커져만 갔다. 총성이 사라지고, 한 걸음 옆으로 물러선 해이수가 엘리베이터 안의 마지막 전사자를 바라봤다. 그런 해이수의 눈빛에서 오단은 두려움을 읽었다.

*

해적들은 13층으로 돌아왔다. 장철수는 모든 총기에 다시 총탄을 장전했다. 그사이 오단은 무기들을 아이스박스에 담았다. 오단이 소총을 들며 장철수에게 물었다.

— 두렵지 않아요?

두렵지 않냐는 말. 장철수에게 이렇게 어울리지 않는 질문이 또 있을까. 미우기처럼 걸핏하면 흥분하지도, 남군처럼 술을 달고 살지도 않는 장철수는 언제나 감정 없는 기계 같은 인상을 주곤 했다. 그런 인간에게 두렵지 않냐니.

하지만 오단은 질문해야만 했다. 장철수 역시 사람이지 않은가. 방금 전 엘리베이터와 계단에서 목숨을 잃은 요원만 수십 명이 넘는다. 이제 누가 보아도 돌이킬 수 없는 다리를 건넌 것이 틀림없었다. 그래서일까. 오단은 묻고 싶었다. 그 질문이 잔인하다 해도 어쩔 수 없었다.

— 아저씨도 가족이 있잖아요. 인생 계획 같은 거. 그런 게 있잖아요. 지금만 살고 그만 살자. 이런 건 아니잖아요.

장철수가 총탄 장전을 잠시 멈춘 뒤 오단을 바라봤다.

— 그건 왜 묻지?

— 궁금해서요.

— 궁금해하지 마. 이해하려고도 하지 말고.

장철수가 다시 총탄을 장전했다. 오단이 조금 언성을 높여 물었다.

224

— 두목을 어디까지 믿어요?

— 뭐?

— 두목도 두려워하고 있어요. 난 알아요. 분명히 알 수 있어요. 두려워한다는 거.

오단은 자신이 본 것을 장철수에게 말해주고 싶었다. 장철수가 오단을 심각한 눈길로 바라봤다. 오단은 더 말하고 싶었다. 하지만 다시 입을 열려 할 때 장철수의 무겁고 차가운 육성이 그를 가로막았다. 그것은 경고였다.

— 궁금해하지 말라고 했지.

*

소파에는 두 남자가 마주 보는 형대로 앉아 있었다. 한쪽은 정인구, 다른 한쪽은 군복에 수많은 훈장을 박아 넣은 군인이었다. 그리고 그들 옆에는 마찬가지로 군복 차림의 남성 둘이 서 있었다. 앉아 있는 군인은 중장, 서 있는 군인은 대위였다. 대위는 굳은 표정을 한 채 심각한 얼굴을 한 중장에게 무언가를 보고하는 중이었다.

— 그래서? 전멸이야?

중장이 애석하다는 표정을 감추지 못하며 질문에 답했다.

— 그렇습니다.

— 씨발. 간단히 해결될 문제가 아니겠는데.

중장이 복잡한 심경을 담은 눈빛으로 정인구를 쳐다봤다. 해이

225

수를 용역의 우두머리로 세운 뒤 컴퍼니가 주도하는 정화작업은 단 한 번의 잡음도 없이 매끄럽게 흘러갔다. 해이수에게 무기를 맡긴 것도 그만큼 해이수의 계약 이행 능력이 탁월했기 때문이다. 무기 반입을 허락한 건 바로 중장 자신이었다. 그런데 하필 이런 일이 벌어질 줄이야. 중장은 일개 소대 병력의 전멸과 부하들의 비명횡사보다 무단으로 군수물자를 전횡한 자신의 행위가 탄로날 것이 더 걱정스러웠다.

하지만 정인구는 중장의 초조함과는 다른 종류의 기분을 느끼고 있었다. 해이수가 폭탄의 뇌관이 될 것은 이미 알고 있었다. 하지만 이 정도의 저항력을 가지고 있을 줄은 예상하지 못했다. 중장이 정인구를 바라보며 물었다.

— 이제 어떡하죠?

잠시 생각에 잠겨 있던 정인구가 두 명의 대위를 올려다보며 말했다. 말이 아닌 지시, 명령에 가까웠다.

— 재밍부터 시행해요. 그 일대 전부.

— 재밍을요?

— 통신수단부터 잘라낸 뒤 본격적으로 잡아야 할 것 같군요.

중장이 물었다.

— 정보통신부에서 무슨 이유로 재밍을 했냐고 나오면 어떡합니까? 그 일대면 서울 시내인데.

정인구가 성가시다는 투로 답했다.

— 대테러 모의훈련 시행 중이라고 하면 되잖아요. 그런 것까지

가르쳐드려야 합니까?

무안함을 느낀 중장이 대위에게 서둘러 정인구의 지시를 따를 것을 명령했다. 두 명의 대위가 거의 동시에 묵례한 뒤 퇴장했다. 둘이 밖으로 나간 뒤 중장이 소리 죽여 말했다.

— 별일 없겠죠? 듣자 하니 그 미친개가 갇혀 있는 인질들을 풀어 줬다는 말이 돌던데.

— 우리가 가장 공을 들인 부분이 언론통제예요. 그건 걱정하지 않아도 돼요.

— 그럼 그 미친개의 직접 접선만 막으면 되겠군요.

*

오단이 해이수의 관리실을 찾았을 때, 해이수는 서류를 불태워 없애는 중이었다. 심판 결과와 불온지수가 적힌 서류들은 모두 소각 대상이었다. 작은 금속 휴지통 속에서 서류 파일들과 USB가 검은 연기를 뿜으며 불타고 있었다. 그 모습을 지켜보던 오단은 해이수에게 참았던 말을 꺼내고 말았다.

— 왜 이러는 거예요?

— 뭐가?

— 갑자기 너무 많은 일이 일어나서요.

— 우연이든 계획이든 일어날 수밖에 없는 일은 반드시 터지게 되어 있어.

— 나에 대해서는요?

타오르는 불길 속에서 해이수가 오단을 바라봤다.

— 너에 대해서…… 뭐?

— 지금도 나에 대해 궁금하지 않아요? 아무것도?

해이수는 기다란 장도리를 불쏘시개로 쓰며 납치한 이들의 신상 명세가 적힌 서류 뭉치들을 불붙은 휴지통 깊이 밀어 넣었다. 해이수가 짧고 굵게 한마디 했다.

— 이거 보면 몰라?

— 뭐가요?

— 있는 것도 다 불태울 판이야.

*

해이수가 아파트를 나섰다. 대담하게도 해이수가 몰고 나간 차량은 대테러 요원들을 싣고 왔던 차창 전체가 검게 차양된 방탄차였다.

해이수가 밖으로 나간 것을 확인하자 내내 그를 지켜보던 미우기가 행동을 시작했다. 오단의 방을 찾은 미우기가 오단의 멱살을 붙잡고 소리쳤다.

— 총 어디 있어? 어디에 뒀어? 말해!

미우기가 소리치는 사이 다시 술병을 손에 쥔 남군도 나타났다. 남군은 미우기와 다르게 오단을 윽박지르지 않고 달래듯 말했다.

— 순순히 말하는 게 좋을 거야. 이대로 있다간 정말 끝장나. 농담

아니야. 알지?

하지만 멱살이 잡히고도 오단은 미우기의 요구에 순순히 응해주지 않았다.

— 두목의 명령이 없었어요.

— 씨발. 두목은 무슨 두목이야! 군인들하고 전면전 벌인 미치광이 말을 우리가 언제까지 들어야 하는데! 빨리 말해! 무기 어디에 뒀어!

미우기의 광기가 극에 달했다. 순간 흥분한 미우기의 눈이 오단의 침대 밑에 고정됐다. 오단이 침대 밑에 넣어두었던 소총 한 자루가 눈에 띈 것이다. 몸을 숙인 미우기가 총을 손에 집었다. 총을 보자 긴장했는지 남군이 빠르게 양주 한 모금을 들이켰다.

— 다 끝났어. 씨발.

탄창에 몇 발의 총알이 남았는지 확인한 미우기가 총을 들고 그대로 밖으로 뛰어나갔다. 오단은 몹시 곤란해했다. 그런 오단에게 뭔가 한마디 해주려던 남군은 일단 급하게 뛰어나간 미우기를 뒤따르는 게 현명하다고 판단했는지 그의 뒤를 따랐다.

*

사설감옥에서 미우기가 끌고 나온 인물은 바로 연우진이었다. 연우진을 옥상으로 끌고 가는 미우기의 뒤를 남군과 오단이 따랐다. 옥상에는 장철수와 리눈이 미우기의 호출을 받고 기다리고 있었다. 미우기는 연우진을 옥상 바닥에 무릎 꿇린 뒤 AK 소총의 총구를 겨눴다. 연우진이 억울하다는 듯 미우기를 올려다보며 말했다.

— 이봐요. 날 죽인다고 해결될 일이 아닌 것 같아요.

— 닥쳐! 네가 바로 유일하게 우릴 살릴 수 있는 길이야. 네 목숨줄 가지고 네가 그렇게 좋아하는 권력자들에게 우리 목숨 구걸할 거야. 이 방법밖엔 없어. 이 길이 답이야.

— 방아쇠 당기면 넌 끝이야.

그때였다. 장철수가 어느새 꺼내 든 산탄총을 미우기의 머리에 조준했다. 남군이 손을 저으며 말했다.

— 우리끼리 이러지 말자고. 진정하자. 응?

장철수가 미우기에게서 눈을 떼지 않은 채 말했다.

— 두목이 있는 상황에서도 그렇게 말해보시지.

— 씨발, 두목은 무슨. 이제 그딴 말 집어치워! 해이수, 그 새낀 사이코야. 완전 미친 개사이코라고!

— 지금 연우진 죽이면 너도 죽어.

장철수는 더 말하지 않았다. 말 대신 총알을 장전하는 것으로 경고의 표시를 대신했다. 미우기가 장철수를 바라봤다. 여전히 무표정한 얼굴에 한층 굳게 다문 입술이 그가 진심임을 알려주었다.

미우기의 손이 떨렸다. 그는 방아쇠 안으로 손가락을 밀어 넣지도 못한 채였다. 오단은 그때 알았다. 미우기의 손에 어울리는 건 아무것도 없다는 사실을. 적어도 지금 이 해적 안에서는 찾을 수 없다는 느낌을 오단은 강하게 체감했다.

— 씨발!

비명처럼 욕설을 내지른 미우기가 소총을 바닥에 집어 던졌다. 남군이 고개를 절레절레 저으며 연우진을 일으켜 세웠고, 장철수도 산탄총 총구를 바닥으로 내렸다. 미우기가 혼자서만 알아들을 수 있는 넋두리를 내뱉었다. 독일어 같기도 했고, 불어 같기도 한 방언이었다.

방언을 계속하던 미우기가 갑자기 멤버들을 원망스럽게 쳐다봤다. 그런 그의 눈빛에는 불안과 두려움이 한가득이었다. 오단은 그런 미우기에게서 생에 대한, 자기 자신에 대한 상상을 초월하는 집착을 읽을 수 있었다. 미우기가 모인 멤버들을 향해 저주스러운 예언의 말을 쏟아냈다.

— 이대로 있으면 정말 다 죽어. 개죽음당한다고. 개죽음!

*

차인은 흡연 구역에 있었다.

오랜만에 피워보는 담배였다. 기자 시절에는 하루에 두 갑 이상은 기본으로 피워 없앴지만 지상파, 그것도 골든타임대 앵커로 수직 상승하게 되면서 자기 관리 차원에서 술과 함께 담배도 끊었다. 그렇게 10년을 정신없이 달려왔는데. 지금 이 순간, 광화문 스타벅스 앞 벤치에 앉은 차인은 고민에 잠겨 있었다. 살면서 지금처럼 혼란스러웠던 적이 있었을까 싶을 정도였다. 어쩌면 지금까지보다 훨씬 더 높고 깊은 메인스트림으로 진입할 수 있는 기회란 생각이 들었다. 동시에 이들의 치가 떨릴 만큼 비도덕적인 행위를 묵과하는 게 과연 옳은지에 대한 고민이 차인을 혼란스럽게 했다.

차인은 자동문이 열리는 소리와 함께 문 안으로 성큼 한 걸음을 밀어 넣었고 구석에 앉아 있는 남자를 발견했다.

그 남자. 185센티미터는 족히 넘어 보이는 상신의 40대, 해이수 역시 차인에게서 눈을 떼지 않았다. 처음부터 해이수는 차인만을 바라보고 있었는지도 몰랐다.

차인이 주위를 둘러봤다. 자신 말고도 대여섯의 남녀가 앉아 있었다. 해이수가 손짓했다. 차인은 해이수의 맞은편에 자리를 잡고 앉았다.

— 나인 줄 어떻게 알았어요?

— TV에서 봤거든. 그래서 짐작했소.

— 시사지 〈오늘〉의 구일선 주간 대신 제가 나온 걸요?

— 그렇지.

해이수가 고개를 슬쩍 끄덕이며 답했다. 차인은 순간 숨이 막혔다. 연쇄살인범이란 낙인이 찍힌, 지금까지 그리고 앞으로도 얼마나 더 많은 사람을 처형할지 가늠할 수 없는 인물을 마주한 실감을 어떻게 자기 자신에게 납득시킬 수 있을지 궁금하기만 했다. 해이수가 말을 이었다.

— 구일선이란 사람은 집요했어요.

— 그럴 수밖에요. 영화에서나 가능함 직한 시나리오가 실제 존

재한다는 걸 밝히려 했으니까.

— 인터뷰에 응하면 언론화하겠다는 약속, 반드시 지킨다는 전제가 필요해요.

차인이 품에서 보이스 레코더를 꺼내 테이블에 올려놓았다.

— 필요하다면 공증도 쓸 수 있어요. 그런데…….

— 뭐죠?

— 처음부터 실례인 건 알겠는데 묻지 않으면 안 될 것 같아서요.

— 말해요.

— 정말…… 여자애들, 죽였어요?

차인의 질문에 해이수는 아무 반응도 보이지 않았다. 차인이 거듭 물었다. 조심스럽지만 돌려 말하지 않고.

— 어린 여자아이들을…… 다섯이나 강간하고 죽였어요?

반쯤 고개를 숙이고 있던 해이수가 고개를 들었다. 그러고는 낮고 빠른 목소리로 답했다.

— 둘 다예요.

— 무슨 뜻이죠?

— 여자아이들은 죽었어요. 난 그 애들을 죽인 살인자가 되었고요.

— 그 말은…… 또 다른 진실이 존재한다는 말처럼 들리네요.

— 맞아요.

— 아이들은 죽었지만 난 아이들을 죽이지 않았어요.

*

    4년 전, 경기도 인근 지역에서 13세에서 18세 사이의 어린 여자아이 다섯이 강간 살해당한 것은 명백한 사실이었다. 하지만 해이수는 자신이 그 범행의 범인이면서 동시에 범인일 수 없다고 말했다. 범인일 수 없는 근거는 무엇일까. 차인 앞에 선 해이수의 단호한 한마디 말이 그 근거였다.

    — 난 죽이지 않았어요. 아무 기억도 없소. 몸으로도, 머리로도 죽인 기억이 없기 때문에 죽이지 않았다고 말할 수밖에 없소.

    그 말을 들은 차인이 바로 되물었다.

    — 하지만 명확한 증거가 있어요. 자백이 없어도 당신에게 구속영장을 청구할 수 있을 정도로 충분한 물적증거가 있지 않나요?

    차인은 구일선이 조사한 해이수의 자료를 기억해냈다. 여자아이들의 질 속에서 발견된 DNA, 지문, 머리카락, 피우다 버린 담배꽁초에 묻은 타액까지. 그 모든 게 해이수를 가리키고 있었다. 하지만 그에 대한 해이수의 답은 확고했다.

    — 조작이오.

    — 믿기 어려워요. 모두 국과수 분석 결과예요. 그게 어떻게 조작일 수 있죠?

    — 조직 자체가 명분을 만들면 불가능한 일은 없어요. 이 기관은 국가가 보증한 기관이다, 이 공인 기관에서 발표하는 자료는 믿을 수밖에 없다. 하지만 그 명제는 누가 설정한 거죠?

그때, 차인은 기시감에 사로잡혔다. 자신이 정인구에게 했던 질문과 해이수의 질문이 오버랩되는 기분. 그녀도 정인구에게 분명 이렇게 물었다.

'당신들에게 누가 심판할 자격을 준 거죠?'

　잠시 동안 침묵이 이어졌다. 해이수는 온기가 남아 있는 커피 잔을 한 손으로 쥐고 천천히 커피를 음미했다. 차인은 그런 해이수를 바라보며 더 깊고 내밀한, 그래서 불편할 수밖에 없는 핵심으로 들어섰다.

　— 당신 말이 사실이라고 믿겠어요.

　— 사실이라고 믿는 게 아니라 그게 진실이에요. 지금 상황에서 거짓이나 자기 포장은 어울리지 않소. 그렇지 않은가?

　— 그래요. 그럼 궁금해지는 게 있어요.

　— 말해요.

　— 증거를 조작해 당신에게 그런 누명을 씌운 조직이 바로……컴퍼니인가요?

　차인의 질문에 해이수가 고개를 끄덕였다. 어느새 하나둘씩 사람이 빠져나간 카페 안에는 해이수와 차인 둘뿐이었다. 방음장치가 제대로 마감되지 않은 탓에 광화문대로의 차 소리가 고스란히 들려왔다. 차인이 거듭 물었다.

　— 왜 그들에게 복수하지 않는 거죠?

　— 그럴 수 없으니까.

　— 그럴 수 없는 이유가 뭔가요?

해이수가 처음으로 차인과 정면으로 눈을 마주했다. 순간 차인은 얼어붙듯 차가운 감촉이 온몸 구석구석으로 파고드는 착각에 휩싸였다. 섬뜩한 안광이었다. 하지만 살의와 맹목의 광기는 아니었다. 차인은 해이수의 눈동자 속에서 처절할 정도로 간절한 소통의 열의를 느꼈다. 누군가에게 자신의 이야기를 들려주고 싶어 했다. 차인은 그렇게 느꼈다. 아니, 그 눈빛이 그녀로 하여금 그렇게 느낄 수밖에 없게 해주었다. 해이수가 쓴웃음을 지었다.

— 뭐, 대단한 걸 기대한 거요? 그런 거 없소.

— …….

— 그냥 먹고살기 위해 시키는 대로 했을 뿐이오.

해이수의 그 말은 허탈하다기보다는 왠지 모르게 서글프게 들려왔다. 차인이 자조적인 느낌을 담아 되물었다.

— 고작 먹고살기 위해 그 많은 사람을 납치, 감금하고 그것도 모자라 죽였다고요?

— 고작이라…… 당신한테는 먹고사는 게 고작인가 보군요.

해이수가 이내 새 담배에 불을 붙였다. 그의 말은 계속되었다.

— 평범한 삶을 원했소. 그런데, 누구나 쉽게 말하고, 또 그럭저럭 손에 넣는 삶이 나한테는 주어지지 않더군.

해이수가 말을 잠시 멈추고 담배 연기를 길게 내뱉었다. 예민한 감으로 사람의 마음을 포착하는 데 이골이 난 차인의 시선에 비친 해이수에게는 거의 초월적일 정도의 평정심이 느껴졌다. 하지만 그 무감각에 가까운 평정심 속에서 조금씩, 분명히 떨리는 내면의 균

236

열 또한 차인의 눈에 분명히 와 박혔다. 해이수가 말을 이었다.

— 딸의 웃는 얼굴을 본 적 있소? 딸이 아니라면 자식 누구라도?

차인이 말을 잇지 못하자 해이수가 씁쓸한 미소를 지었다.

— 평범하다는 거…… 나 같은 범속한 인간에겐 최소한의 욕망 같았소. 일하고 들어왔을 때, 환한 웃음으로 날 반기는 딸아이의 웃는 얼굴을 어떻게든 지켜주고 싶은 마음. 어머니의 오랜 투병 생활 때문에 가세는 계속 기울었지만, 열심히 살다 보면 언젠가는 평범하게, 남들만큼 살 수 있을 거라 생각했소.

차인은 보았다. 딸 이야기를 꺼낼 때, 마냥 무정하게만 보이던 해이수의 눈동자가 흔들리는 모습을. 그러고 보니 그의 입술 역시 조금씩 떨리고 있었다.

— 어머니가 큰 수술을 앞둔 날이었소. 나는 느닷없이 구치소에 들어가 끔찍한 강간 살해 용의자가 되었지. 모든 것이 풍비박산 나는 순간에 컴퍼니가 거래를 제안했소. 더 정확히 말하면 나, 해이수란 일인 용역업체와 일방적인 계약을 요구한 거지.

— 그들이 원하는 사람을 납치하고 죽이라고요?

— 서울 시내 스무 평 아파트에 마누라와 함께 살며 자식새끼 대학 보내는 거, 어머니의 수술비를 대는 거, 그게 얼마나 후달리는지 당신은 모를 거야.

— 그럼 왜 지금 와서 이런 인터뷰를 요청한 거죠?

차인의 마음에서 뜻 모를 반발심이 강하게 일었다. 위악을 부리는 것 같은 해이수의 말이 못내 거슬렸던 탓이다.

— 그냥 컴퍼니가 시키는 대로 고분고분 납치하고 죽이면 되는 거 아닌가요?

— 순진했어.

— 예?

— 그런 줄 알았지. 먹고살기 위해 그렇게 하면 되는 줄 알았다고. 시키는 대로 잘 따르기만 하면 지들이 씌운 누명, 지들이 풀어주고 그럴 줄 알았다고.

— 아닌가요?

— 아니었소.

— 그래도 계약은 계약이라고 하지 않나요?

— 계약의 성질이 달랐어.

— 그게 무슨 말이에요. 성질이 다르다니?

— 그들은 그들 자신에게도 계약하지 않았어. 처음부터 그랬지.

이어지는 해이수의 되물음이 차인의 숨을 막히게 했다.

— 당신은 어떻게 생각하시오?

— …….

— 처음부터 결정되어 있었던 거야.

— 무엇이요?

— 심판의 당사자나 심판의 집행자, 모두 같은 운명이라는 것 말이오.

당사자는 누구이며, 집행자는 누구일까. 차인은 이 모든 걸 아주 잠시 동안만 유예하고 싶었다. 잠시만 밀어내고 진공상태에서 생각

238

해보고 싶었다.

그때였다. 해이수가 테이블 중앙에 올려놓은 차인의 보이스 레코더를 집어 들었다. 순간 아차 하는 마음이 든 차인이 자신도 모르게 손을 들어 해이수의 손목을 잡았다. 해이수는 아랑곳하지 않고 보이스 레코더의 녹음 상태를 확인했다. 녹음된 것은 없었다. 전원은 꺼진 상태였으니까.

해이수가 보이스 레코더를 테이블 위에 다시 내려놓았다. 차인은 뭐라도 말하고 싶었다. 하지만 변명할 수 없었다. 해이수는 그런 차인을 차갑게 쳐다보며 자리에서 일어섰다. 그러고는 그대로 카페를 빠져나갔다.

차인은 그렇게 떠나버린 해이수의 뒷모습을 아주 오랫동안 지켜보고 섰다.

*

통신이 완전히 두절된 미래아파트로 돌아온 해이수가 저녁을 먹자고 제안했다. 평소에도 계속해서 주문해오던, 오토바이로 30분 넘게 걸리는 중국집에서 해이수는 비현실적으로 많은 양의 요리와 식사를 주문했다.

옥상으로 올라온 멤버들의 입이 저절로 벌어질 정도였다. 두 대의 오토바이가 연달아 들어와 그곳 주방에서 할 수 있는 요리란 요리를 전부 가져다놓은 상태였다. 수십 개의 중국집 전용 접시들이 옥상 물탱크실 앞에 마련된 접이식 테이블 위에 나열되었고, 수십 개가 넘는 나무젓가락들이 여기저기 함부로 어질러져 있었다.

어쩐지 오단은 오늘 옥상에서의 식사가 마지막 식사가 될 것 같다는 느낌을 받았다.

마지막으로 자신의 숙소에서 올라온 미우기까지 합류하고 나자 해적 멤버들은 말없이 저녁 식사에 임했다. 해이수 역시 구태어 말을 꺼내진 않았다. 남군만이 고량주가 입에 들어가자마자 자신의 직장 시절 이야기를 늘어놓으며 횡설수설할 뿐이었다.

리눈은 그 많은 요리 중 다 불어터진 짜장면 그릇 하나만 손에 집었다. 그나마 절반조차 먹지 않고 새 츄파춥스의 포장을 뜯었다. 레몬 맛이었다.

한가득 쌓인 중국요리들을 채 절반도 비우지 못하고 식사는 끝이 났다. 리눈이 갑자기 자리에서 일어서며 소리쳤다.

— 눈이 와! 눈!

리눈의 말에 동조한 건 오단뿐이었다. 오단도 고개를 들고 자리에서 일어섰다. 진눈깨비가 날리고 있었다.

진눈깨비는 이내 모양을 갖춘 눈발로 변했다. 리눈은 옥상 난간 위에 성큼 올라섰다. 오단이 걱정스러운 얼굴로 리눈을 저지하려 했다.

— 위험해!

— 괜찮아. 안 미끄러져.

리눈은 난간 위에서 가볍게 발을 놀렸다. 그런 리눈을 옥상 테이블에 앉은 다른 해적 멤버들도 바라봤다. 그때 해이수가 말문을 열었다.

— 무기창고…… 열자.

무기창고라는 말을 들은 멤버들의 표정이 일제히 굳었다. 창고를 열자는 게 무엇을 뜻하는지 해적 멤버들이라면 모두 알았다. 난간 위에 올라선 리눈도 하던 동작을 멈추고 해이수를 바라봤다. 오단도 해이수를 바라봤다. 해이수는 말없이 담배를 피우고 있었다.

그의 말은 꽁초를 짜장면 그릇에 비벼 끄면서 이어졌다.

— 열고, 가자.

그의 목소리는 이전과 다르게 더 이상 흥분 상태가 아니었다. 차분히 가라앉아 있었다. 미우기가 물었다.

— 어디로요?

해이수가 장철수, 남군, 그리고 마지막으로 오단을 바라보며 말했다.

— 컴퍼니가 있는 곳으로.

미우기가 어처구니없다는 표정으로 물었다. 미우기에겐 정말 절박한 의미가 담긴 질문이었다.

— 그곳으로 가서 뭘 어떻게 하려고요?

해이수가 미우기를 묵묵히 바라봤다. 미우기는 이제 지푸라기라도 잡는 심정이었다. 컴퍼니의 심장부로 들어가면 뭔가 달라질 것인지 그걸 알고 싶었다. 답답한 마음이었다. 잠시 후 해이수가 답했다.

— 나도 몰라.

— 그런 무책임한 말이 어디 있어요? 모른다니.

— 하지만, 이대로는 아니야. 다들 그렇잖아.

해이수가 다시 전체를 둘러봤다. 모두들 해이수의 마지막 말이 무거운 숙제처럼 느껴졌다. 지금 이대로는 아니지만, 분명 그렇지만. 그래서 뭘 어떻게 해야 한단 말인가. 정말로 이 방법밖에는 없단 말인가.

*

— 난 더 이상 하지 않겠어.

5층 무기창고의 열쇠는 미우기 담당이었다. 장철수와 남군에게 미우기는 공식적으로 선언했다. 무겁고 낮게 가라앉은 목소리가 미우기의 현재 심리를 그대로 반영했다.

— 이건 정말 미친 짓이야. 대안도 없어. 그냥 자폭하자는 거야. 안 그래?

고량주 세 병을 혼자 마셔버린 남군은 고개를 숙인 채 몸을 제대로 가누지 못했다. 창고 문 앞에 멈춰 선 미우기가 열쇠를 바닥에 떨어뜨렸다. 그리고 한 걸음 물러섰다. 장철수가 그 모습을 지켜봤다.

— 난 나갈 거야.

장철수가 말했다.

— 두목의 말이 틀릴 수도 있고 맞을 수도 있어. 하지만.

— 하지만 뭐? 도대체 뭐?

미우기가 다시 흥분했다. 장철수는 여전히 침착하게 말을 이었다.

— 두목의 말이 틀리다면 네가 그렇게 좋아하는 컴퍼니의 말도 틀릴 수 있어.

— 그래서?

— 만약 둘 다 틀렸다면 난 두목을 따르겠어.

— 왜? 왜 그래야 하는데? 아저씨, 당신도 가족이 있잖아. 살아야 하잖아.

— 두목이든, 컴퍼니든 둘 중 하나는 맞아야지. 맞다고 믿어야지.

— 씨발.

— 난 두목을 선택할 거야.

미우기가 뒷걸음질 쳤다. 도망치고 싶었다. 남군은 그 자리에 주저앉았다. 술에 취해 인사불성이었지만 그래도 횡설수설의 주제는 놀랄 정도로 일관되었다.

— 씨발…… 좆내 그립네. 김 부장, 그 씨발 새끼…… 띠껍게 굴어도…… 그래도 회식 때는 같이 잘 놀았어. 그럼 잘 놀았지…… 매달 성과보고 하던 팀원들. 현장 가서 날밤 까고…… 그다음 날 해장국…… 해장국 좋았는데…… 좋았는데…… 좆내 그립네…… 좆내 그리워.

— 난 갈 거야! 이제 끝이야!

미우기가 계단 아래로 내려갔다. 미우기로부터 열쇠를 받아 든 장철수는 더 망설이지 않았다. 5층 창고 문을 열고 무기를 꺼내면, 그때부턴 상황을 돌이킬 수 없을 것이다. 그 사실이 장철수의 동작을 순간 더디게 만들었다.

하지만 망설임은 장철수와 어울리는 옷이 아니었다. 북에서 넘어올 때도, 두만강을 건너 중국 대사관, 그 철옹성처럼 굳게 닫힌 바리케이드를 넘어설 때도, 한국 사회에서의 정착이 불가능하다는 것을 깨달았을 때도, 청부 살인을 할 수밖에 없는 상황 앞에서도, 그리고 탈옥을 결심했을 때도 장철수는 단 한 번도 망설이지 않았다.

이번에도 마찬가지였다. 자물쇠 고리에 열쇠를 밀어 넣은 장철수는 그대로 자물쇠 연결고리를 풀고 창고의 잠금장치를 열었다. 그러고는 곧바로 철문으로 된 5층 창고의 여닫이문을 힘껏 열어젖혔다.

문이 좌우로 열리는 순간, 무언가 '딱' 하는 소리가 들렸다. 걸려 있던 고리 하나가 끊어지는 소리였다.

그 소리를 듣는 것과 동시에 장철수의 눈앞에는 일순간 거대한 광채가 일렁였다. 푸르고 붉은, 마치 수십 개의 오로라 광선들이 한곳에 뒤엉킨 느낌의 황홀함이 장철수의 시야를 엄청나게 빠른 속도로 짓눌렀다.

빛에 짓눌리는 느낌이 장철수가 인지한 마지막 감각이었다. 이후 들려온 가공할 만한 굉음과 5층 전체를 잿더미로 만들어버린 폭발은 더 이상 장철수의 고통에는 포함되지 않는 것이었다. 남군 역시 마찬가지였다. 더 이상의 중얼거림을 멈춘 남군은 끝까지 술병을 손에서 놓지 않은 채, 믿을 수 없는 대담함으로 빛의 황홀함을 아낌없이 받아들였다.

계단으로 내려가던 미우기는 그 폭발 소리를 똑똑히 들었다. 소리만이 아니었다. 거대한 굉음이 울리는 것과 동시에 뜨거운 열기가

5층 전체를 휘감더니 검은 재와 잿빛 연기, 온갖 정체를 알 수 없는 가루들이 쏟아져 내렸다.

놀란 눈으로 5층을 올려다본 것도 잠시. 미우기는 난간을 두 손으로 붙잡으며 절박한 걸음으로 1층으로 내려가기 시작했다. 쉼 없이 중얼거리며.

— 난 갈 거야. 난 죽지 않아. 갈 거야…… 갈 거야…… 난…….

*

— 불꽃놀이야! 불꽃놀이!

리눈이 소리쳤다. 지하 1층 기관실에서 나머지 무기를 챙기던 해이수와 오단, 그리고 리눈 역시 5층 무기창고의 폭발 소리에 동요하지 않을 수 없었다. 갑자기 지진이라도 난 듯 폭발과 함께 아파트 전체가 좌우로 크게 흔들렸고, 정전이 이어지면서 칠흑 같은 어둠이 지하 공간 전체에 내려앉았다.

정신을 차리지 못하는 오단과 다르게 해이수는 빠르게 침착함을 되찾았다. 오단은 해이수가 이런 식의 변수를 생각하고 있었던 건 아닌지 궁금했다. 어둠 속에서 스마트폰 플래시 불빛 하나만으로 주변을 식별해야 하는 상태에서 해이수는 아주 잠깐 흔들리는 바닥을 내려다보고는 신속하게 백팩에 권총들을 챙겨 넣었다.

곧 지하 1층 천장 가까이 내걸린 환풍구 사이로 광채가 쏟아졌다. 리눈이 소리친 빛의 찬란함도 환풍구 틈새를 통해 스며든 것이었다. 스며든 빛의 파장은 마치 무지개처럼 총천연색의 화려함으로 가득했다. 수많은 원색의 가루가 지하 1층 어둠의 공간 안으로 덧씌워지는 느낌이었다.

리눈은 빛가루가 쏟아지는, 그 중심에서 입안 가득 츄파츕스를 물고 흥겨워했다. 오단은 그런 리눈을 뒤로하고 해이수에게 다가가 물었다.

— 계획은 어떻게 되는 거죠?

해이수가 잠시 하던 동작을 멈추고 오단을 쳐다봤다. 곧이어 이어지는 해이수의 말은 질문이라기보다는 경고에 가까웠다.

— 이제 너도 가야 하는 거 아니야?

— 어딜요?

— 해적 놀이는 끝났어. 게임 끝났으면 돌아가야지.

— 마지막 계획이 남았다면서요.

— 내가 계획이 있다고 말했던가.

— 수첩들, 메모들을 봤어요. 당신의 책상에서.

해이수는 오단의 말에 부정도 긍정도 않았다. 오단이 한마디 덧붙였다.

— 강박적으로 적어 넣은 계획들, 마지막 하나가 남았다고 적혀 있었어요.

— 그 계획…… 엑스트라야.

— …….

— 이제부터 계획도 뭣도 아니라고. 그래도 괜찮아?

이곳에 온 후 처음으로, 해이수의 그 말이 오단을 망설이게 했다.

괜찮아? 괜찮을까? 오단의 귓가로 해이수의 말이 맴돌았다. 그사이 해이수가 리눈 발치로 열쇠 꾸러미 한 뭉치를 내던졌다. 몸을 숙여 열쇠 뭉치를 받아 쥐는 그녀에게 해이수가 지시했다.

— 그냥 입구에 열쇠 던져줘.

리눈이 되물었다.

— 그냥 던져주기만 하면 돼요?

— 알아서 풀고 나갈 거야.

*

비닐하우스를 찢고 찢으며 미우기는 앞으로 나아갔다. 하지만 앞으로 나아갈수록, 그렇게 미래아파트 밖으로 벗어나려 하면 할수록 그의 발은 점점 더 무거워져갔다. 급기야 나중에는 한 발자국 움직이는 것조차 할 수 없었다. 결국 미우기는 비닐하우스 안에서 주저앉았다. 이마와 볼 아래로 타고 흐르는 땀을 닦았다. 초겨울, 입만 열어도 하얀 입김이 새어 나오는 날씨였지만 멈추지 않고 땀이 흘렀다.

처음엔 그게 땀인 줄 알았다. 볼을 타고 턱 끝까지 내려온 점액들이. 미우기는 뒤늦게 알았다. 그건 눈물이었다. 눈물이 계속 미우기의 눈에서 흘러내렸다. 눈물이 흐르면서 콧물도 함께 흘렀다. 콧물이 쏟아지면서 몸 전체에 오한이 밀려오듯 한기가 엄습했다. 피부 전체에 닭살이 돋았다. 온몸이 떨렸다. 너무 떨려 입도 다물지 못할 정도였다. 오줌도 마려웠다. 모든 것이, 모든 것이 불안과 두려움의 진창 속으로 빠져들어갔다.

미우기를 두렵게 하는 건 소리, 소리들이었다. 수백 개의 비닐하우스 통로 사이사이로 속삭이듯 들려오는 발소리. 그 발소리가 미우기를 미치도록 두렵게 했다. 미우기는 들고 온 석 내의 휴대폰을 모두 꺼내 액정을 확인했다. '통신 불가 지역'이란 문구만이 액정에 가득했다. 미우기는 반드시 연락해야 했다. 컴퍼니와 자신만의 핫라인을 통해 자신만큼은 저 포악무도한 해적, 용역 깡패들과 다르다는 것을 알려줘야 했다. 그 사실을 지금쯤 미래아파트 주변을 서서히 포위하면서 일제 소탕을 계획하고 있는 대테러 요원들에게 분명히 인지시키고 싶었다. 그런데 지금, 컴퍼니와 연결될 방법이 어디에도 없었다.

미우기는 소리치고 싶었다. 어떤 의미, 효용성, 사용가치도 없는 비닐하우스의 휘장을 걷어내고 '난 너희들 편이야! 난 처음부터 저 용역 깡패들과는 달랐어!'라고 외치고 싶었다.

하지만 어둠 속에서 슬금슬금, 날카롭고 무정하게 번들거리는 총구만 보이는 이 재앙과 같은 현실 앞에 미우기는 아무것도 하지 못했다. 그래도 포기하고 싶지 않았다. 지금까지 노력하면 원하는 건 얻을 수 있다고 믿어온 미우기였다. 열심히 공부해 명문 대학에 입학할 수 있었고, 열심히 연구해 박사학위도 받을 수 있었다. 그렇게 지금까지 해온 대로 계속해서 노력하기만 하면 사회에서도 인정받고 도덕적으로도 책망받지 않는 브레인으로 성장할 것이라 믿었다. 하지만 사회가 만들어놓은 계약의 룰은 미우기를 어처구니없는 모순 속으로 던져 넣었다. 아무리 노력하고 발버둥 쳐도 모든 노력을 블랙홀 속으로 빠뜨려버리는 게 있었다. 마치 지금처럼, '통신 불가 지역'이란, 모든 의지의 예봉을 꺾어버리는 비인간적인 문구처럼. 그렇게 사회에서 꽤 쓸모 있는 인간이 되고 싶었던 미우기의 모든 희망을 꺾어버리는 것, 계약이 이곳에도 엄존하고 있었다.

가쁜 숨을 고른 미우기가 자리를 박차고 일어섰다. 더 이상 이대로 있을 수만은 없다고 판단한 그는 조심스럽지만 단호하게 비닐하우스 밖으로 나왔다.

미우기가 나온 곳은 비닐하우스 단지의 끝이었다. 이제 30여 미터만 걸어가면 마을버스 종점이 보인다. 미우기는 휴대폰을 쥔 두 손을 만세 부르듯 하늘 높이 쳐들고 걸음을 옮겼다. 조금만 더 가면 통화가 될 것만 같다는 믿음에서였다.

하지만 두 걸음을 옮긴 것이 미우기의 마지막이었다. 해적 섬멸의 사명만을 머릿속에 주입해 넣은 대테러 요원들이 어둠 속에서 겨눈 총구는 미우기를 인정하지 않았다. 곳곳에서 무소음 총의 격발 소리가 들려왔다. 미우기는 소리와 고통을 함께 견뎌야 했다. 자신의 관자놀이에서 핏줄기가 치솟는 걸 제 눈으로 똑똑히 목격해야 했다.

그렇게 미우기는 죽어버렸다. 죽는 순간에도 손에서 놓지 못한 휴대폰의 액정이 반짝였다. 여전히 '통신 불가 지역' 안이었다.

*

　리눈과 오단은 약속이라도 한듯 무릎 아래까지 내려오는 검은 패딩을 입은 뒤 등과 양어깨, 앞가슴까지 도합 네 개의 가방을 걸쳐 멨다. 해이수는 샌드백 모양의 거대한 가방 한 개만 X자로 걸쳐 멘 채 리눈과 오단을 이끌었다. 해이수가 들어간 곳은 아파트 입구 앞 관리사무소였다.

　해이수는 바로 관리사무소 바닥 패널을 뜯어냈다. 패널 대여섯 개가 단숨에 뜯겨나가자 거대하고 깊은 지하 구멍이 드러났다. 두 사람이 포개어 들어갈 수 있을 정도의 폭이었고, 마치 맨홀처럼 한쪽 벽면에 철제 수직 계단이 설치되어 있었다.

　해이수가 앞장서서 지하로 내려가려 할 때였다. 오단이 그를 멈춰 세웠다.

　─ 그 사람이 왔어요.

　오단의 시선은 관리사무소 밖을 향하고 있었다. 해이수가 동작을 멈춘 사이 빠른 걸음으로 한 남자가 다가왔다. 연우진이었다. 연우진이 숨찬 상태 그대로 말문을 열었다.

　─ 나와 같이 있어요. 그러면 신변의 안전은 보장될 거요. 내 장담하지.

　이어서 연우진이 검은 패딩과 가방들로 중무장한 오단과 리눈을 번갈아 보며 말했다.

　─ 당신들도 나와 같이 행동해요. 나는 컴퍼니의 습성을 잘 알아

요. 내가 있으면 절대 함부로 못 해요. 약속하죠.

— 난 갈 거요.

해이수는 단호했다. 연우진이 사정하듯 말했다.

— 약속하겠소. 난 당신들을 얽어맨 용역의 사슬을 끊어줄 수 있어요.

그렇게 말한 연우진의 얼굴엔 후회의 감정이 가득했다. 그가 말을 이었다. 떨리는 목소리가 그대로 해이수의 눈빛 속으로 옮겨 오는 듯했다.

— 나 역시 컴퍼니의 계획에 한때나마 동조했소. 그렇지만 이젠 달라요. 나와 함께합시다. 내가 당신들의 억울함을 풀어주겠소.

— 당신이? 당신이 풀어준다고?

— 약속하오. 내 모든 걸 걸지.

하지만 연우진의 말에도 해이수의 표정은 변하지 않았다. 그는 이미 자신이 가야 할 곳이 어디인지 잘 알고 있는 것 같았다.

천천히 고개를 가로저은 해이수가 가장 먼저 지하 공간으로 내려갔다. 그 뒤를 한 치의 망설임도 없이 리눈이 따랐다. 지하 어둠 속으로 내려가면서 리눈이 오단을 올려다봤다. 오단이 리눈의 설명하기 힘든 천진한 얼굴을 마주하며 물었다.

— 어때? 괜찮아?

돌아오는 리눈의 답은 허탈하기까지 했다.

— 괜찮고 안 괜찮고가 어디 있어. 빨리 내려와. 재미있어.

전략

마치,

무간의 심연을 닮았어,

라고 오단은 생각했다.

그것은 생각이라기보다는 본능의 공감각적 실감에 가까웠다. 가장 먼저는 시각이, 그다음에는 청각이, 마지막으로 촉각이 오단을 더 가혹하게 밀어붙였다.

밑의 세계는 그야말로 아무것도 보이지 않는 어둠이었다. 해이수를 따라 철제 계단을 한참 동안 밟고 내려가 도착한 바닥은 습하고 눅눅했다. 발걸음을 옮길 때마다 질퍽거리는 느낌이 가득했다. 마치 지하 하수구를 걷는 것 같은 찝찝한 기분이었다.

하지만 앞으로 나아갈수록, 해이수의 검은 실루엣이 점점 오단의 시야에서 희미해져갈수록 그는 발바닥에서 느껴지는 질퍽이는 느낌이 그렇게 반가울 수가 없었다. 바닥의 감각마저 없었다면, 어둠 속에서 끊임없이 허공을 허우적거리는 느낌에 사로잡혔을 것이었다.

앞장선 해이수는 작은 랜턴 불빛을 비추며 나아갔다. 그 빛이 시커먼 구렁 같은 좁은 통로의 끝을 비추었지만 오단이 아무리 유심히 살펴보아도 그 끝에는 아무것도 보이지 않았다. 그럼에도 해이수는 아무것도 없는 끝의 소실점을 향해 걷고 또 걸었다.

해이수의 뒤를 따라가는 리눈이나 오단, 둘 모두 예외 없이 휘청거렸다. 바닥이 평평하지 않은 데다 때론 심한 굴곡이 있었다. 리눈은 그 와중에도 쉬지 않고 휘파람을 불었다. 뜻 모를 노랫소리가 그녀의 입을 통해 새어 나왔다. 오단은 리눈의 휘파람 소리가 거슬렸다. 어둠 속 밀폐된 공간에서 소리가 메아리치자 귀를 틀어막고 싶을 정도로 시끄러웠다.

그러나 해이수가 비추던 랜턴을 바닥으로 내리고 불빛을 꺼버리자 약속이라도 한듯 리눈의 휘파람 소리도 사라져버렸다. 불빛도, 소리도 소거된 상태에서 들려오는 건 두 남자와 한 여자의 엷게 새어 나오는 숨소리뿐이었다.

셋은 한동안 아무 말도 없이 걷기만 했다. 목적지도, 어디서 멈춰야 하는지도 몰랐다. 오단은 해이수와 리눈의 뒷모습을 검은 실루엣으로만 확인할 수 있었다. 그조차도 지극히 희미한 몇 개의 꿈틀거리는 곡선으로만 파악되는 게 고작이었다.

얼마나 걸었는지 가늠조차 할 수 없을 때, 오단이 비명을 질렀다. 엄청나게 크게 소리를 질렀다. 그리고 오단의 입에서 알 수 없는 말들이 쏟아졌다. 어떤 소리를 내뱉는지 오단 자신도 몰랐다. 오단은 어느 순간부터 멈춰버린 자신을 발견했다. 두 발을 움직인다고 생각했는데, 몸을 움직였다고 믿었는데, 아득하고 막연한 어둠 속으로 빨려드는 느낌이었다. 오단은 자신이 원인도, 끝도 알 수 없는 구렁 속에 빠져버렸다는 생각이 들었다.

생각의 악마는 오단을 에워싼 모든 것을 정지 상태로 만들어버렸다. 오단은 소리를 지르면서도 자신이 움직이는지, 멈춰 있는지조차 확신하지 못했다. 어떤 것이 자신의 진짜 상태인지 짐작조차 할 수 없었다. 어둠 속, 그 깊은 어둠 속에서는 모든 것이 의심되었다. 자신의 존재조차도.

막막함이 절정에 이른 순간 오단은 그만 참지 못하고 비명을 지르고 말았다. 그 소리는 현재 오단이 살아 있음을 유일하게 증명해주는 최후의 수단이었다. 소리를 지르면, 저 무정히 앞서나가는 곡선들이 움직임을 멈추고 자신을 만져줄 거라고 오단은 믿었다. 그러면 어둠이 걷히고 자신의 실체가 드러날 것이라고 믿었다.

하지만 실체 대신에 오단을 사로잡은 건 악몽이었다. 결코 생각하고 싶지 않았던, 무의식중에라도 떠올리고 싶지 않은 악몽이 어둠뿐인 칠흑빛 수면 위로 떠올라 오단의 목을 졸랐다.

누군가들의 목을 조르고, 끔찍한 비명의 틈을 탐닉하듯 반응하는 길게 내민 혀, 선연한 비린내를 닮은 살 냄새, 코끝을 파고드는 피 냄새. 피투성이가 된, 오단에게 심판당한 이들의 알몸들.

오단은 어느 순간 비명 속에 숨어 있는 단 하나의 외침을 들을 수 있었다. 피하고 싶은, 제발 도망치고 싶은 단 하나의 외침, 그것은

'살려달라'는 외침이었다. 그 외침을 들으며 오단은 자신도 모르게 눈을 감았다. 어둠 속에서 또 하나의 깊은 어둠이 드러나는 듯했다. 오단은 혼란스러웠다. 한 가지 목표, 하나의 복수를 위해 가장 깊은 어둠 속으로 들어갔지만 어느새 그 참혹한 어둠 속 괴물이 되어버린 자신의 모습이 견디기 어려웠다. 고통스러울 정도로 선명했다. 어둠의 어둠은 도리어 밝았다. 너무나 밝은, 너무 밝아서 그야말로 아무것도 볼 수 없는 상태. 존재가 완전히 소멸되어버린 상태로 돌입되는 것 같았다.

*

— 정신 차려.

스르르. 몸이 바닥으로 주저앉는 느낌이 들더니 둔탁한 소리와 함께 오단은 정신을 차렸다. 눈을 뜬 순간, 오단은 자신의 머리와 뺨이 얼얼하다는 느낌을 받았다.

내내 오단을 업고 걸어가던 해이수가 우측 구석에 오단을 내려놓고 생수를 머리에 부은 뒤 뺨을 두어 번 내리친 것이다. 정신을 차린 오단의 검은 눈동자가 한동안 풀린 채로 되돌아오지 못했다. 혼란스러웠다. 그 혼란스러운 와중에 리눈의 형체가 수십 개로 분산된 채 보였다. 리눈이 걱정스럽게 물었다.

— 괜찮아?

오단이 해이수가 건네준 생수를 손에 집었다. 하지만 제대로 입에 갖다 대지 못해 우측 어깨로 물을 쏟고 말았다. 이를 지켜보던 리눈이 오단의 곁으로 와 생수통 입구를 오단의 입에 맞춰주었다. 미지근한 물이 오단의 목울대를 타고 배 속으로 들어가자, 그제야 눈동자의 초점이 원래 상태로 돌아왔다. 사물들이, 자신 앞에 선 형체가 보다 또렷해져갔다. 믿기 힘든 현상이 오단의 시야를 압도했다. 다시 눈 뜬 오단의 눈앞에 펼쳐진 건 빛의 세계였다.

눈동자가 정상으로 돌아오는 모습을 지켜보던 리눈이 싱겁게 웃었고, 해이수는 오단이 기대고 앉은 자리 옆에 나란히 앉아 물을 마셨다. 오단이 다시 한 번 주위를 바라봤다. 가설 전등이 띄엄띄엄 설치되어 있었고, 전선들이 구멍 사이사이를 뚫고 삐져나온 모습들이 보였다. 오단이 물었다.

— 여기가 어디죠?

— 지하.

— 지하 어디요.

— 서울 밑이지 어디긴 어디야.

퉁명스러운 해이수의 반응이 오히려 오단을 안심케 했다. 더 물을 수 있는 기회를 준 것 같았다. 오단은 내친김에 좀 더 묻기로 했다.

— 땅굴 같은 건가요?

— 비슷해.

— 한참을 내려온 것 같던데.

— 지하철 아래야.

— 이런 곳은 어떻게 알았어요?

― 가르쳐주는 곳이 있어.

― 두목에게 일을 준 곳? 그곳인가요?

그 질문에 해이수는 답하지 않았다. 오단이 재차 물었다.

― 그들이 이런 곳을 알려준 이유가 뭐죠? 도대체 뭘 어쩌려는 거예요?

해이수는 묵묵부답이었다. 하지만 오단은 그것을 부정의 의사로 받아들이진 않았다. 때론 아무 반응을 보이지 않아도 알 수 있는 게 있는 법이니까.

그때, 모두의 귀에 '쿵쿵쿵쿵' 하는 굉음이 들렸다. 소리가 들리자 오단이 귀를 막았다. 소리가 잦아들 때쯤에 생수통에 담긴 물을 모두 마신 해이수가 말을 이었다.

― 이제 거의 다 왔어.

― 어딜 가려고 하는 거죠?

― 그보다는 내가 먼저 묻지.

오단의 말을 가로막은 해이수가 곧바로 말을 이었다.

― 왜 떠나지 않는 거야?

― 무슨 말이에요?

― 해적질 끝났다고 했잖아. 그런데 왜 여기까지 따라붙은 거야?

오단이 잠시 입을 다물어 보였다. 리눈이 휘파람을 다시 불었다. 해이수가 빈 생수통을 손으로 움켜쥐자 페트병 찌그러지는 소리가 어둠 속 공간을 사로잡았다. 생수통을 바닥에 버린 그가 자리에서 일어섰다.

— 생각 잘해.

— 무슨 생각요?

— 다시 위의 세계로 나가면 단 한 번, 마지막으로 딱 한 번 도망칠 기회가 있어. 아주 좋은 기회지.

— 왜 내가 도망가야 한다고 생각해요?

— 도망가야 하니까.

— 왜요?

— 넌 그래야만 해. 모르는 거야?

오히려 해이수가 되물었다. 알 수 없는 여운이 담긴 말이었다. 오단은 더 따져 묻고 싶었다.

내가 뭘 모른단 말이지?

오단의 충동 섞인 질문은 순식간에 또 다른 의문의 실타래 속으로 뒤섞여버렸다. 오단의 질문은 오단을 혼돈의 첫 시작점에 서게 했다. 그는 자신에게 물었다. 묻지 않을 수 없었다.

나는 왜 여기 있지?

*

컴퍼니의 핵심 인물들이 다시 모였다. 모일 수밖에 없는 긴박한 상황이 그들을 모두 긴장케 했다. 수십 명에 달하는 그들이 정인구가 차인과 독대했던 우번타워 지하 9층에 모여들었다.

그들에게 이곳은 지하 벙커로 불렸다. 실제 언제라도 일어날지 모르는 불미스러운 상황에 대비하여 강남 테헤란로 중심가에 조성해놓은 이곳에서, 그들은 하나같이 불안의 기색을 감추지 않았다. 어쩐지 지금만큼은 철저히 이기적인 태도를 취한 모습이었다.

회의의 주도자는 이제 정인구가 아닌 전직 대통령 김이었다. 정인구는 그의 질의와 추궁에 어떻게든 답해야 할 입장이었다. 물론 그러한 상황이 정인구의 평정심을 흔드는 것은 아니었다. 정인구는 김이 어디에 관심을 두는지 너무나 잘 알고 있었다. 김은 자신이 인간 백정이라 부르는 해이수의 이상행동에 크게 우려하고 있었으며, 만에 하나라도 발생할지 모르는 해이수의 언론 노출 또한 걱정했다.

노쇠했지만 그래도 맹수의 기질은 남아 있는 김의 말을 컴퍼니의 다른 인물들은 숨죽여 경청했다. 하지만 정인구는 특별히 긴장하지 않았다. 오히려 이전보다 더 침착했다. 그런 정인구의 모습은 김을 비롯한 다른 사람들에게 안도감을 줬지만 그와 동시에 그들 마음속에 은밀히 자리 잡고 있던 의혹의 싹을 키웠다. 언제까지라도 백정 노릇을 계속할 것 같았던 용역 우두머리가 폭주하고 있었다. 그들은 정인구가 이러한 변수를 알면서도 묵인했거나 최악의 경우 이 사태를 주도한 것은 아닌지 두려워하고 있었다. 하지만 지금은 돌이킬 수 없는 상황이다. 컴퍼니의 실질적 설계자인 정인구를 제거할 수 있는 용기도, 의지도 그들에겐 남아 있지 않았다.

김의 추궁을 받은 정인구가 천천히 말을 이었다.

— 해이수의 현재 위치는…… 지금으로선 파악하기 어렵습니다.

김이 정인구의 불충분한 설명에 노여움을 드러냈다.

— 그게 지금 말이 된다고 생각하나? 그 백정 놈, 대체 원하는 게 뭐야? 돈이야?

— 모르겠습니다.

정인구의 짧은 답에 현직 국무총리가 자리에서 일어나 호통쳤다.

— 당신이 대체 아는 게 뭐야? 그 괴물, 어떻게 하든 잡아야 할 거 아니야! 일개 대대, 아니 수도방위사령부 전력을 죄다 쏟아붓더라도 잡아 없애야 하는 거 아니냐고!

신변의 위협 앞에선 누구든 마지막까지 지켜오던 고상함의 가면을 스스로 무너뜨리는 법이다. 정인구는 그들이 보여주는 자멸의 징후를 보며 자신의 소신이 잠정적 진리였음을 재확인했다. 인간에게 합리성을 기대해선 안 된다. 그러한 확신은 컴퍼니 설계를 향한 더 견고한 신념으로 발전되었다. '시스템은 인간의 합리성을 넘어선다'는 것. 또 하나, '인간은 결코 그 어떤 것으로도 인간 자신에게, 자연에게 기여할 수 없다'는 것. 정인구는 인간은 단지 시스템의 일부로서 기능할 때에만 자신 안의 절대를 발견할 수 있다는 사실을 확인했다.

하지만 자신의 철학과 예지가 그대로 들어맞는 이 현실이 도리어 정인구를 씁쓸하게 했다. 정인구는 자신이 세워놓은 설계에서 단 하나의 변수로 꿈틀거리기 시작한 해이수가 왠지 모르게 흥미로웠다. 옴짝달싹하지 못하게 살인 누명을 씌우고 복수조차 생각할 수 없게 만들었다. 그런데도 그는 시스템의 하수인으로서의 삶, 결코 헤어날 수 없는 운명의 늪에서 스스로 걸어 나온 것이다.

해이수는 정인구에게 분명 설계의 예외자였다. 그 예외를 정인구는 흥미로워하면서도 한편으론 씁쓸하게 받아들여야 했다. 설계의 완벽성에 대한 컴퍼니의 집착 또한 정인구가 만들어놓은 설계 중 하나였기 때문이다.

— 해이수는 곧 모습을 드러낼 겁니다.

침묵을 깨고 정인구가 말했다. 정인구의 시선은 그들 중 누구보다 가장 섬뜩한 두려움을 품고 있을 군사 무기 제공자, 수도방위사령부 사령관인 중장을 향했다.

김이 물었다.

— 예측되는 곳이 있나?

— 도주로 파악은 어려워도 목적지는 충분히 예상 가능합니다.

— 혹시…… 이곳인가?

— 현재로선 그럴 가능성이 가장 큽니다.

계속되는 시선이 내내 부담스러웠던 걸까. 중장은 정인구의 시선을 피해 애꿎은 물만 삼켰다. 정인구가 그런 중장에게 낮은 목소리로, 하지만 여전한 예의를 갖춘 사무적 말투로 말했다. 아니, 명령했다.

— 저번과 같은 규모로는 그 괴물을 당해내지 못할 겁니다.

중장이 한 번 입을 굳게 다문 뒤 이내 입을 열었다. 모두의 시선이 일제히 그의 입을 향했다.

— 알았네. 할 수 있는 건 다 쏟아붓지.

— 잘 생각하셨습니다.

지하도의 끝은 지하철 공사 현장으로 연결되었다. 검은 쇳가루가 쏟아지고 기중기의 가동음이 쉼 없이 들려오는 공사 현장의 철근들 사이사이를 해이수가 앞장서서 빠져나갔다. 오단은 리눈의 손을 잡아끌며 해이수의 뒤를 따랐다. 리눈은 많이 지쳐 있었다. 휘파람 대신 쌕쌕거리며 거친 숨만 반복할 뿐, 다른 어떤 말도 하지 않았다.

그래서였을까. 지하 어둠 속 행로의 끝 무렵에 오단은 리눈의 손을 잡지 않을 수 없었다. 그녀의 손을 잡는 순간 차갑게 식은 촉감이 느껴졌다. 오단이 자신의 손을 잡는 그때, 리눈은 내내 숙이고 있던 고개를 들고 오단을 바라봤다. 희미하지만 빛살이 곳곳에서 스며들고 있어 오단의 얼굴을 비교적 또렷이 확인할 수 있었다. 자신의 손을 잡아준 오단을 보며 리눈이 한마디 했다. 싱거운 말이었지만, 오단에게 그 말은 여운을 남겼다. 피할 수 없는 임박한 징후에 대한 예고와도 같았다.

— 츄파춥스가 다 떨어졌어.

— 한 개도 없어?

리눈이 말없이 고개를 끄덕였다.

지상으로 나오면서 행군도 끝이 났다. 지하철 공사장 통로를 따라 위로 올라가자 강남역사거리가 모습을 드러냈다. 몇 시간 만이었을까. 꼬박 하루는 소비되었을 것이다. 하지만 시간의 흐름 따위는 이제 오단에겐 무의미했다. 지하 어둠 속에서 시간의 정지를 실감했기 때문이다.

셋의 모습을 신기하게 보는 공사장 인부들을 그대로 지나 그들은 공사장 통로를 뚫고 지상의 세계로 들어섰다. 늦은 오후의 저녁놀이 오단의 눈에 들어왔다. 오단은 손으로 눈을 가렸고, 리눈은 머리에 뒤집어쓰고 있던 비니를 힘껏 코끝까지 잡아당겼다.

해이수는 말없이 역삼역 방향으로 걷기 시작했다. 어둠 속에서 너무 오랜 시간을 물 한 모금 제대로 마시지 않고 걸었던 탓일까. 오단과 리눈은 여전히 서로 붙잡은 손을 놓지 못했다. 손을 놓으면 그 자리에 그대로 주저앉아 더 이상 일어서지 못할 것 같았다. 둘은 그렇게 서로를 의지하며 해이수의 뒤를 따랐다. 해이수의 걷는 속도도 현저히 느려져 있었다.

퇴근 시간을 앞둔 역삼역사거리를 지나치며 리눈이 혼잣말하듯 중얼거렸다.

— 사람 정말 많네.

오단이 그녀의 말을 받았다.

— 강남이니까 그렇지.

— 태엽을 감아놓은 것 같아. 걸음걸이도 생김새도 같아. 죄다 같아.

— 그렇게 보여?

— 응. 그것도 강남이라서 그래?

오단은 싱겁게 웃었다. 싱겁게 웃은 뒤 문득 생각했다. 걷는 길에 편의점이라도 들러 리눈의 입에 츄파춥스를 물려주고 싶다는 생각.

266

*

　정인구의 예상이 적중했다. 해이수가 도착한 곳은 컴퍼니의 심장부인 우번타워였다.

　다른 건물들이 수많은 출입자의 왕래로 분주한 것에 비해 우번타워의 입구는 별다른 통제가 없음에도 사람의 흔적을 발견하기 어려웠다. 로비 앞 데스크에도, 엘리베이터 진입구에도, 지하 1층으로 내려가는 에스컬레이터 쪽에도 인기척이 느껴지지 않았다.

　자동 회전문을 통해 안으로 들어온 해이수, 오단, 리눈, 이 셋만이 거대하고 드높은 천장, 내부에서도 외부가 투명하게 보이는 기괴하지만 황홀한 인테리어를 과시하는 우번타워 로비에 서 있는 유일한 사람들이었다.

　리눈은 로비에 있는 크고 둥근 소파에 그대로 눕듯이 주저앉았다. 그러고는 양어깨에 메고 있던 가방을 대리석 바닥에 내려놓았다. 하지만 오단은 자리에 앉지도 가방을 내려놓지도 않았다. 해이수 역시 마찬가지였다.

　로비에 들어선 뒤부터 해이수의 눈동자가 건물 구석구석을 예민하게 살폈다. 오단의 눈은 사물을 파고들 듯이 꿈틀거리는 해이수의 검은 눈동자를 좇았다. 그리고 결국 주변 사물들, 이 텅 빈 폐허와도 같은 우번타워의 실체를 파악한 해이수가 마지막으로 자신을 보았을 때 오단은 각오한 듯 상대의 안광을 정면에서 받아냈다.

　자신의 시선을 피하지 않는 오단을 보며 해이수의 표정이 점점

267

굳어져갔다. 해이수는 시선을 피하지 않은 채 다운점퍼의 지퍼를 내리고 안주머니에서 스마트폰 한 개를 꺼냈다. 그리고 이어지는 몇 번의 터치. 그가 손에 쥔 스마트폰에서 동영상 하나가 재생되기 시작했다. 해이수가 스마트폰을 정면으로 오단의 눈앞에 들이밀었다. 동영상 화면이 또렷이, 확연하게 오단의 눈에 들어왔다. 오단이 무기창고 안으로 들어가 폭약의 잠금장치를 풀고 문고리와 기폭장치를 연결하는 모습이었다.

또 다른, 이어지는 동영상에는 사설감옥에서 순찰을 도는 오단의 모습이 담겨 있었다. 하지만 그건 단순 순찰이 아니었다. 별도의 열쇠를 갖고 있던 오단이 죄수 일부를 풀어주는 모습이 그대로 찍혀 있었다.

두 개의 동영상을 확인하면서도 오단은 표정의 변화를 보이지 않았다. 마치 지금과 같은 상황이 벌어지리라는 걸 예상이라도 한 것처럼.

오단의 표정에 동요가 없다는 걸 확인한 해이수가 스마트폰을 다시 자신의 안주머니에 찔러 넣은 뒤 말문을 열었다. 여전히 그의 말투는 짧고 투박했다.

― 이제 말해.

― …….

― 왜 그랬어?

리눈이 둘을 심각하게 올려다봤다. 해이수를 바라보는 오단의 눈빛이 심상찮음을 직감한 것이다. 오단도 준비한 것이 있었다. 몇 장의 사진들, 지갑 속에서 꺼낸 사진들을 해이수의 눈앞에 들이밀었다.

오단이 지갑 속에 보관 중이던 사진들은 어느 살해 현장을 담고 있었다. 오단에게 모든 것을 아낌없이 쏟아주던 어머니의 피투성이 주검이 찍힌 사진들이었다. 오단은 무참히 살해된 어머니의 사진을 지갑 속 깊이 보관해두고 있었다.

사진을 쥔 오단의 손이 심하게 떨렸다. 눈빛도 함께 흔들렸다. 입술도 덜덜 떨렸다. 억제할 수 없는 분노, 애써 막아두고 있었던 방죽이 터지기 일보 직전이었다.

― 당신이야말로 왜?

사진을 보는 순간에도 해이수는 동요하지 않았다. 그는 사진 속 인물을 이미 알고 있는 듯했다. 오단이 사진을 천천히 밑으로 내리며 말을 이었다.

― 왜 죽였어?

― …….

― 왜 죽였냐고!

*

― 저격. 시작할까요?

로비 상부의 방송실, EPS실, 전등 사이 틈새, 천장의 덕트 배관 곳곳에 동전만 한 크기의 검은 구멍들이 미동도 않은 채 오직 하나의 목표물을 정조준하고 있었다. 이 상황을 우번타워 통제실에서 정인

269

구와 중장이 지켜보고 있었다. 중장은 바로 옆에 팔짱을 끼고 서 있는 정인구의 표정을 평소와는 다른 예민함으로 살폈다. 매사 초조한 기색을 찾아볼 수 없던 정인구였지만 지금은 달랐다. 눈빛의 동요가 예사롭지 않았다.

중장은 정기 군사훈련을 틈타 대테러 요원을 파견시켰다. 물론 그것은 정인구에 대한 절대적 신뢰가 있기에 가능한 일이었다. 행방이 묘연해진 해이수의 최종 목적지가 우번타워임을 정인구는 정확히 알고 있었다. 중장은 여전히 궁금한 게 많았다. 컴퍼니의 존재만큼이나 철저히 베일에 싸여 있는 우번타워를 어떻게 찾아올 수 있었는지, 그리고 그 정보를 또 정인구는 어떻게 알았는지.

하지만 지금 중장은 정인구의 결단을 기다리며 일반의 상황 수습을 위해 애쓰는 것 외에 무엇을 해야 할지 알 수 없었다. 해이수 일행을 향해 수십 명의 저격수가 총구를 겨눈 채 기다리고 있음에도 선뜻 명령을 내리지 못하는 것 역시, 아직 정인구가 결단을 내리지 않았기 때문이었다.

그런 중장의 시선을 애초부터 외면하던 정인구는 통제실 모니터에서 눈을 떼지 않았다. 그의 시선은 처음부터 결정되어 있는 것 같았다. 그의 시선은 오단, 오직 오단만을 향했다.

— 어떻게? 잡을까?

중장의 질문에 정인구는 확고하게 답했다.

— 기다리죠.

— 그렇지? 리스크가 클 거야.

이어지는 정인구의 목소리가 점차 낮아졌다.

─ 오단, 저 녀석이 알아야 할 게 아직 남았어요.

*

오단이 해이수 앞에 뿌린 사진들 중에는 어머니가 오단과 함께 찍었던 한때의 행복한 사진도 뒤섞여 있었다. 집 안에서, 앞마당에서, 놀이공원에서, 유원지에서.

오단은 바닥에 흩어진 사진들 속에서 눈이 부시도록 환하게 웃는 어머니와 자신의 모습을 내려다봤다. 오단은 그 행복한 표정을 보며 이내 믿을 수 없는 고통과 광기에 사로잡혔다. 리눈도, 해이수도 오단의 일그러지는 얼굴을 주시했다.

오단이 바닥에 떨어진 사진 중 하나를 집어 들었다. 얼굴 전체가 피범벅이 된 어머니 사진이었다. 오단이 그 사진을 해이수의 얼굴 앞에 내밀며 떨리는 목소리로 말문을 열었다.

─ 꼭 이렇게 죽여야만 했어?

해이수는 입을 굳게 다물고 오단의 말을 잠자코 들었다.

─ 당신도 가족이 있다며. 딸과 아내가 있다며! 그러면서 왜 내 어머니를 죽였어! 당신과 아무 상관도 없잖아. 이 지구상에서 일생 단 한 번도 얼굴 마주칠 일 없는 사람이잖아. 그런데 왜? 엄마를 왜 죽인 거야! 도대체 왜!

짧은 시간이나마 함께 생사의 고비를 넘겼던 해이수를 앞에 두고, 그 악마가 벌인 추악한 한때가 오단의 머릿속에 주마등처럼 스치고 지나갔다. 복면을 쓴 거한 해이수가 오단의 아파트로 들어오는 장면, 곧이어 오단이 보는 앞에서 그녀의 전신을 난도질하는 장면. 오단의 머릿속에는 그 모든 것이 생생하고 또렷하게 각인되어 있었다. 그 어느 것도 희미한 것은 없었다. 지나칠 정도로 모든 게 선명했다.

잠시 후, 해이수의 표정이 달라졌다. 무표정한 그의 얼굴에서 처음으로 감정의 동요가 일어나기 시작했다. 해이수가 물었다.

— 기억해?

— 물론이야. 똑똑히 기억해. 단 하나도 빼놓지 않고.

— 그래. 다행이네.

— 뭐?

— 그것만 알고 있어서.

— 닥쳐! 이 더러운 살인자!

그렇게 말한 오단이 떨리는 손으로 가방의 지퍼를 열고 그 안에서 총을 잡아 꺼냈다. 총알이 모두 장전되어 있는 소총을 손에 쥐고는 서툴지만 절박하게 안전장치를 풀고 앞에 선 해이수를 겨눴다.

— 넌 아무 이유도 없이 사람들을 죽였어. 그걸 면죄받으려고 의로운 해적 흉내를 냈던 거고.

— …….

— 지금 이런 식의 쿠데타는 아무 의미 없어. 넌 그냥 살인마야. 살인마한테 어쩌다 속죄의 기회가 주어진 것뿐이라고.

— 단 한 가지가 애석하군. 그 하나를 모른다는 게.

— 뭐?

— 가장 중요한 거 말이야. 가장 중요한 거.

그렇게 말한 해이수가 전광석화처럼 움직여 오단의 총구를 한 손으로 움켜쥐었다. 놀란 오단이 자신도 모르게 방아쇠를 당겼다. '쾅' 소리와 함께 총탄이 천장에 박히면서 등기구 일부가 박살나버렸다.

바닥에 주저앉은 리눈이 고개를 숙이고 두 손으로 귀를 틀어막았다. 오단은 그런 리눈을 살필 겨를이 없었다. 순식간에 해이수가 목을 휘어 감아 옴짝달싹할 수 없었기 때문이다. 해이수는 인질이 된 오단에게 속삭이듯 말했다.

— 정말 모르는가 보군. 진실을.

— 무슨…… 개소리야……!

숨이 막혀 정신이 아득해지는 중에도 오단은 눈을 부릅뜨며 비명을 지르듯 말했다.

— 진실은 하나야. 네가 내 어머니를 죽였어.

— 진실은 언제나 그 너머에 있어.

— 웃기지 마!

— 곧 알게 될 거야. 원하든 원치 않든.

해이수가 그 말을 꺼냄과 동시에 오단의 오른쪽 손목과 자신의 왼쪽 손목에 수갑을 채웠다. 순식간에 벌어진 일이라 오단은 함부로 저항할 엄두도 내지 못했다.

수갑을 채운 뒤 해이수는 가방을 내려놓고 총을 꺼냈다. 다섯 개가 넘는 총 중 가장 화력이 좋아 보이는 유탄발사기를 집은 뒤 총탄받이를 어깨에 걸쳐 멨다. 오단이 물었다.

— 더 이상 수작 부리지 마. 여기 들어왔을 때부터 당신은 이미 끝난 거야.

— 짐작은 하고 있었어. 몸에 GPS라도 심은 건가?

— 좋을 대로 생각해. 어차피 당신은 죽어. 반드시.

— 하나만 말할게.

— …….

— 어떤 진실을 알게 되든 그건 네 잘못이 아니야.

순간, 오단은 흠칫했다. 해이수의 손이 오단에게 다가갔다. 처음엔 움찔했지만, 오단은 움직일 수 없었다. 해이수의 손이 오단의 어깨에 올려졌다. 가볍고 평범한, 지극히 평범한 독려의 손길이었다. 해이수가 오단을 어딘가 모르게 슬픈 눈으로 바라보며 말했다.

— 미안했다.

— ……?

— 지금 와서 소용없겠지만 그래도 미안했어.

이상했다. 오단은 지금 이 순간만큼 인간적인 해이수를 본 적이 없다고 느꼈다.

처음 이곳에 들어왔을 때 오단은 죽음을 각오했다. 자신이 컴퍼니의 심장과 연결되어 있는 혈관과도 같은 존재라는 걸 해이수가 알았을 때, 저격수들이 텅 빈 로비 곳곳의 어둠 속에 숨어 총구를 겨누고 있다는 사실을 알았을 때 자신을 다른 죄인들처럼 처형할 것이라 생각했다. 하지만 해이수는 그렇게 하지 않았다. 그는 지금 오단과 함께 움직이려 하고 있었다.

해이수가 리눈에게 다가갔다. 그러고는 웅크리고 앉은 그녀의 부스스한 머리를 한두 번 만져주었다. 두 귀를 틀어막은 리눈이 천천히 고개를 들었다. 해이수가 그런 리눈에게 말했다. 오단으로선, 아마도 리눈으로서도 처음 듣는 해이수의 부드러운 목소리였다.

— 이제 가.

리눈이 물었다.

— 어디로?

— 밖에 나가 기다리고 있어. 곧 끝날 거야.

— 뭐 하려고?

— 그냥…… 할 일이 남았어.

해이수가 말한 할 일은 무엇일까. 그 답은 이내 엄청난 굉음으로 확인되었다. 리눈에게 로비 밖으로 나갈 것을 명령한 해이수가 그대로 손에 쥔 유탄발사기의 방아쇠를 당겼다. 총구의 방향은 로비 상부 천장이었다.

밖으로 나가려던 리눈은 갑자기 쏟아져 나오는 엄청난 총소리에 다시 귀를 틀어막고 몸을 숙였다. 오단은 팔이 붙잡힌 채로 엄청난 포격을 쏟아붓는 해이수의 모습을 잠시, 아주 잠시 멍하니 지켜보았다. 그 엄청난 무모함 속에서 아무 생각도 나지 않았다.

　무모할 정도로 엄청난 광염이 해이수가 쥔 총구에서 뿜어져 나왔지만 그것은 사실 찻잔 속 태풍에 지나지 않았다.

　로비 곳곳에 숨어 있던 저격수들이 해이수의 총격에 목숨을 잃었다. 하지만 일개 대대 병력을 배치해놓은 '갑'의 철옹성 앞에 해이수가 손에 쥔 화력의 규모는 초라하기 이를 데 없었다.

　해이수의 총격이 끝난 때와 맞춰 저격수들의 저격이 시작되었다. 최대한 즉사를 피하기 위한 정밀한 사격이었다. 해이수의 피가 곳곳에서 분수처럼 튀어 올랐다. 수십 발의 총격이 자신의 몸을 표적 삼아 쏟아지는 순간 해이수는 손에 쥐었던 총구의 방향을 바닥으로 내리고야 말았다.

　수십 발의 저격이 계속되는 동안 통제실에서 이를 지켜보는 정인구의 초조감은 극에 달했다. 바로 옆에 마치 자웅동체처럼 묶여버린 오단이 서 있었기 때문이다. 정인구는 해이수의 총구가, 저격수의 빗나간 총알이 오단을 맞추지나 않을까 불안한 마음을 쉬 거두지 못했다.

　하지만 정인구의 불안은 이내 가라앉았다. 계속된 저격에 해이수는 결국 버티지 못하고 손에서 총을 떨어뜨렸다. 피투성이가 된 채 그는 대리석 바닥에 무릎을 꿇고 말았다.

　해이수가 핏물로 뒤엉킨 눈을 최대한 크게 뜨며 로비를 둘러봤다. 밝고 따뜻한 불빛들이 한순간 해이수의 몸을 감싸 안았다. 그제야 해이수는 자신의 심장이 거칠게 뛰고 있다는 사실을 실감했다. 자신도 사람이라는 걸, 딸과 아내가 있는 서울 변두리 아파트에서 행복하게 살아가던 한 가족의 가장이라는 걸 확인했다.

언제나 비극은 모든 진실을 확인한 순간 불쑥 생짜를 들이밀곤 한다. 그것은 마치 변함없는 규칙처럼 밀려드는 것이다. 무릎 꿇은 해이수를 따라 오단도 무릎을 꿇었다. 오단은 해이수의 이마를 타고 흐르는 핏물을 닦아주었다. 눈에 엉킨 핏물을 닦아내자 해이수의 검은 눈동자가 오단의 두 눈에 정확히 와닿아 박혔다.

뭔가 말을 하고 싶었다. 오단은 알려주고 싶었다. 말하고 싶고 고백하고 싶었다. 자신이 얼마나 어머니를 사랑했는지, 당신들 같은 악마가 그렇게 함부로 할 수 있는 사랑이 아니었다고 말해주고 싶었다. 하지만 오단은 서서히 눈을 감는 해이수를 보며 끝내 아무 말도 하지 못했다. 해이수와 함께했던 그 기이했던 한 달, 그 한 달이란 시간 동안 미래아파트에서 벌어진 온갖 일들을 떠올리며 오단은 해이수를 어떻게 불러야 할지 처음이자 마지막으로 망설였다.

결국 해이수가 오단의 어깨에 얼굴을 묻었다. 두어 번 거칠고, 하지만 따뜻한 숨결이 오단의 볼에 느껴졌다. 그러고는 끝이었다. 더 이상 해이수는 숨을 쉬지 않았다. 움직이지도 않았다. 차가운 로비의 대리석 바닥처럼 해이수의 몸은 점점 굳어져갔다.

*

해이수가 숨을 거둔 뒤, 아무도 없던 로비에 저격수들이 한두 명씩 모습을 드러냈다.

수십 명에 달하는 병력이 로비 안팎에서 커다란 원을 그리며 서서히 죽은 해이수에게로 다가왔다. 해이수가 숨을 거둔 것을 최종적으로 확인한 대대장이 OK 사인을 내렸다. 그러고는 오단과 해이수를 묶고 있던 수갑을 풀어냈다. 오단이 리눈을 살폈다. 리눈은 로비 밖에서 들어온 119 구급대원이 내준 담요를 덮고 있었다. 그녀는 로비 기둥에 등을 기대고 앉아 말없이 오단을 바라봤다. 더 무슨 말을 해야 할까 하는 생각과, 아직도 여전히 할 말이 너무나 많다는 생각이 무겁게 교차하는 표정이었다.

리눈이 구급대원에게 이끌려 로비 밖으로 나가는 순간이었다. 엘리베이터가 1층 로비에서 멈췄고, 그 안에서 나온 사람이 오단의 눈에 들어왔다. 정인구였다.

정인구가 비교적 빠른 걸음으로 오단을 향해 걸어왔다. 오단의 시선이 정인구의 구두를 향했다. 대리석 바닥을 밟을 때마다 규칙적으로 들려오는 굽 소리와 함께 코앞까지 다가온 정인구가 말없이 오단을 품에 안았다. 그 역시 별다른 말을 하지 않았다. 따뜻했다. 느닷없이 닥쳐든 따뜻함이었다. 그 따뜻함을 견딜 수 없던 오단이 자신도 모르게 탄성과도 같은 말을 내뱉었다.

― 제가 죽였어요.

278

— …….

— 아버지. 제가 해냈어요.

— …….

— 제가 죽였어요.

— …….

— 아버지.

예정

1월 28일, 컴퍼니의 새해 첫 회의가 우번타워에서 개최되었다. 이번 브리핑은 해적 소탕 작전을 책임졌던 중장이 맡았다. 그는 평소 줄곧 입던 군복 대신 슈트를 입고 나타났다. 평소에 쓰지 않던 안경까지 쓴 중장의 표정은 무겁게 가라앉아 있었다.

이번 브리핑에서는 새로운 용역업체 선임을 비롯, 우번타워 1층 로비의 피해 상황, 그날 작전에서 피살당한 대테러 부대의 사상자 수효에 대한 보고가 주를 이뤘다.

중장의 보고 내내 관심 없다는 표정을 짓던 전직 대통령 김은 그저 유족들에게 사망 이유를 어떻게 설명했는지만을 물었다. 중장은 기다렸다는 듯 답했다.

— 특수 군사훈련 도중 사망으로 처리했습니다.

그다음으로 이어지는 브리핑은 미래아파트 처리에 관한 것이었다. 어쩌면 컴퍼니 전원이 가장 관심을 쏟는 주제였다. 물론 다 허물어져가는 건물 자체는 관심 대상이 아니었다. 단지 컴퍼니가 해이수에게 용역을 맡길 때 제공해준 화력, 그중에서도 아직 회수가 안된 특수 폭탄이 문제였다.

그들은 중장의 브리핑이 끝나자마자 허탈하다는 표정으로 되묻기 시작했다. 그들은 마치 미온적인 봉합을 원하는 정부의 요식행위에 가까운 기자회견이 끝난 뒤 질문을 쏟아내는 기자들 같았다.

중장이 말한 무기 회수에 대한 결론은 다음과 같았다.

— 45정 총기 전량 회수했고, 총탄 역시 거의 회수했습니다. 폭약 대부분도 회수했는데, 문제는 토마호크 DM 다섯 기가 미회수 상태라는 겁니다.

— 토마호크 DM이 뭐죠?

— 전략 무기인데, ADM, 일종의 소형 핵폭탄으로 알려져 있습니다. 주로 건물 해체나 붕괴에 사용되죠.

— 왜 회수가 안 됩니까? 일전 브리핑 때 그랬잖아요. 무기마다 GPS가 장착되어 있어 언제든 회수가 가능하고, 여의치 않으면 원격으로 조종해 성능을 무력화시킬 수 있다고요.

그들의 물음에 중장이 풀죽은 목소리로 답했다.

— GPS가 무기 자체에서 분리, 해체된 것 같습니다.

회의실 전체가 술렁거렸다.

— 누가 그랬단 말이오?

그 답은 중장이 아닌 김이 대신했다.

— 그 뒈진 백정 놈이지. 누구긴 누구야.

무기 미회수로 인한 찜찜함이 회의실 전체를 무겁게 가라앉혔다. 침묵을 깨고 김이 말을 이었다.

— 백정 놈은 죽었고, 남은 건 정인구 당신 아들뿐이지. 안 그런가?

그들의 시선이 일제히 왼편 구석 자리에 앉아 있는 정인구에게 집중되었다. 정인구가 고개를 들고는 짧게 답했다.

— 여자아이가 한 명 있습니다.

— 백정 놈이 데리고 다니던?

— 예.

— 아들이야 정 장관이 알아서 할 테고, 그 여자애는…….

김이 말끝을 흐리며 정인구를 바라봤다. 정인구가 주위를 둘러본 뒤 시선을 탁자 아래로 내리며 말을 이었다.

— 지켜보고 있으니 크게 일을 벌이진 못할 겁니다.

— 그 둘은 정 장관이 케어하면 되겠군.

잠시 말을 끊은 김이 탁자 위에 놓인 생수통의 물을 한 모금 마셨다. 김의 모습을 본 중장도 기다렸다는 듯 단상 위에 올려놓은 커피를 마셨다. 김이 말했다.

— 무기는 이쯤에서 접는 걸로 해. 그 백정 놈이 어떤 생각을 갖고 있었는지 몰라도 이제 우리와는 상관없는 일이야. 그렇지 않나?

정인구의 표정이 순간 굳었다. 정인구는 그 말, '상관없는 일' 속에 담긴 의미를 짐작할 수 있었다. 굳은 얼굴이 된 정인구가 말했다.

— 그렇습니다.

— 그럼 당분간 컴퍼니는 휴지기를 갖는 걸로 정리하지.

김이 말한 '당분간'이 얼마만큼의 기간을 의미하는지 그들조차도 알지 못했다. 몇 달 후가 될지, 몇 년, 몇십 년 후가 될지. 어쩌면 아예 돌아오지 않을지도 모른다.

그들은 서로가 서로의 눈치를 살피는 데 바빴다. 악어와 악어새처럼 서로의 이해관계가 어지럽게 뒤얽힌 상황이었기에 컴퍼니에 대한 의견 공유 역시 금기로 취급해야만 했다. 침묵 속에서 오고가는 눈빛에는 비밀 공유에 대한 암묵적 경고가 깊게 스며들고 있었다.

그들의 분위기를 확인한 김이 먼저 자리에서 일어섰다. 경호원의 부축을 받으며 일어서는 모습에서 그간의 깊은 피로감이 느껴졌다.

그들이 하나둘씩 시간 차를 두고 빠져나갔다. 마지막으로 남은 건 정인구였다. 미동도 않은 채 자리에 앉아 두 손을 만지작거리던 정인구가 자신의 관자놀이를 매만지며 생각에 잠겼다. 그런 정인구의 시선이 자연스럽게 정면에 보이는 화면을 향했다. 화면에는 피투성이가 된 채 오단 앞에 무릎 꿇은 해이수의 모습이 비치고 있었다.

*

원목 재질로 된 이탈리안 테이블에 정인구와 오단이 마주 보고 앉았다. 식사를 돕는 도우미가 저녁 메뉴를 차례로 테이블 위에 내려놓았다.

정확히 한 달 만에 돌아온 오단을 환영하는 의미였을까. 평소 오단이 좋아하던 반찬들과 요리가 한 그릇씩 올라오며 저녁 테이블

위를 메워나갔다.

식탁에 앉자 엄마와 함께 저녁 식사를 하던 장면들이 떠올랐다. 공교롭게도 아버지, 정인구는 그 장면에 없었다. 늘 일에 바쁜 그가 이 식탁에 가족들과 함께 앉았던 기억은 적어도 오단의 머릿속에는 남아 있지 않았다.

테이블 위에 올라온 반찬과 요리들 역시 엄마가 자신을 위해 직접 만들어주던 것들이다. 계란말이, 장조림, 샐러드, 해물전골. 오단은 문득 거실에 걸어놓은 가족사진을 뚫어져라 바라봤다.

정인구는 오단이 숟가락도 들지 않고 가족사진을 바라보는 것을 느끼고는, 시선을 피한 채 말문을 열었다.

— 유학 절차 다시 밟아야지.

침묵 속에서 식사가 계속되었다. 오단은 밥을 먹는 내내 두통처럼 머리를 짓눌러 오는 기억의 무게들을 감당하기 어려웠다. 기억들이 엉킨 실타래처럼 아득하고 막막하게 뒤얽힌 것만 같았다.

정인구 역시 아내를 죽인 살인마의 소굴, 해적단에 아들을 밀어넣은 스스로에게 형언키 어려운 감정을 느꼈다. 식사가 끝나갈 무렵 정인구가 고개를 가로저으며 오단에게 말을 건넨 것도 그 때문이었다.

— 미국으로 가면 여기서 벌인 미친 짓들은 모두 잊는 게 좋아.

— ……

— 기억들은 때로 거추장스럽고 성가실 때가 있어. 미래를 비교해보면 그래.

— 해이수를 죽이려고 해적에 들어간 게 미친 짓이란 말인가요?

잠시, 정인구의 얼굴에 미세한 동요가 이는 것이 보였지만, 그게 전부였다. 그는 오단의 질문에 답하지 않고 오단을 굳은 얼굴로 바라봤다.

식사를 마친 정인구는 도우미가 내려준 에스프레소를 마시고 있었다. 정인구가 커피를 한 모금 마실 때를 기다린 뒤 오단이 말을 이었다.

— 왜 아버지는 그런 살인마에게 일을 주었어요?

오단은 질문을 하면서도 자신의 질문 뒤에는 반드시 침묵이란 꼬리표가 붙을 거라고 확신했다. 과연 정인구가 침묵했다. 어떤 답을 들려줘야 할지 망설이는 모습은 아니었다. 오단은 아버지의 눈빛에 담긴 의미를 잘 알고 있었다. 그러한 체득은 아버지와 아들 사이에서만 가질 수 있는 본성의 교류 같았다. 정인구는 이미 답을 갖고 있었다. 아내를 죽인 살인마에게 컴퍼니의 일을 맡겼던 것은 자신만의 논리에 따른 결과였다. 시스템 불온지수를 관리하기 위해 선택할 수 있는 최선의 인물. 정인구는 해이수가 단순한 살인마가 아닌 기계처럼 불온인자를 관리할 수 있다는 논리를 갖고 있었던 것이다. 정인구는 단지 결론을 꺼내놓기를 망설이고 있을 뿐이었다.

커피를 모두 마신 정인구가 습관처럼 손으로 턱을 만졌다. 그러고는 오단을 쳐다봤다. 설명하기 어려운 곤란함과 난처함, 심지어 쓸쓸함마저 가득 스며든 눈빛이었다. 정인구는 복잡한 마음이 투사된 눈빛으로 오단을 바라보며 아들의 질문에 답했다.

— 불온인자를 심판하기 위해선 그 괴물만큼 적당한 인물이 없다고 생각했지. 가장 평범해 보이지만 그 평범함 속에서 괴물을 봤거든. 정화작업에 가장 어울릴 거란 확신이 들었어.

— 그런데, 아니었나요?

— 맞아, 아니었어. 오판이었지.

정인구가 씁쓸한 표정을 지으며 고개를 가로저었다. 그리고 말했다.

— 괴물은 그냥 괴물이야. 결국엔 돌연변이처럼 명령도, 체계도, 그 무엇도 지키지 않고 불확실한 야성에 자신의 모든 걸 내던지고 말지.

— 그 괴물을 지켜본 저는 뭐였죠?

— 정오단, 넌…….

— …….

— 오단, 넌.

잠시 망설인 정인구가 이내 확실한 어조로 답했다.

— 넌 심판한 거야.

— …….

— 악마를 처단한 것뿐이라고, 이해해?

*

오단은 느꼈다. 가위를 잡은 손이 왠지 불안하다고.

오단은 유리벽 너머에서 리눈을 봤다. 리눈은 많이 달라져 있었다. 더 이상 헝클어진 펑크 머리가 아니었다. 짧게, 귀밑까지 쳐 내린 커트 머리에 머리카락 색깔 역시 옅은 브라운 톤으로 바뀌어 있었다. 단정한 대학 신입생 느낌마저 들었다.

정인구의 말에 의하면 그녀는 신도림역 부근에서 떠돌이 생활을 했다고 한다. 그녀야말로 주민등록번호도, 출생신고도 되어 있지 않은, 그야말로 아무 근거시도 없이 마치 구름 위를 떠돌듯 살아온 유령이었다.

뒤늦게 출생신고를 끝내고 다시, 그야말로 모든 걸 다시 시작한 리눈은 주어진 몇 안 되는 직업교육 중에서 미용보조를 택했다. 몇 개월 만에 리눈을 만난 오단에게는 그것이 이상하리만치 불안하게 다가왔다. 손에 가위를 들고 있는 모습이 특히 그랬다. 리눈이 금방이라도 누군가의 목, 누군가의 피부에 예의 날카롭고 격렬한 그것을 찔러 넣을 것만 같았기 때문이다.

오단의 예감은 절반은 맞았고, 절반은 틀렸다. 리눈의 불안한 손길은 실습 시간 내내 이어졌지만, 그럼에도 불구하고 리눈은 90분 가까이 되는 실습 시간을 채워냈다.

실습을 끝내고 가위를 작업대 위에 내려놓은 리눈이 유리벽 너머 대기실에서 기다리고 있던 오단과 눈을 마주했다. 그 순간 오단은 리눈과 다시 만나기까지 걸린 시간을 가늠해보았다. 정확히 3개월 만이었다.

직업훈련학교 휴게실에서 오단과 리눈은 보름달 빵과 우유를 함께 먹었다. 리눈과 같이 미용 훈련을 받고 있는 이들의 모습이 눈에 띄었다. 조선족으로 보이는 외국인 근로자들이 대부분이었다.

우유를 비운 뒤 리눈이 바지 뒷주머니에서 츄파춥스를 꺼냈다. 하지만 사탕에 껍질이 들러붙어 쉽게 벗겨지지 않았다. 짜증스럽게 껍질을 떼어내며 리눈이 물었다.

— 미국 간다고?

오단이 포장을 뜯는 리눈을 보며 답했다.

— 응.

— 언제?

— 일주일 남았어.

— 좋겠네. 너 원래 그렇게 잘사는 애였어? 괜히 질투 나네.

— 잘사는 게 뭔데?

— 몰라 물어? 맘만 먹으면 비행기 타고 미국 가고 또 맘만 먹으면 비행기 타고 돌아오고. 뭐든 자기 멋대로 할 수 있음 잘사는 거잖아.

— 그런가?

리눈은 아무 말 없이 한참을 포장을 벗기는 데 집중했다. 결국 포장을 뜯는 데 실패한 리눈이 츄파춥스를 포기하고 고개를 들어 오단과 눈을 맞췄다.

— 그런데, 잘사는 애가.

— 응?

— 왜 날 찾아온 거야?

— 그냥…… 한 번은 만나야 할 것 같아서.

오단은 말을 이어가지 못했다. 시간은 그대로 어색하게 흘렀다.

견습생들이 모두 빠져나간 휴게실엔 둘만 남아 있었다.

하지만 둘은 서로에게서 시선을 떼지 않았다. 거의 깜빡이지 않는 리눈의 큰 눈을 보며 오단은 왠지 모를 안정감에 사로잡혔다. 그 안정감이 오단의 기억 속 장소를 다시 복원시키기 시작했다. 서로의 숨을 나누며 서로를 느꼈던 그때의 기억. 리눈을 안았던 그때의 기억이 떠오르면서 오단은 급격한 혼란에 사로잡혔다. 리눈을 안고 있던 몸의 감각들이, 천천히 하지만 분명하게 리눈을 넘어서기 시작한 것이다.

리눈을 넘어서서 다가오는 새로운 몸의 감각은 오단을 어머니의 품속으로 끌어당겼다. 문득 자신의 어깨에 머리를 묻고 숨을 거둔 해이수의 가느다란 숨결과 희미하게 감기던 검은 눈동자가 떠올랐다. 그런 해이수의 얼굴을 오단은 리눈의 크고 두려움 없는 눈망울을 통해 바라보고 있었다. 리눈도 알고 있을까. 이런 자신의 혼란을. 곧이어 차임벨이 울렸다. 요란한 차임벨 소리가 끊어진 뒤 리눈이 손에 쥐고 있던 사탕을 멀리 쓰레기통을 향해 던졌다. 사탕은 정확히 쓰레기통 안으로 빨려들어 갔다. 리눈이 말했다.

— 들어가야 돼. 실습시간 빼먹으면 자격증 못 따.

— 그래, 그럼…… 잘 지내.

— 참, 이거.

자리에서 일어서려는 찰나 리눈이 손가방 지퍼를 열더니 무언가를 꺼내 오단에게 건넸다. 휴대폰이었다. 오래된 구형 휴대폰. 그것을 받아 든 오단이 리눈을 올려다봤다. 어느새 리눈은 일어서 있었다.

— 갖고 있어. 두목이 준 거잖아.

— 이젠 필요 없지 않나?

— 연락할 거야.

— 누가?

— 유령이, 그리고…… 오단, 너 있잖아.

— 응.

— 넌 살아남았으면 좋겠어.

— ……?

— 너 하나쯤은 살아 있어도 되는 거잖아. 그렇지?

장난이라고 생각했는데, 그렇게 생각하고 넘어가려 했는데, 총총 걸음으로 실습장 안으로 들어가는 리눈의 마지막 표정을 본 오단은 그것이 장난이 아니라는 걸 깨달았다.

그때였다. 휴대폰 진동음이 들렸다. 손에 쥐고 있는 구형 휴대폰 이 아닌 바지 뒷주머니에 꽂아두었던 스마트폰이었다. 액정에 나온 발신자 번호를 확인했다. 모르는 번호였다. 오단은 한참을 그대로 지켜보기만 했다. 저절로 끊어지길 기다렸다. 하지만 발신자의 집념 은 대단했다. 한참을 기다린 끝에 오단이 전화를 받았다.

— 누구세요?

*

[사실 많이 망설였어. 다 끝난 마당에 이런 식으로 알린다 해서

나한테 어떤 메리트가 있을지 고민도 많이 했고. 그런데 씨발. 되씹어 생각하면 생각할수록 웃기고 미칠 것 같은 거야. 죽 쒀서 개 준 꼴이라고. 내가 몇 년간 공들여 탐사보도하던 걸 갖고 후배가 제 출세의 발판으로 만들어버렸지. 난 보기 좋게 팽당했지. 그러던 중 그렇게 이메일 인터뷰라도 하자고 노래를 불렀지만 듣지도 않던 해이수, 그 인간이 아예 정보를 홍수처럼 쏟아부었어.]

— 잠깐만요. 잠깐만.

오단이 잠시 상대의 말을 끊었다. 스스로를 시사지 〈오늘〉의 주간 구일선이라고 밝힌 상대의 말은 만취한 사람에게서 들을 수 있는 넋두리를 닮아 있었다. 하지만 오단은 전화를 끊지 않았다. 끊을 수 없었다. 한 가지 말. 한 가지 말이 귓가를 떠나지 않고 맴돌았기 때문이다. 해이수의 말?

오단의 급작스러운 반응에 잠시 말을 멈춘 구일선이 다시 말을 이었다.

[여보세요? 듣고 있어요?]

— 말해요. 듣고 있으니까.

[젊은 친구라 그런지 답답했나 보네.]

— 요점만 말해줘요. 나한테 하고 싶은 말이 뭔지.

[짧게, 핵심만 말하라 이거죠. 그래. 그거 괜찮지. 나도 길게 말하는 성미가 못 되거든.]

— 알았으면 바로 말해줘요. 해이수를 알아요?

[알지. 컴퍼니로부터 용역받아 사람들을 납치하고 임의로 사형시

키고. 그런 인간 백정 노릇하던 패거리 우두머리 아니오.]

— 그럼 설마…… 아저씨 지금, 해이수 이야기를 들려주려고 나한테 전화한 건가요?

[단지 그것만이 아니지.]

— 그럼 뭐죠?

[김윤희 씨.]

김윤희. 그 이름 석 자를 듣는 순간 오단의 숨이 조이듯 막혀 왔다. 김윤희는 어머니의 이름이다. 구일선은 냉정했다. 상대의 상태가 어떻든 그건 아무래도 좋다는 식으로 자신의 말을 이어갔다.

[해이수가 사라지기 전 나한테 자료를 넘겨주고 갔어요. 만약에 더 이상 자신과 연락이 안 될 경우 오단, 당신에게 이 자료들을 넘겨달라는 부탁을 했지. 물론 그 부탁, 지금처럼 엿같이 늘어져버린 상황에선 지키지 않을 수도 있었어. 하지만 이 사안이 워낙 기괴해서 말이야. 말해주지 않을 수가 없네. 털어내지 않으면 내가 찜찜해서 죽을 것 같았단 말이야.]

— 그게 뭔데요? 해이수가 어머니를 죽이지 않았다는 말인가요?

[아니, 해이수는 분명 살인자야. 김윤희를 죽였지. 그런데.]

— 그런데 뭐죠?

[청부를 받았어. 거역할 수 없는 슈퍼 갑으로부터.]

— 누구로부터?

[그게 말이지.]

구일선이 망설였다. 그러자 오단이 휴게실 전체가 떠나갈 듯 목소리를 높여 소리쳤다.

— 누가 시킨 거냐고요!

오단의 절규에 가까운 외침에 비하면 구일선의 목소리는 거의 꺼져가는 불씨처럼 미약했다. 하지만 그 단어만큼은 거대한 파장을 일으켰다. 더 이상 돌이킬 수 없는 파장이었다.

[정 장관.]

— 누구요?

[정인구, 당신 아버지.]

— ……네?

[아내를 죽여달라고 청부한 거라고. 정인구, 그 괴팍한 미치광이가.]

순간 오단은 앞이 캄캄해지는 막막함과 마주해야 했다. 구일선은 확인 사살하듯 한 번 더 오단의 아버지, 정인구의 이름을 불렀다. 그러고는 마지막 말을 남기고 일방적으로 전화를 끊었다.

[잠시 후 문자를 확인해봐요. 정인구 장관, 당신 아버지와 해이수 사이에 오간 청부 기록이오. 녹취, 이메일 둘 다 있으니까 확인해보라고. 이게 해이수가 내게 남긴 마지막 인터뷰요.]

*

어떻게 여기까지 걸어왔는지 오단은 알지 못했다. 창백하고 투명한 금속으로 중무장된 우번타워, 그 초입에 멈춰 선 오단은 주위를 둘러봤다. 한차례 폭풍이 지나간 우번타워는 조명이 모두 꺼져 있었다. 주차장, 입구 모두 그랬다. 가동을 완전히 멈춘, 유령같이 굳어버린 폐허의 건물.

입구 앞에 멈춰 섰을 때, 오단이 우두커니 고개를 들었다. 자동 센서의 붉은 점은 점멸과 점등을 반복하고 있었고, 감시 카메라 렌즈가 싱싱한 광물처럼 움직이고 있었다. 감시 카메라 렌즈와 오단의 눈이 정면으로 충돌하듯 부딪치자 곧 입구의 자동문이 열렸다. 이곳까지 어떻게 무슨 정신으로 왔는지는 알지 못했지만 오단은 자신이 지금부터 어떻게 행동해야 하는지 정확히 알고 있었다. 로비로 들어와 엘리베이터를 기다리는 동안 오단은 자신이 이곳을 찾은 목적을 점점 또렷하게 깨달아갔다.

곧이어 엘리베이터 문이 열렸고, 안으로 들어서 망설임 없이 P 버튼을 눌렀다. 그곳은 컴퍼니 정기보고가 열리던, 아버지 정인구가 회의를 주관하던 장소였다. 엘리베이터는 빠른 속도로 상승했다. 오단은 엘리베이터 벽면에 등을 기대고 눈을 감았다. 눈을 감자 더더욱 생생해져만 갔다. 자신이 왜 이곳을 다시 찾아야 하는지가 가혹할 정도로 선명해진 것이다.

— 여기에 올 줄은 몰랐다.

— 정리하는 건가요?

— 그래.

짧은 대답이었지만 정인구의 표정은 더없이 진지하고 무거웠다. 거대한 회의실 중앙에서 정인구는 컴퍼니의 자료들을 포맷하는 중

297

이었다. 언젠가 다시 시작될 시스템의 수호자로서의 활동을 대비하는 정인구만의 정결한 의식이었다.

오단은 침묵을 지킨 채 회의실 문 앞을 지키고 섰다. 침묵이 지속되자 정인구가 하던 행동을 잠시 멈추고 오단을 바라봤다. 늦은 오후였다. 붉은 석양이 차분하지만 거역할 수 없는 소용돌이 속으로 둘을 몰아넣을 듯 불타고 있었다.

정인구가 오단이 있는 곳으로 걸어왔다. 숨결이 느껴질 정도로 가까운 거리에 멈춰 섰다. 차분해 보이지만 주체할 수 없는 분노가 오단의 온몸을 사로잡고 있었다.

— 이곳에서 벌어졌던 일도, 이전에 경험했던 일도 전부 잊는 거다. 그리고 새 출발을 하는 거야.

— 무슨 새 출발요?

— 그걸 몰라서 묻는 거냐.

정인구가 오단의 양어깨에 손을 갖다 대었다. 순간 오단의 몸에서 격한 떨림이 느껴졌다. 정인구의 손은 오단의 어깨에서 목으로, 목에서 양 볼로 서서히 올라갔다.

— 복수는 이제 끝났어. 이젠 새로운 사람으로 다시 태어나는 거다.

— 아버지야말로 몰라서 묻는 거예요?

— 무슨 소리냐?

— 그 복수…… 이제부터 시작이란 걸 몰라서 물으시는 거냐고요.

오단의 표정을 잠자코 지켜보던 정인구의 얼굴이 돌연 굳어졌다. 오단은 휴대폰을 꺼내 정인구와 해이수 사이에 오간 대화, 결코 기억하고 싶지 않은 끔찍한 한순간을 복원해냈다.

　[처리해요.]

　[오늘 밤 말입니까?]

　[네.]

　[정 장관님.]

　[예]

　[한 가지 물어도 되겠습니까?]

　[…….]

　[왜 아내분을 처리해야 하는 겁니까? 그분은 당신과 함께 컴퍼니의 인공지능을 개발한 사람 아닌가요? 컴퍼니의 일원 아닙니까?]

　[지금은 아니에요.]

　[네?]

　[아내는 시스템 정화작업을 극렬하게 반대하는 사람 중 한 명입니다.]

　[그래도…….]

　[더는 늦춰선 안 됩니다. 아내가 기자회견을 준비했어요. 아내를 막을 방법은 이제 이것밖에 없습니다.]

　[정 장관님.]

　[또 뭐죠?]

　[아내분이 컴퍼니의 정화작업을 반대하는 진짜 이유를 저는 알 것 같습니다.]

[무슨 이유, 말입니까?]

[시스템의 수호자, 그 문은 종국에는 소멸되어야 한다.]

[……]

[아내분이, 김윤희 개발자가 했던 말입니다. 이 말의 뜻을 당신도 알고 있지 않습니까?]

[그렇다고 답한다 해서 처리 안 하실 건 아니잖습니까.]

[당신이 날 해적으로 만든 이상 명령을 거부할 수는 없을 겁니다. 그렇지만 가족이지 않습니까. 게다가 당신 아들은 어떻게……]

[우리 가족은 이미 시스템의 질서 안에 있습니다.]

[……]

[해적이 된 당신의 운명과 동일하겠죠.]

[그렇군요.]

[이제는 충분한 설명이 되었습니까?]

[네.]

[……]

[지나칠 정도로 충분합니다.]

*

그날의 기억은 완벽한 어둠 속에 묻혀 있었다. 의사들도 큰 이견 없이 그에게 부분기억상실증이라는 진단을 내렸다. 오단은 임상적으로도, 실제로도 기억을 갖고 있지 않았다. 아버지 정인구와 해이수 역시 오단이 그날의 기억을 완전히 잃어버렸다고 생각했다.

하지만 오단의 기억은 서서히 복원되기 시작했다. 먼저 어머니의 피투성이 주검을 기억해냈고, 그다음으로 살인자 해이수를 기억해냈다. 오단은 복수를 위해 해이수의 흔적을 쫓다가 해적에게까지 접근하게 된 것이었다.

그리고 마침내, 구일선이 녹취를 들려주던 순간에 다다라 그날을 완벽하게 떠올릴 수 있게 되었다. 유난히도 많은 비가 쏟아지던 그날, 그 요란한 빗소리에 잠에서 깨 거실로 나온 오단의 눈에 거한의 남자가 들어왔다. 검은 복면, 크고 검은 두 눈동자, 그리고 그의 손에 쥐어져 있는 권총. 어머니는 벽에 등을 기대고 앉아 있었다. 그녀가 부여잡은 가슴팍 아래로 하염없이 검은 핏물이 흘러내리고 있었다.

오단의 뇌리에서 영원히 지워지지 않을 그 기억의 절정은, 마침내 떠올리게 된 기억의 마지막 조각은 아버지 정인구의 모습이었다. 아버지는 둘을 내려다보고 있었다. 아내를 살해한 해이수를 무심하게 바라보는 아버지, 정인구의 얼굴은 무표정했다. 끔찍할 정도로 차가웠다. 그 무정함을 오단은 잊을 수가 없었다.

무정함의 반대편에 해이수가 있었다.

해이수가 고개를 돌렸고, 오단은 거한의 사내와 눈이 마주쳤다. 그때, 오단은 아버지의 눈빛과는, 그의 무표정과는 전혀 다른 세계를 목격했다.

해이수, 그 장승 같은 남자는 분명 울고 있었다. 해이수의 붉게 충혈된 눈에서 눈물이 흘러내렸다. 냉혹한 살인자의 눈에서 소리 없이 눈물방울이 떨어졌다. 해이수는 무엇을 말하고 싶었던 걸까. 오단은 묻고 싶었다. 그리고 듣고 싶었다. 왜 손에 칼을 쥐고 있는지. 왜 내가 그토록 사랑하는 어머니를 죽였는지. 대체 누가 그런 권한을 주었는지.

오단은 알고 싶었다. 진심으로.

*

정인구는 오단의 눈빛만 봐도 알 수 있었다. 오단은 이제 하나밖에 남지 않은 유일한 혈육이다. 오감을 초월해 직감으로 이어진 존재. 혈육들은 직감만으로도 서로의 내면을 가늠할 수 있다.

정인구는 오단이 지금 불 켜진 방에 들어와 있다는 걸 알았다. 불꺼진 방은 말소된 기억의 방이고 불 켜진 방은 복원된 기억의 방이다. 오단의 눈빛은 기억의 방에 와 있음을 또렷이 알려주었다. 공허함으로 가득한 우번타워 회의실에서 정인구는 오단의 눈빛을 어쩌지 못한 채 서 있었다. 정인구는 그 눈빛이, 그게 두려웠다.

이제, 이제 정말 오단은 모든 걸 기억하게 되었구나. 그 모든 걸.

정인구는 거의 초인적인 극기로 가까스로 서 있었다. 복원된 기억이 오단의 삶, 그 모든 순간을 수습할 수 없는 혼란과 연결해버렸듯이 자신 또한 그 혼란에 휩싸였다는 걸 알아차렸다.

정인구는 결코 오단의 혼란을 보고 싶지 않았다. 할 수만 있다면 영원히, 죽을 때까지 오단의 손을 잡고 불 꺼진 방에서 나오지 않기를 소망했다. 하지만 그 소망은 이제 한낮 망상에 지나지 않게 되었다. 결국 필연적인 재앙이 오고야 만 것이다.

복원된 기억의 방, 그 구렁 속에 빠져버린 오단의 눈빛이 심하게 흔들렸다. 거칠고 험악한 동요가 일어났다. 오단이 정인구를 향해 말했다. 차갑고 냉엄한 수호자에게 질문했다.

— 왜죠?

정인구는 어디까지 기억하고 있는 거냐, 뭘 묻고 싶은 거냐고 말하지 않았다. 이미 오단은 모든 걸 기억해냈다. 어머니를 죽인 해이수에 대한 복수심을, 그 살해를 청부한 이의 정체를, 그럼에도 일말의 동요도 없이 자신을 지켜봐온 아버지의 태도를. 오단의 흔들리는 눈동자가 이 모든 것을 너무도 선명하게 기억하고 있노라고 외치고 있었다.

오단이 말을 이었다. 말을 듣는 내내 정인구는 굳게 입을 다물어야 했다.

— 왜 어머니를 죽였어요?

— …….

— 왜 그랬어요, 왜!

무겁고 절박한 질문이 공허하게 반복되었다. 정인구의 입에서 둔중하게 가라앉은 한마디가 어쩔 수 없이, 불가항력으로 터져 나왔다.

— 그럴 수밖에 없었어.

— 어머니는 아버지를 지키려다 그렇게 된 거죠?

— …….

— '시스템의 수호자, 그 문은 종국에는 소멸되어야 한다.' 시스템

불온지수가 가동되는 순간, 이 모든 걸 계획한 '문'인 아버지와 어머니 역시 제거되어야 해요. 어머니는 그걸 알고 반대했던 거예요. 기자회견을 준비하고 언론인들을 불러들인 것도 아버지를, 우리 모두를 살리기 위해서였고요. 아니에요?

정인구의 입이 굳게 닫혔다. 순간 오단의 눈에서 억제할 수 없는 눈물이 흘러내렸다. 그날, 어머니의 가슴에 흐르는 검붉은 핏물을 내려다보던 정인구의 얼굴이 눈앞에 있었다.

— 도대체 컴퍼니가 뭐라고 이러는 거예요!

— …….

— 도대체 왜!

— 그럴 수밖에 없는 게 바로 시스템이야. 사회는 그 질서를 벗어나서도 부정해서도 안 돼.

— 틀렸어요. 시스템이 사람을 앞서는 건 말이 안 된다고요. 시스템이 어머니를, 그리고 당신을 제거해야 할 이유 따위는 없다고요!

— 우린 질문하는 존재가 아니야. 주어진 걸 받아들이는 존재지.

— …….

— 이제는 네 차례다. 모든 걸 알았으니 모든 걸 새로 시작할 수 있어.

— 새롭게 시작한다고요? 정말 그렇게 생각하세요?

— 오단.

— 난 당신과 달라. 다르다고!

— …….

— 난 잡아먹히지 않겠어요. 아버지처럼 잡아먹히지 않겠다고요!

— 그럼 나는?

— ……?

— 최소한, 너만은, 가족만은, 그것도 아니면 이 사회, 이 국가를, 지켜내려고 했던 나는…….

정인구가 뭔가를 말하려다가 멈췄다.

오단은 이해하지 못했다. 이해할 수도, 이해하고 싶지도 않았다. 오단은 자신의 두 손을 내려다봤다. 손바닥 가득 굵고 가느다란 손금들이 어지럽게 뒤얽혀 있었다. 그 손금들처럼 오단의 기억은 이전과는 다른, 하지만 한층 더 모호해진 연무의 늪을 허우적거렸다.

정인구는 그 어느 곳, 보이지 않는 미지를 부표하는 오단의 반응이 싫지 않았다. 오단이 이렇게만 살아준다면, 이 기억들을, 복원된 사실들을 죄다 모호함의 안개 속에 밀어 넣는 방식으로 걸어간다면 좋겠다는 생각이 들었다.

하지만 정인구의 바람과 다르게 오단은 어느 순간, 어느 질문에서 멈춰 설 수밖에 없었다. 피하고 싶지만 피할 수 없는 그 질문. 오단이 끝내 그 불편한 질문을 꺼내고야 말았다.

— ……해이수는 뭐죠? 아버지를 기다리던 아이는요. 그 아이는 어떻게 되는 거죠?

오단은 그 질문을 끝으로 아버지로부터 돌아섰다.

회의실에서 걸어 나오는 오단의 등 뒤로 한 발의 총성이 울렸다. 고막을 찢을 듯한 총성에도 오단은 뒤돌아보지 않았다. 지금 이 순간이 오단에게는 시작이자 마지막이었다. 돌아본다면, 아직 남아 있는 아버지를 향한 연민이 다시 벗어날 수 없는 늪으로 자신을 끌어당길 것만 같았다.

귀와 코끝으로 요란한 총성의 여운과 화약 냄새가 느껴졌다. 오단은 뒤돌아섰다. 회의실 문 너머로 다시 바라본 공간은 놀랍도록 투명했다. 아무것도 속이지 않고, 어떤 것도 감추지 않는 백색의 순수가 느껴졌다.

오단은 다시 몸을 돌려 온 힘을 다해 발을 내디뎠다. 어디로 가야 할지, 어떻게 해야 할지, 정해진 건 아무것도 없었다. 하지만 오단은 한 발자국, 그리고 더 한 발자국을 내디뎠다. 어떤 행동이든 지금 이 자리에 주저앉는 것보다는 나을 거란 희망을 마음에 품고 미지의 앞을 향해 나아갔다.

*

오단은 책상 위에 올려놓은 비행기 티켓을 보고 있었다. 더 정확히 말하면 비행기의 출발 시간을 확인하고 있었다.

방에는 아무것도 남아 있지 않았다. 침대도 치워졌고, 책장, 옷장들도 사라졌다. 남은 건 희고 창백한 느낌의 벽과 데코타일로 마감된 바닥뿐이었다.

그날 이후, 오단의 시간은 정지된 상태에서 그대로 점프하듯 건너뛰었다. 훌쩍 일주일이 지나버린 뒤, 정인구와 오단의 아파트는 더 이상 한 가족의 보금자리로 남아 있을 수 없었다. 고위급 인사가 유서 한 장 남기지 않은 채 스스로 목숨을 끊었지만 언론은 조용하기만 했다. 컴퍼니의 철저한 통제와 조율의 질서 아래, 그 주역이던 정인구 역시 망각 속으로 사라졌다.

홀로 남은 오단은 계획대로 미국 어학연수를 떠나기로 했다. 명목은 공부였지만 사실은 기약 없는 방황이었다.

짐을 모두 정리하고 여행용 가방 하나만 남아 있는 지금, 오단에게 어쩌면 한국에서 마지막 통화일 수 있는 한 통의 전화가 걸려 왔다. 080으로 시작되는 공중전화 번호였다. 리눈이었다. 그녀의 입에서 반가운 단어가 튀어나왔다.

[불꽃놀이 기억해?]

'불꽃놀이.'

오단은 미래아파트에서의 한때를 기억해냈다. 짧지만 강렬했던 옥상에서의 불꽃놀이. 늦저녁 어둠의 허공을 찬란히 수놓은 불꽃놀이. 컴퍼니로부터 제공받은 화약을 허공 위로 쏘아 올리던 리눈의 미친 짓을 오단은 떠올렸다.

리눈은 아무 반응도, 어떤 대꾸도 하지 않는 오단을 향해 천천히, 하지만 또렷하게 말했다.

[그냥, 허공 위로 치솟다가 팍 하고 터지면 그만이야. 그냥 끝이지. 그런데 난 그게 그렇게 좋았어.]

— ‥‥‥.

[그게 좋아 해적이 되려고 한 거였어?]

— ······.

[그들을 이해하고 싶은 거야?]

— ······.

[아님······ 이해받고 싶은 거야?]

— ······.

[곧, 불꽃놀이가 다시 시작될 거야.]

둘의 통화는 그렇게 끝이 났다. 휴대폰의 전원은 꺼졌고, 뒤이어 깊은 침묵이 찾아들었다.

오단은 텅 빈 방의 책상 의자에 걸터앉았다. 그러고는 가만히 고개를 들어 창밖, 푸르른 하늘을 바라봤다. 오단은 스스로에게 묻고 싶었다. 아니, 묻고 있었다.

나······ 이해하고 싶은 걸까?

아니면······ 이해받고 싶은 걸까?

에필로그

오늘 오후 3시경. 철거작업을 앞둔 서울 소재의 재건축 대상 아파트에서 대형 폭발 사고가 발생했습니다. 폭발 사고의 엄청난 화력으로 그린벨트로 묶여 있던 주변 지역의 비닐하우스 200여 채와 맹지로 분류된 공터 전체에 불길이 붙어 소방 당국을 긴장케 했습니다.

신속한 대응으로 불길이 소강상태에 접어든 상황에서 소방 당국은 정확한 화재 원인 규명에 주력하고 있습니다. 현재 화약 및 대형 인화물질의 폭발이 가장 유력한 화재 원인으로 거론되고 있습니다. 경찰은 현장에서 폭약 파편이 속속 발견되고 있다는 점으로 미루어 군과의 연관성에 주목하고 있습니다.

피해자 수색에 나선 소방대는 화재 진압 직후. 모든 입주민이 퇴거한 철거 예정 아파트인 탓에 별다른 인명 피해가 발생하지 않은 것에 안도하는 분위기였습니다. 하지만 수색 두 시간 만에 아파트 옥상에서 20대 초반으로 추정되는 여성의 사체가 발견되어 당혹감을 감추지 못했는데요. 화상과 폭발의 충격으로 형체를 알아보기 힘든 상태에서도 여성의 손에 컨트롤러가 쥐어져 있는 점으로 보아 여성이 폭발 사고를 일으킨 게 아니냐는 관측이 유력해지는 가운데. 추후 정확한 조사가 필요할 것으로 보입니다.

이상으로 9시 뉴스데스크 마칩니다.
앵커 차인이었습니다. 내일도 저희는 최선을 다하겠습니다.

시청해주신 여러분 감사합니다.

작가의 말

    오래전부터 저에게 각인된 강렬한 현상 하나가 있었습니다. 실체가 있는 사건일 수도 있고, 속칭 찌라시처럼 근거 없는 풍문일지도 모릅니다만, 갈수록 부패하고 편법이 팽배해가는 세상에서 이 사회를 완벽히 중립적이고 기계적인 시스템이 관리하거나 심판해주면 좋겠다는 기대 내지는 강렬한 열망이 제가 듣고 느껴온 것의 실체였던 것으로 기억합니다. 그 현상은 꼬리에 꼬리를 물고 진화하고 확대 재생산되었습니다. 인구 1000만이 모여 사는 수도권에 제도권 밖에서 운영되는 특별감옥이 있었으면 좋겠다는, 아니 실제로 운영되고 있다는 소문에서부터 시작해 세상을 극단적으로 정화하기 위한 특단의 조치가 감행되어 다수의 사람이 사람답게 살 수 있도록 혁명이 준비되고 있다는 설익은 논의까지. 이러한 말들이 떠도는 이유에 대해 좀 더 근원적인 탐색이 필요하다는 생각이 들었습니다. 그리고, 탐색 의지로 심화된 접근의 범주에 일정량의 스토리텔

링이 포개어져 본 작품《특별관리대상자》를 집필하게 되었습니다.

소설은 어디까지나 현실의 반영이어야 한다는 생각, 그 현실의 반영을 여러 장르의 변주를 통해 효과적인 의미 환기를 도모할 수 있는 글이 유용한 글이란 나름의 신념을 갖고 글을 써왔습니다. 하지만 이제는 조금씩 다른 생각을 가지게 되네요. 이제는 소설이 현실의 반영이거나 현실에 대한 대안 제시가 아니라 현실의 세계에서 전개되고 있는 희극을 가장한 비극의 한 단면을 있는 그대로 폭로하는 작업이 되어야 하는 게 아닌가 하는 생각이 그것입니다.

오늘의 세상을 지배하는 점점 더 비극적이고 종말론적이 되어가는 현상에 대한 두려움과 공포, 그 최소한의 반응을 가능하지 않은 저항의 방식으로 말해나가는, 무위에 가까운 뚝심과 버티기가 필요한 글쓰기를 차츰 꿈꾸게 되었습니다. 감히 밝히면 본 작품《특별관리대상자》가 이러한 버티기의 첫 시작이라 말해보고 싶습니다. 물론 거창한 의도와 다르게 소설은 소설 그대로 읽혀야 할 것이란 소박한 기대도 함께 담아 말입니다.

작품 전체를 세세히 읽고 추천의 말을 써주신 이윤정 감독님과 서영주 대표님께 감사드립니다. 또한 새로운 시작을 응원해주신 한겨레출판사 여러분께도 진심으로 감사하다는 말씀 전하고 싶습니다.

2020년 충무로에서
주원규

특별관리대상자

초판 1쇄 인쇄 2020년 2월 17일
초판 1쇄 발행 2020년 2월 26일

지은이 주원규
펴낸이 이상훈
편집인 김수영
본부장 정진항
문학팀 김수아 김준섭 정선재
마케팅 천용호 조재성 박신영 조은별 노유리
경영지원 정혜진 이송이

펴낸곳 한겨레출판(주) www.hanibook.co.kr
등록 2006년 1월 4일 제313-2006-00003호
주소 서울시 마포구 창전로 70(신수동) 화수목빌딩 5층
전화 02-6383-1602~3 **팩스** 02-6383-1610
대표메일 munhak@hanibook.co.kr

ISBN 979-11-6040-362-6 03810

이 도서의 국립중앙도서관 출판예정도서목록(CIP)은 서지정보유통지원시스템 홈페이지
(http://seoji.nl.go.kr)와 국가자료종합목록 구축시스템(http://kolis-net.nl.go.kr)에서
이용하실 수 있습니다. (CIP제어번호: CIP2020006461)